Viktoria Harasym

Mord ist unser Metier
Die Spur der Legion

Mord ist unser METIER

Die Spur der Legion

VIKTORIA HARASYM

Bibliografische Information der Deutschen Nationalbibliothek: Die Deutsche Nationalbibliothek verzeichnet diese Publikation in der Deutschen Nationalbibliografie; detaillierte bibliografische Daten sind im Internet über http://dnb.dnb.de abrufbar.

Lektorat: Viktoria Harasym
Korrektorat: Viktoria Harasym
Cover Design und Illustrationen: Katrina Leg

Verlag: BoD · Books on Demand GmbH, Überseering 33, 22297 Hamburg, bod@bod.de

Druck: Libri Plureos GmbH, Friedensallee 273, 22763 Hamburg

ISBN: 978-3-8192-2680-9

Für Katrina

PROLOG

Bath, Gegenwart

Ted

Die Stille der Nacht legte sich wie ein schwerer Schleier über das Roman Baths Museum. Der Wind zog leise durch die engen Gänge. Ein Hauch von Geschichte und Geheimnissen, verborgen in den Mauern des alten Gebäudes. Die Jahrtausende alten Mauern atmeten den Hauch längst vergangener Zivilisationen, und der Geruch von feuchtem Stein und antiker Geschichte lag schwer in der Luft. Ted Barrow kannte diese Stille nur zu gut. Sie war ihm vertraut, fast tröstlich.

Er hatte diesen Job seit Jahren. Ein einfacher, unspektakulärer Dienst, bei dem er seine Ruhe hatte. Ted war nie ein Mann großer Worte gewesen. Er fühlte sich mit dieser nächtlichen Routine verbunden. Die Tage, in denen er auf den Baustellen geschuftet hatte, lagen hinter ihm. Hier, in den andächtigen Hallen des Museums, fand er eine Art von Frieden, die er in seinem früheren Leben nie gekannt hatte. Es war keine schlecht bezahlte Arbeit, und sie gab ihm das Gefühl, nützlich zu sein. Als ob es seine Aufgabe wäre, diese Schätze der Vergangenheit zu bewachen, als wären sie Teil seines eigenen Vermächtnisses.

Er hatte nie viel für Geschichte übrig gehabt, doch in den letzten Jahren hatte ihn etwas an den alten römischen Artefakten fasziniert. Wenn er durch die Räume schlich, die Augen auf die bröckelnden Statuen und vergilbten Mosaike gerichtet, spürte er eine seltsame Verbundenheit. Diese Ruinen waren Überreste einer untergegangenen Welt, einer, die ihre Geheimnisse tief in den Stein gemeißelt hatte.

Ted zog den Kragen seiner Uniform enger, als er in den nächsten Raum trat. Die Temperatur schien hier immer ein paar Grad kälter zu sein. Sein Blick fiel auf die Statue eines römischen Feldherrn, die im Licht der Sicherheitslampen beinahe lebendig wirkte.

Marcus Tiberius Aquila

Praefectus Castrorum

Legio IX Hispana

Ted blieb vor der Statue stehen und ließ seinen Blick über die steinernen Züge des *Praefectus Castrorum* gleiten. Ein Mann, der einst über Legionen befehligt hatte, stark und unnachgiebig, und doch war er jetzt nur noch ein Schatten seiner selbst, eingefangen in kaltem Stein. Was war ihm geblieben? Bewunderung vielleicht, ein paar ehrfürchtige Blicke der Besucher. Aber dachte jemand wirklich noch an ihn zurück? Ted schnaubte leise. Auch er verbrachte die Nächte im Schatten, immer wachsam, doch unsichtbar für die Welt. „Na, Kumpel," murmelte er leise. „Am Ende bleiben wir doch alle irgendwie vergessen zurück, oder?"

Ein unerwartetes Klirren durchbrach die Stille und ließ Ted zusammenzucken.

Er blieb abrupt stehen, sein Herz setzte für einen Moment aus. Es war kurz nach Mitternacht, außer ihm sollte niemand hier sein. Er griff instinktiv seine Taschenlampe fester. Der Lichtkegel tanzte über die Wände, scharfe Schatten warfen groteske Formen in die Ecken des Raumes. Das Geräusch kam aus der Nähe des großen römischen Bades, dem Herzstück des Museums.

Mit angehaltenem Atem folgte Ted dem Klang, ein mulmiges Gefühl breitete sich in seinem Magen aus. Das Klirren hallte noch in seinen Ohren, während er durch die dämmrige Ausstellung schritt. Der Eingang des Bades lag vor ihm, die hohen Säulen und das dunkle Wasser im Becken wirkten in der Dunkelheit bedrohlich.

Vorsichtig trat er ein. Seine Augen wanderten unruhig umher, während der steinerne Boden unter seinen Füßen plötzlich fremd und kalt wirkte. Als hätte er eine unsichtbare Grenze überschritten.

Da lag ein Körper im Becken.

Zuerst glaubte Ted, es sei eine Puppe, so starr und unnatürlich war die Pose. Doch als er näher trat, erkannte er das Blut, das den Rand des Beckens dunkel färbte und sich wie dünne Finger ins Wasser ausbreitete. Der Körper trug eine Uniform. Seine Uniform. Ted stand wie erstarrt. Er blickte auf das Gesicht des Mannes.

Für einen endlosen Moment begriff er nicht, was er sah. Denn es war sein eigenes Gesicht, das ihm leblos entgegenstarrte.

Der Schrecken durchfuhr ihn wie ein Blitz, der alles Licht aus der Welt riss. Ehe er reagieren konnte, spürte er einen scharfen Schmerz in seinem Rücken. Er wollte sich umdrehen, doch seine Knie gaben nach. Dunkelheit erfasste ihn. Das Letzte, was er hörte, war das leise Rauschen des Wassers, das ihn in die Tiefe zog.

Kein Geräusch störte die Ruhe des Museums mehr.

ERSTER TEIL

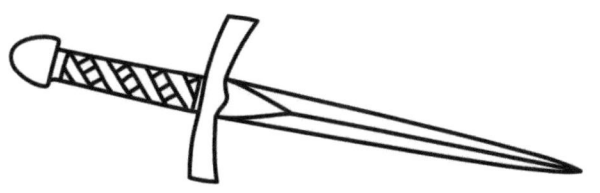

1

Bath, Gegenwart

Jack stand in der Eingangshalle des Museums. Der Geruch von altem Stein und Chlor hing in der Luft, vermischt mit dem metallischen Hauch von Blut, den er nur zu gut kannte. Einer dieser düsteren Morgen, an denen selbst der Streifenwagen-Kaffee nicht half. Zu Jacks Rechten stand *Detective Inspector* Chris Marsden, offiziell sein Vorgesetzter, doch in der Praxis pflegten die beiden eine flache Hierarchie. Chris streifte sich gerade die Latexhandschuhe über. „Das wird kein angenehmer Anblick", murmelte er, bevor er die Tür zum Schauplatz aufstieß.

Im Inneren des Badehauses war die Atmosphäre noch gespenstischer. Das Wasser war aus dem Becken abgelassen worden, und die reflektierenden Oberflächen der feuchten Steine gaben dem Raum einen unheimlichen Glanz. Überall verstreut standen kleine gelbe Schildchen mit Nummern, welche die wichtigsten Spuren markierten. Die Spurensicherung war längst vor Ort, in weißen Anzügen, die im grellen Licht der Lampen unwirklich leuchteten. Und mittendrin, wie der Höhepunkt eines Gemäldes, lag die Leiche.

Jack nahm einen tiefen Atemzug und trat näher heran. Dem Mann, der dort auf dem Bauch lag, war in den Rücken gestochen worden. Die Kälte des Raums und der unnatürliche Winkel, in dem der Körper auf dem harten Boden ruhte, ließen keinen Zweifel: Der Tod war hier eingezogen.

„Jack!", rief eine vertraute Stimme, als er näher an den Tatort herantrat. Jack sah auf und erblickte Nick Fellows, der mit einem Tablet in der Hand auf ihn zukam. Sie kannten sich aus dem Studium. Beide hatten an der Portsmouth University das Grundstudium abgeschlossen. Jack hatte sich auf Kriminologie spezialisiert und war mit der Zeit zum *Detective Sergeant* aufgestiegen. Nick war inzwischen ein erfahrener Forensiker, der seine Arbeit präzise und ohne viel Aufhebens erledigte. „Nick", begrüßte ihn Jack und nickte ihm zu. „Was hast du für mich?"

„Nichts Gutes, fürchte ich." erwiderte Nick und schob sich die Schutzhaube über den Kopf, während er mit einem Finger auf die Leiche deutete. „Es ist ein unschöner Tod. Der Mann da drüben ist Ted Barrow, 54 Jahre alt. Unverheiratet, keine Kinder, keine Familie hier in Bath. Ein einsamer Wolf, wie man so schön sagt." Nick ging neben der Leiche in die Hocke und hob den Kopf, um Jack ins Gesicht zu sehen. „Er war Wachmann hier, seit etwa sieben Jahren. Nichts Auffälliges in seiner Akte, nie Probleme gemacht, alles ganz unspektakulär. In den letzten Monaten hat er vor allem Nachtschichten übernommen."

„Einsamer Wolf", wiederholte Jack und warf einen Blick auf die Akten, die einer der Spurensicherer bereitgelegt hatte. „Keiner, der von der Bildfläche verschwinden würde und jemandem fehlen könnte."

Jack kniete sich ebenfalls neben die Leiche und musterte das Bild, das sich ihm bot. Ted Barrow lag mit dem Gesicht nach unten, sein Körper verdreht, als hätte ihn jemand achtlos hingeworfen. Die Kollegen von der Spurensicherung hatten ihn aus dem Wasser gefischt und auf den harten Steinboden gelegt. Sein Hemd war aufgerissen und klebte blutig an seiner Haut. Ein tiefer Stich prangte mitten im Rücken und das Blut bildete einen dunklen Fleck auf dem Steinboden.

„Todesursache?", fragte Jack nüchtern.

„Ein Stich in den Rücken und dann ertrunken", sagte Nick und deutete auf die klaffende Wunde. „Der Stich war tief genug, um die Lunge zu durchbohren, aber nicht sofort tödlich. Er ist ins Wasser gefallen und konnte sich nicht mehr aufrichten. Wahrscheinlich hat er innerhalb von wenigen Minuten das Bewusstsein verloren."

Jack nickte langsam und ließ seinen Blick über die Umgebung schweifen. Der Marmor glänzte im grellen Licht der Spurensicherungslampen und das leere Becken wirkte plötzlich größer und bedrohlicher als in den Touristenführungen. „Und die Mordwaffe?"

„Nicht gefunden", sagte Nick. „Vermutlich ein Dolch oder ein Messer, aber länger als ein normales Küchenmesser. Könnte militärisch sein oder etwas Historisches, passend zur Umgebung. Aber wie gesagt, keine Spur der Waffe."

„Und wie kam der Mörder hier rein?", fragte Chris, der sich die Wunde genauer ansah. „Kein gewaltsames Eindringen, oder?" „Richtig", bestätigte Nick. „Keine Spuren an den Türen, Fenstern oder Schlössern. Es sieht so aus, als wäre der Täter entweder während der Öffnungszeiten ins Museum gekommen und hätte sich irgendwo versteckt, bis Ted auf seiner Runde war oder er hatte einen Schlüssel."

„Das klingt fast zu einfach", murmelte Jack, während er sich das Szenario im Kopf ausmalte. „Ein einfacher Wachmann. Nachtschicht. Ein Täter, der keine Spuren hinterlässt. Kein Raubmotiv?" Nick schüttelte den Kopf. „Ganz sicher kein Raub. Ted trug eine teure Uhr – eine alte *Brighton*. Die war noch an seinem Handgelenk, obwohl sie jetzt natürlich kaputt ist. Wenn der Mörder auf Beute aus gewesen wäre, hätte er die Uhr mitgenommen. Es fehlt auch nichts aus dem Museum. Die Exponate sind alle da, soweit wir das bisher sagen können." Jack runzelte die Stirn. „Also entweder ein persönliches Motiv oder etwas anderes. Gibt es sonst irgendetwas, das heraussticht?"

Nick sah sich um, als würde er noch einmal über alles nachdenken. „Nicht wirklich. Es ist ein sauberes Verbrechen. Zu sauber, wenn du mich fragst. Wir haben keine Hinweise auf einen Kampf, keine Abwehrverletzungen an der Leiche. Der Täter war vorbereitet und wusste genau, was er tat."

Chris sah Jack an. „Was denkst du?"

„Wir müssen uns die Aufnahmen der Überwachungskameras ansehen", sagte Jack und richtete sich auf. Sein Blick glitt noch einmal über den leblosen Körper von Ted Barrow.

Chris stand dicht neben ihm und beobachtete das Geschehen. „Denkst du, der Täter war schlampig genug, um vor die Kameras zu laufen?", fragte er und zog die Stirn in Falten. Jack zuckte mit den Schultern. „Wir können es nicht wissen, bis wir uns die Aufnahmen angesehen haben. Vielleicht hat er etwas übersehen." Nick Fellows, der neben den beiden stand und auf sein Tablet tippte, hob leicht eine Augenbraue. „Wenn der Mörder vorbereitet war – und es deutet alles darauf hin – dann wird er die Kameras bewusst gemieden haben."

„Mag sein", sagte Jack, sein Blick blieb auf der Szenerie haften. „Aber kein Plan ist perfekt. Niemand kommt durch so eine Aktion, ohne irgendwo einen Fehler zu machen. Die Frage ist nur, wo." Chris nickte zustimmend, während er die Hände in die Taschen seines Mantels steckte. „Vielleicht hat er sich hier schon während der Öffnungszeiten herumgetrieben. Sich irgendwo versteckt, bis die Nacht kam." Er wirkte angestrengt, als überlege er selbst, wie er anstelle des Täters vorgegangen wäre. „Gute Theorie", sagte Jack, „das würde erklären, warum es keine Spuren eines gewaltsamen Eindringens gibt."

„Ihr bekommt den ersten Bericht, sobald die Tatortrekonstruktion abgeschlossen ist. Ich schicke euch auch die Ergebnisse der Forensik und der Spurenanalyse. Das sollte euch ein paar neue Anhaltspunkte geben", sagte Nick zu beiden.

Jack nickte, auch wenn er wusste, dass das nur der Anfang war. Der Papierkram wartete – Berichte schreiben, jeden Hinweis festhalten, die Fakten ordnen. Es war der Teil seines Jobs, den er am wenigsten mochte, aber es gehörte dazu. „Ich weiß, wie sehr du Berichte liebst", sagte Nick mit einem schiefen Grinsen. Jack grinste zurück. „Ja, der beste Teil des Jobs."

Mit einem letzten Blick auf Ted Barrows leblosen Körper wandte Jack sich vom Tatort ab.

2

Bath, Gegenwart

Penny

An diesem Nachmittag lag eine träge Monotonie über dem Gerichtssaal, fast erstickend in der endlosen Routine. Das Murmeln der Beteiligten hallte leise durch den Raum, während die Uhr über der Tür unaufhörlich tickte. Die Staatsanwältin hörte dem Kläger zu, der mit müder Stimme von einem skurrilen Vorfall berichtete – einem Einbruch in die örtliche Bäckerei. Der Täter, ein notorischer kleiner Gauner, hatte sich aus Versehen selbst eingesperrt, während er versuchte, die Kasse zu knacken. Sie saß still da, die Hände im Schoß gefaltet, und versuchte, sich auf die Verhandlung zu konzentrieren. Doch ihre Gedanken entglitten ihr immer wieder. Während der Kläger weiterhin seine amüsanten Schilderungen vortrug, schweifte ihr Blick zur Richterbank, wo Michael Abernathy reglos saß und aufmerksam lauschte. Seit Jahren kannten sie sich, hatten unzählige Verhandlungen gemeinsam durchgestanden, und dennoch schien ihm diese fast übermenschliche Geduld zu eigen zu sein. Ein leises Rascheln von

Aktenpapieren riss sie aus ihrer Trance. Der Anwalt der Gegenseite warf einen kurzen Blick in ihre Richtung, wohl wissend, dass dieser Fall mehr Lacher als echte Spannung bot. Sie seufzte innerlich und hoffte, dass das Ende der Verhandlung bald nahte. Der Richter räusperte sich und begann, die Akten auf seinem Pult zusammenzuschieben. „Gut, wir vertagen. Nächste Woche Donnerstag um 11 Uhr", verkündete er mit einem kurzen Schlag seines Hammers. Die Worte hallten wie ein erlösender Gong durch ihren Kopf – ein Ende für heute. Langsam erhob sie sich, sammelte ihre Papiere und verließ den Saal. Der schwere Eichenholztisch, an dem sie gesessen hatte, fühlte sich plötzlich wieder wie ein vertrauter Anker an, den sie nach endlosen Stunden endlich loslassen durfte.

Kaum war sie draußen auf dem Korridor, hörte sie hinter sich die Schritte des Richters näherkommen. „Na, wie geht es Graham?" begann er in gewohnt lockerer Manier. „Immer noch so entspannt wie eh und je?" Sie drehte sich um und lächelte leicht. „Ja, er genießt die Rente sehr. Mehr als ich wohl gedacht hätte."

„Du solltest es ihm gleichtun", erwiderte er mit einem Augenzwinkern. Doch dann wurde sein Gesicht ernst. „Ich wollte dir noch etwas sagen. Es gab heute Morgen einen Vorfall – ein Wachmann im Museum wurde tot aufgefunden. Die Ermittlungen deuten auf ein Verbrechen hin." Überrascht runzelte sie die Stirn. „Oh. Das klingt schrecklich."

„Es ist mehr als nur schrecklich", fuhr er fort. „Ich erwarte, dass du den Fall als Staatsanwältin übernimmst. Das wird nicht einfach, also sei darauf vorbereitet."

„Natürlich", sagte sie, die Gedanken wirbelten in ihrem Kopf. Ein Mordfall. Das bedeutete Arbeit, Verantwortung, vielleicht sogar Gefahr. In ihrem Alter? „Du machst das schon", sagte er ermutigend. „Wir werden nächste Woche mehr dazu erfahren."

Mit diesen Worten verabschiedete sie sich und machte sich auf den Weg zum Parkplatz. Die frische Luft draußen war eine angenehme Abwechslung zur stickigen Atmosphäre des Gerichtsgebäudes. Sie atmete tief ein, schloss für einen Moment die Augen und ließ die Anspannung des Tages von sich abfallen. Als sie in ihr Auto stieg und den Motor startete, schaltete sie automatisch das Radio ein, das leise vor sich hin dudelte. Die ersten Tropfen Regen fielen auf die Windschutzscheibe und hinterließen winzige Spuren.

3

Bath, Gegenwart

Arthur

Er stützte sich schwer auf den Umzugskarton, als Sam den letzten Kasten aus dem Wagen wuchtete. Ein dumpfer Schmerz zog sich durch seinen unteren Rücken, aber er verzog keine Miene. Der Junge musste nicht erfahren, dass jede Bewegung ihn inzwischen mehr Kraft kostete, als er zugeben wollte. Mit einem gemurmelten ‚Alles gut' übernahm Arthur den Karton und balancierte ihn ins Haus, obwohl er den Druck zwischen seinen Schulterblättern spürte. Der Rücken würde sich später melden, das war klar.

„So, das war's dann", sagte Sam erleichtert, als sie den Flur betraten. „Der letzte Karton."

Arthur nickte nur, setzte die Kiste auf dem knarrenden Dielenboden ab und sah sich in seinem neuen Zuhause um. Es war so anders hier in Bath – still, geordnet, beinahe zu ordentlich für seinen Geschmack. Die Reihenhäuser standen sauber und in Reih und Glied, perfekte Hecken, saubere Gehwege, und ein fast steriles Schweigen, das über den Straßen lag. Anders als London, wo die Straßen lebten und atmeten, wo der Lärm der Stadt Tag und Nacht durch die Fenster drang. Hier war es seltsam ruhig, als würde der ganze Ort auf einen stillen Befehl hin funktionieren. Perfekte Hecken, saubere Gehwege.

„Ich muss dann auch langsam los", sagte Sam, der ihn aus seinen Gedanken riss. Arthur sah ihm an, dass er schnell zurück nach London wollte, weg von der Stille, die auch ihn bedrückte. „Ist alles okay, Onkel Art?"

„Ja, ja", brummte Arthur und schob die Hände in die Taschen seiner Jacke. „Fahr du nur, ich schaff das hier schon." Er klopfte ihm leicht auf die Schulter. Sam nickte, zog die Schultern hoch und trat den Rückzug an.

„Ich hab dir noch die Zeitung hier auf den Tisch gelegt. Deine neue Daily Mail," rief Sam über die Schulter, bevor er zur Tür hinausging. Arthur sah ihm noch eine Weile nach, bis der Wagen um die Ecke bog und das Geräusch des Motors in der Ferne verschwand. Jetzt war er allein.

Er drehte sich um und ließ den Blick durch das Wohnzimmer gleiten, das immer noch voller Kartons stand. Die Wände waren kahl, abgesehen von einem einzelnen Haken, der an einer Stelle in der Ecke hing – dort würde der Orden seinen Platz finden. Arthur griff nach dem Gegenstand, der ihm besonders am Herzen lag, und hielt ihn kurz in der Hand. „Für herausragende Eigeninitiative im Dienst" stand auf der Plakette. Der Moment der Ehrung blitzte kurz in seinem Kopf auf, als die Kollegen ihm anerkennend auf die

Schulter geklopft hatten. Arthur war nie einer, der nach Auszeichnungen strebte, aber dieser Orden symbolisierte mehr als nur einen Fall. Er stand für all die Jahre harter Arbeit bei der Polizei, für seine Prinzipien und für die Nächte, in denen er gegen den Schlaf kämpfte, um Antworten zu finden.

Mit einem vorsichtigen Schwung hängte er den Orden an den Haken und trat einen Schritt zurück. Der Orden funkelte leicht im Licht, das durch das schmale Fenster fiel. Daneben, auf der Fensterbank, stand ein Bild von Claire – seiner Frau. Sie lächelte ihn an. Dieses warme, offene Lächeln, das ihn immer wieder traf, auch wenn sie schon so lange fort war. Arthur atmete tief durch, spürte den vertrauten Kloß im Hals und wandte sich ab.

Er setzte sich in den alten Ledersessel, den er aus der Londoner Wohnung mitgebracht hatte. Der Sessel war einer der wenigen Gegenstände, die hierher passten. Alles andere fühlte sich fremd an. Das Haus, die Nachbarschaft, sogar die Luft. Es war, als hätte er in der Metropole seinen Platz verloren. Jetzt musste er sich hier, in dieser leisen Siedlung in Bath, ein neues Leben aufbauen.

Neben ihm lag die Zeitung, die Sam ihm auf den Tisch gelegt hatte. Arthur griff danach, blätterte halbherzig durch die Seiten, bis ihm ein Flyer ins Auge fiel. „Quizabend im 'The Fox' – diesen Mittwoch um 20 Uhr!" stand in dicken Buchstaben auf knallbunten Hintergrund. Ein Pub, nur wenige Minuten entfernt, und ein Quiz.

Arthur verzog das Gesicht. Er war noch nie der Typ für solche gesellschaftlichen Veranstaltungen gewesen. In London hätte er einen solchen Abend ignoriert, ohne groß darüber nachzudenken. Doch hier? Hier gab es nicht viel anderes. Die Stille war drückend, und er konnte sich kaum vorstellen, den Rest seiner Tage in diesem leeren Haus zu verbringen, allein mit seinen Erinnerungen.

Das Radio, das leise im Hintergrund lief, wechselte von einem Musikstück zu den Nachrichten. Arthur hörte nur mit einem halben Ohr hin, bis eine Meldung seine Aufmerksamkeit erregte. „Heute Morgen wurde der Tod eines Wachmanns im Roman Baths Museum bestätigt. Erste Ermittlungen deuten auf ein Verbrechen hin. Die Polizei ermittelt."

Ein Mord, hier in Bath? Arthur ließ den Flyer sinken und runzelte die Stirn. Unwillkürlich kehrten alte Reflexe zurück. Früher hätte er sofort zu einem Kollegen gegriffen, hätte die Details abgefragt, versucht, den Fall mit eigenen Augen zu sehen. Doch diese Zeiten lagen hinter ihm. Sein Platz war nicht mehr bei der Polizei, und der Gedanke, sich in einen solchen Fall einzumischen, erschien ihm jetzt, mit einem schmerzenden Rücken und einem leeren Haus, merkwürdig fern.

Er schüttelte den Kopf, griff wieder zur Zeitung und ließ den Flyer neben sich auf den Tisch sinken.

4

Bath, Gegenwart

Maggie

Maggie saß in ihrem Lieblingssessel am Fenster des „The Fox" und ließ den Blick schweifen. Der Pub war wie immer angenehm ruhig, nur das leise Klirren von Tassen und das Murmeln der wenigen Gäste durchbrach die sanfte Stille. Das Holz der Tische war dunkel und abgenutzt, von unzähligen Händen über die Jahre poliert. Die Luft roch nach frischem Tee, Pfeifentabak und dem leichten Hauch von nassem Leder, den die Gäste mitbrachten. Es regnete draußen, dieser typisch feine, englische Regen, der die Welt vor dem Fenster sanft in ein graues, verschwommenes Bild verwandelte.

Maggie liebte diese stillen Nachmittage. Sie blätterte die Speisekarte durch, mehr aus Gewohnheit als aus Interesse, denn sie wusste längst, was sie nehmen würde. Scones und Tee – ihre beständige Wahl. Doch sie ließ sich Zeit, betrachtete die liebevoll gestalteten Illustrationen der Gerichte und ließ die Worte auf der Karte in ihren Gedanken versickern. Ihre Augen glitten immer wieder hinaus auf die nasse Straße, wo der Regen kleine Pfützen bildete, in denen sich das fahle Licht der Laternen spiegelte.

In der Ferne erblickte sie einen älteren Mann, der sich in der Haustür eines der Backsteinhäuser gegenüber von einem jüngeren Mann verabschiedete. Der Jüngere stieg in ein Auto mit Londoner Kennzeichen, während der Ältere noch einen Moment unschlüssig in der Tür stehen blieb, als wolle er sicherstellen, dass alles seine Ordnung hatte. Maggie beobachtete die Szene still, ein Anflug von Neugier in ihren Gedanken.

Gerade als Maggie sich weiter in diesen Gedanken verlor, wurde die schwere Holztür des Pubs geöffnet, und eine Brise kühle Luft drang herein. Eliza trat ein, den Mantel geöffnet, das Haar zerzaust vom Regen, der draußen immer stärker geworden war. Sie strahlte trotz des ungemütlichen Wetters eine Art mühelose Fröhlichkeit aus, die Maggie immer bewundert hatte.

„Hast du schon bestellt, Mum?" fragte Eliza, als sie sich ihr gegenüber auf den weichen Sessel sinken ließ.

„Noch nicht", antwortete Maggie und schob die Karte beiseite. „Ich habe auf dich gewartet."

Eliza ließ sich in den Sessel sinken. Halbherzig streifte sie sich den Mantel von den Schultern, während sie ungeduldig an einer Haarsträhne zog. „Ich habe nicht viel Zeit, tut mir leid. Gerade eben habe ich noch eine Deadline für einen weiteren Artikel gedrückt bekommen."

Maggie schmunzelte, während sie einen Blick zu Charlie, dem Besitzer des „The Fox", warf. Er war wie immer hinter der Theke beschäftigt. Er bemerkte Maggies Blick, nickte freundlich und kam zu ihnen herüber.

„Meine Damen, wie immer?" Maggie nickte, während Eliza sich für ein Sandwich entschied. Charlie notierte die Bestellung mit einem Lächeln, bevor er kurz innehielt und sich müde die Stirn rieb. „Übrigens, falls ihr es noch nicht mitbekommen habt: Ich habe Personalmangel. Ein absoluter Albtraum, sag ich euch. Aber heute Abend kommt jemand vorbei, der mir vielleicht am Wochenende und ab und an abends aushilft. Ein Typ aus der Stadt. Mal sehen, wie er sich schlägt."

„Hoffentlich wird er dich entlasten", sagte Maggie. „Du wirkst erschöpft."

„Das wäre schön." Charlie grinste erschöpft und winkte ab. „Naja, mal sehen, was der taugt. Außerdem wollte ich euch noch an den Quizabend am Mittwoch erinnern. Maggie, du bist doch dabei?"

Maggie lächelte und nickte, während sie die Stimmung im Pub in sich aufsog. „Ja, ich freue mich darauf. Es ist eine schöne Ablenkung." Eliza hingegen winkte ab. „Nicht diesmal, Charlie. Es sei denn, du willst, dass ich meinen Laptop mitbringe und nebenbei arbeite."

„Schade", sagte er mit einem Lächeln, bevor er sich wieder auf den Weg machte. „Woran arbeitest du gerade?" fragte Maggie ihre Tochter.

Eliza seufzte und stützte das Kinn auf ihre Hand. „Ach, der Artikel über die neuen Bauprojekte am Stadtrand. Es ist zäh. Ich versuche, es irgendwie interessant zu machen. Wer will schon über Mieten und Beton lesen?" Maggie schmunzelte. „Du wirst einen Weg finden. Du immer."

Eliza lächelte müde und nahm einen Schluck von ihrem Tee. „Ich hoffe es. Manchmal wünschte ich mir, es wäre einfacher."

5

Kensington, Gegenwart

Der späte Nachmittag in Kensington war geprägt von einem Hauch an Eleganz und Wohlstand. Die Straßen gesäumt von prachtvollen viktorianischen Villen, deren Fassaden in warmen Erdtönen leuchteten, als wären sie sorgfältig in die Morgensonne getaucht. Zu den kunstvollen Gitterzäunen, die jede Residenz umgaben, gesellten sich liebevoll angelegte Gärten, die mit bunten Blumen geschmückt waren und eine fröhliche Konkurrenz um die Aufmerksamkeit der Passanten veranstalteten. Hier und da klang das Lachen von Kindern, die fröhlich auf den Gehwegen spielten, während ihre Eltern sich mit geselligen Grüßen über die gepflegten Hecken hinweg unterhielten.

Inmitten dieses Szenarios stand ein Mann am bodentiefen Fenster seiner luxuriösen Villa, die sich stolz in der ersten Reihe der Straße präsentierte.

Er hatte sorgsam frisiertes, gefärbtes Haar, das ihm trotz seines fortgeschrittenen Alters ein jugendliches Aussehen verlieh. Sein Gesicht zeigte einen Ausdruck, der zwischen Nachdenklichkeit und Entschlossenheit pendelte.

Vor ihm erstreckte sich ein makellos gepflegter Rasen, der unter dem goldenen Licht der untergehenden Sonne leuchtete. Der Rasen wirkte wie ein Teppich aus feinstem Samt und war das Ergebnis unzähliger Stunden harter Arbeit. Gärtner waren regelmäßig damit beschäftigt, jeden Grashalm mit Sorgfalt zu schneiden und die perfekten Kanten zu schaffen, die einen Eindruck von Ruhe und Perfektion hinterließen.

In der Hand hielt er ein Glas, gefüllt mit einem erlesenen Scotch – *Macallan Sherry Oak*, 18 Jahre alt. Der Duft des Whiskys vermischte sich mit der frischen Morgenluft, während er den edlen Tropfen langsam zwischen seinen Fingern drehte, als wäre es ein kostbares Artefakt. Die goldene Flüssigkeit schimmerte im Licht und versprach den reichen, komplexen Geschmack, für den dieser exquisite Tropfen bekannt war.

Trotz der Idylle war sein Blick abwesend. Heute Morgen hatte er eine Nachricht erhalten, die ihn beunruhigte: Ein Wachmann war ermordet worden. Es war ein Leben verloren, ja, aber für Gideon war der Tod des Mannes eher eine vage Erinnerung an die Gefahren, die in seiner Welt lauerten. Was ihn wirklich beschäftigte, war die nagende Angst, die unweigerlich mit dieser Nachricht einherging. Hatten sie es entdeckt? Waren sie ihm zuvor gekommen?

Er schloss die Augen für einen Moment und atmete tief ein, als wollte er den Duft des Rasens durch das Fenster einfangen, der ihn für einen Augenblick ablenken sollte. In Gedanken rekapitulierte er die Ereignisse, die zu diesem Punkt geführt hatten. Fehler waren unterlaufen. Während er die perfekten Ränder seines Gartens betrachtete, wurde ihm klar, dass die makellose Fassade, die er mit so viel Aufwand aufgebaut hatte, auf wackeligen Füßen stand.

Gerade als er seinen letzten Schluck Whisky nehmen wollte, bemerkte er eine Bewegung aus dem Augenwinkel. Seine Frau, Amelia, trat neben ihn. Sie war zu jung und zu hübsch für ihn, mit langen braunen Haaren und einem Lächeln, das selbst die Sonne neidisch gemacht hätte. Ihre Ausstrahlung war eine Mischung aus Unschuld und Selbstbewusstsein. Sie war das glitzernde Accessoire in seinem Leben, das ihn in den höheren Gesellschaftskreisen von Kensington noch mehr glänzen ließ.

„Hey Darling", sagte sie mit ihrer sanften Stimme. Ihre Augen funkelten vor Neugier, als sie den Blick auf den Rasen richtete. „Sieht wieder fantastisch aus. Ist das nicht der perfekte Tag für eine Tasse Tee auf der Terrasse?"

Gideon war für einen kurzen Moment unkonzentriert, der Gedanke an die bevorstehenden Herausforderungen und die Nachricht rückte in den Hintergrund. „Ja, ich denke schon", antwortete er und ließ sein Glas auf den Designer-Tisch neben ihm sinken. „Aber ich muss noch ein paar Dinge erledigen."

„Du musst immer paar Dinge erledigen.", murmelte Amelia, als sie ihm einen kessen Blick zuwarf. Gideon fühlte sich für einen Augenblick fast beschämt, als er daran dachte, wie viel er von ihr abverlangte und wie wenig er ihr dafür zurückgeben konnte.

6

Eburacum (heut. York), Vergangenheit

Gaius

Der Wind, der über die kahlen Hügel im Norden Britanniens fegte, war unerbittlich. Kalt und feucht kroch er durch die Ritzen der Lagerwände von *Eburacum* und der beständige Regen verwandelte die Erde in einen Morast, der die Schritte schwer und mühsam machte. Über den schmalen Horizont kroch das graue Licht eines frühen Morgens, doch von Hoffnung war in dieser Weite nichts zu spüren.

Centurio Gaius Julius Silvanus stand am Rand der Palisaden, den Blick nach Norden gerichtet. Vor ihm erstreckten sich die sanften Hügel und Wälder, die das unerforschte, gefährliche Land der Pikten verbargen. Die Welt hier, am äußersten Rand des Imperiums, war rau und fremd, weit entfernt von der Ordnung und dem Glanz Roms. Es war ein Land, das seine Bewohner zu verschlingen schien – nicht nur ihre Körper, sondern auch ihre Seelen.

Gaius zog den schweren Umhang fester um seine Schultern und biss die Zähne zusammen. Er war ein erfahrener Mann, gehärtet durch Jahre im Dienst des Imperiums, doch in Britannien schien die Zeit selbst gegen ihn zu arbeiten. Die Tage waren grau, das Land feindselig und der ständige Kampf gegen die Pikten, die jenseits der Hügel lauerten, zermürbte nicht nur die Männer, sondern auch ihren Willen.

„Centurio." Eine Stimme riss ihn aus seinen Gedanken. Es war der Optio Decimus Aelius Rufus, der junge Stellvertreter, der neben ihm Haltung annahm und knapp salutierte. „Die Männer sind bereit für die Morgenübung."

Gaius nickte stumm und ließ den Blick über das Lager schweifen. Die Holzbaracken standen in Reih und Glied, umgeben von Wachtürmen und dem stetigen Geräusch von Hämmern, die auf Holz und Metall schlugen. Hier und da sah er die Legionäre, die bereits mit ihren Waffen trainierten oder Ausrüstung reparierten. Für sie war der Alltag eine endlose Abfolge von Drill, Wachschichten und kurzen Momenten der Ruhe.

„Lass sie noch ein paar Runden mit den *pilum* werfen," sagte Gaius schließlich und deutete auf die Männer, die sich im Übungsgelände sammelten. „Achte darauf, dass sie nicht nachlassen. Die Pikten warten nur darauf, dass wir unvorsichtig werden."

Der Optio nickte, doch in seinen Augen lag ein Ausdruck, den Gaius in letzter Zeit öfter bei seinen Männern bemerkt hatte. Eine Art Unruhe, die unter der Oberfläche brodelte. Es waren nicht nur die wilden Stämme, die die Legion zermürbten. Es war die lange Stationierung in Britannien fernab von ihren Familien und dem

Glanze Roms. Der Alltag bestand aus Entbehrungen, nicht aus Ruhm.

„Wie lange werden wir hier noch festsitzen, Centurio?" fragte Decimus leise, während sie über den Platz gingen. „Die Männer fragen sich, ob es überhaupt ein Ende hat. Jeden Tag dasselbe... und für was?"

Gaius schwieg eine Weile. Auch er fühlte diese Schwere. Seit Jahren kämpfte er in Britannien, doch es war, als würde sich nichts verändern. Die Pikten blieben eine ständige Bedrohung, das Land war rau, und der Frieden schien eine ferne Illusion.

„Rom hat uns hierher geschickt, weil wir die Besten sind," sagte er schließlich und bemühte sich um Festigkeit in seiner Stimme. „Wir halten die Grenze, damit das Reich sicher bleibt. Das ist unser Auftrag."

Doch in seinem Inneren keimten dieselben Zweifel. Er dachte an Rom, an die glanzvollen Straßen, die prunkvollen Bäder und die Feste, die er einst genossen hatte. Britannien bot nichts dergleichen. Hier war das Leben hart und das Imperium schien weit, so weit entfernt.

Als sie das Übungsgelände erreichten, hörte Gaius das Klirren von Schwertern und das dumpfe Aufschlagen von Schilden. Die Legionäre waren diszipliniert, gut ausgebildet und bereit, sich jedem Feind zu stellen. Aber selbst die besten Männer konnten ermüden. Lucius Flavius Sabinus, der Tribunus Laticlavius, beobachtete die Szene aus der Ferne. Ein junger, arroganter Senatorensohn, der sich mehr für die Annehmlichkeiten eines gut gedeckten Tisches interessierte als das Schicksal der Legion. Für

Lucius war Britannien nur ein notwendiges Übel, ein Sprungbrett auf seinem Weg nach Rom.

Gaius beobachtete ihn skeptisch. Der Tribunus war ehrgeizig und unberechenbar, ein Mann, der seine Zeit hier so kurz wie möglich halten wollte. Lucius' mangelnde Erfahrung und Arroganz sorgten für Spannungen, doch er war weit entfernt davon, den Alltag der Legion zu verstehen.

„Centurio!" Ein Soldat eilte plötzlich auf ihn zu, außer Atem. „Es gab einen Überfall auf einen unserer Vorposten im Norden. Einige Männer sind verschwunden."

Ein kalter Knoten bildete sich in Gaius' Magen. „Wer hat uns angegriffen?"

„Die Pikten, wie es aussieht," sagte der Soldat schwer atmend. „Sie kamen in der Nacht. Unsere Männer hatten keine Chance."

Gaius' Kiefer mahlten. Diese ständigen nächtlichen Überfälle. Die Pikten kämpften wie Schatten. Man konnte sie nie fassen, nie stellen, und sie hinterließen nur Tod und Verwüstung.

„Ruf die Offiziere zusammen," befahl er ruhig und straffte seine Schultern. „Wir müssen handeln!"

Als der Soldat wegrannte, blieb Gaius noch einen Moment reglos stehen, die Kälte der Situation spürend. Der Krieg gegen die Pikten war wie ein Kampf gegen Schatten – ein Feind, der niemals offen auf dem Schlachtfeld stand. Gaius wusste, dass sich etwas veränderte. Das Lager war nicht mehr sicher. Die Bedrohung wuchs.

7

Bath, Gegenwart

Jack saß an seinem Schreibtisch im Revier und starrte auf den Computerbildschirm. Das leere Formular für Anzeigen wegen Fahrerflucht vor ihm verschwamm in einem monotonen Grau. Er hätte schwören können, dass die Uhr an der Wand langsamer tickte als gewöhnlich. „Ein weiterer Tag im Paradies", murmelte er und rutschte unruhig auf seinem Stuhl hin und her. Neben ihm saß eine junge Frau Anfang 20 und sichtlich nervös. Ihr Freund, der seine Anzeige bei Chris aufgab, saß direkt hinter ihr.

Der Besuch des Tatortes lag nun bereits ein paar Tage zurück, und Jack konnte es kaum erwarten, endlich wieder in die Ermittlungen einzutauchen. Der Anblick der Leiche von Ted Barrow und die drängenden Fragen, die damit verbunden waren, ließen ihm keine Ruhe. Man hatte sich darauf geeinigt, dass sie zunächst auf den Bericht von Nick warten sollten, bevor die eigentliche Ermittlung in die Gänge kam. Diese Wartezeit hatte ihn jedoch in die Untiefen lästiger Anzeigen und Nachbarschaftsstreitigkeiten gezogen, die ihn mehr als einmal an seinem Verstand zweifeln ließen.

Victoria, wie sie sich vorgestellt hatte, spielte nervös mit den Fingern an ihrem Handgelenk, auf dem eine schlichte, silberne Uhr glitzerte. Jack beobachtete sie einen Moment, während er versuchte, den Fokus zu finden, der ihm abhandengekommen war. Ihr langes, lockiges Haar fiel ihr über die Schultern und sie biss sich auf die Lippe, als hätte sie Angst, den falschen Eindruck zu hinterlassen. „Okay, Victoria", begann er schließlich und lächelte, um sie zu ermutigen. „Was genau ist passiert?"

„Also, ich war mit meinem Freund Max unterwegs", begann sie und holte tief Luft. „Wir waren auf dem Weg zur Uni, als wir an einem Zebrastreifen hielten, um Fußgänger passieren zu lassen. Plötzlich hat uns ein rotes Auto geschnitten. Es war so knapp, dass ich nicht weiß, warum wir nicht zusammengestoßen sind."

Jack nickte und tippte sich Notizen auf die Tastatur. „Haben Sie sich das Kennzeichen gemerkt?"

„Ähm, nein", antwortete Victoria, während sie den Kopf schüttelte. „Es war ein roter Audi, ich glaube, ein A3 oder A4. Aber das Kennzeichen, das war... es ging alles so schnell, DS Carter."

„Könnten Sie beschreiben, wie der Fahrer aussah?", hakte Jack nach.

„Ich kann mich nicht genau erinnern", stammelte sie und verdrehte ihren Kopf, um bei ihrem Freund Bestätigung zu suchen.

„Er hatte dunkle... ähm, ich bin mir nicht sicher, ich war mehr auf den Verkehr konzentriert."

Max, ihr Freund, drehte sich auf seinem Stuhl zu seiner Freundin um. „Warte, Victoria. Du hast doch gesagt, er hatte blonde Haare!"

Jack hielt kurz inne und warf Max einen Blick zu. „Max, konzentrieren Sie sich bitte auf Ihre eigene Aussage. Wir müssen klar herausarbeiten, was passiert ist. Bitte sprechen Sie mit DI Marsden" Chris nickte bestätigend und forderte Max auf, sich auf seine Anzeige zu konzentrieren.

Max murmelte eine Entschuldigung und lehnte sich wieder zurück, während Victoria fortfuhr. „Es war einfach eine gefährliche Situation. Der Fahrer hat uns einfach überholt und dann geschnitten, auf dem Zebrastreifen. Ich hatte das Gefühl, dass wir gleich einen Unfall bauen."

Jack stellte sicher, dass er alle Details erfasste. „Und wie schnell war das Auto?"

„Ich glaube, vielleicht 50 oder 60 km/h", sagte sie unsicher. „Es war auf jeden Fall zu schnell für die Straße da."

„Und wo genau ist das passiert?", fragte Jack weiter und versuchte, ihr die nötige Sicherheit zu geben.

„In der Nähe des Campus, an der Hauptstraße", erklärte sie und drehte ihren Hals nervös zu ihrem Freund. „Es war echt chaotisch, und wir waren schon fast drüber."

„Gab es Zeugen?", hakte Jack nach.

„Ich habe ein paar Passanten gesehen, aber ich kann mich nicht an ihre Gesichter erinnern", sagte Victoria und senkte den Blick auf ihre Hände.

„Waren Sie beide im Auto?", fragte Jack und sah sie an.

„Ja, wir waren im Auto", bestätigte Max. „Ich habe es alles gesehen. Wir standen an der roten Ampel und dann..."

"Max, können Sie sich bitte auf die Aussage bei mir konzentrieren und Ihre Freundin macht die Aussage bei DS Carter? Wenn das nicht funktioniert mit Ihnen, müssen wir in die Verhörräume gehen, die normalerweise nur für Schwerverbrecher genutzt werden." Ermahnte ihn Chris.

Max sah panisch zu Jack, schluckte und nickte "Alles klar Officer!" bestätigte er.

„Die Ampel war grün, als wir losgefahren sind!", vervollständigte Victoria die Frage von Jack.

Jack bemühte sich, die Situation zu beruhigen. „Das spielt im Moment keine Rolle. Victoria, was war die Situation, als der Fahrer kam?"

„Wir hatten die Ampel grün, und wir wollten gerade über den Zebrastreifen fahren als das Auto uns einfach geschnitten hat. Es war wirklich gefährlich", erklärte Victoria.

„Wie viele Personen waren im anderen Fahrzeug?", fragte Jack.

„Ich habe niemanden gesehen, ich habe nur das Auto gesehen", antwortete sie, während sie nervös an ihrem Handgelenk spielte.

„Gab es irgendwelche weiteren Details, die Ihnen aufgefallen sind?", fragte Jack.

„Es hatte einen Kratzer an der linken Seite, ich glaube", sagte sie nachdenklich und versuchte, sich zu erinnern. „Und die Lichter waren ziemlich grell, fast blenden. Es war einfach zu viel auf einmal."

Jack notierte sich die Informationen. „Das ist hilfreich, danke. Was ist danach passiert?"

„Der Fahrer ist einfach weitergefahren", erklärte Victoria frustriert. „Wir waren so geschockt, dass wir erstmal nicht wussten, was wir tun sollten."

„Haben Sie sofort die Polizei informiert?", fragte Jack.

„Ja, wir haben dann ein paar Minuten später angehalten und die Polizei angerufen", erwiderte Victoria und sah Jack direkt an. „Ich war einfach so aufgeregt."

In diesem Moment ertönte ein Ping von Jacks Computer, und eine neue E-Mail ploppte auf dem Bildschirm auf. Jack warf einen schnellen Blick darauf und sah den Betreff: „Tatortbericht". Sein Herzschlag beschleunigte sich. Endlich. Fahrerflucht Anzeigen gehörten ab jetzt der Vergangenheit an.

8

Bath, Gegenwart

Penny

Der Pub „The Fox" war bereits gut besucht, als Penny eintrat. Sie blieb einen Moment im Eingangsbereich stehen, den Mantel noch um sich geschlungen und ließ den Blick über den Raum schweifen. Die Wärme des Kaminfeuers mischte sich mit dem gedämpften Gemurmel der Gespräche, das leise Klirren von Gläsern und dem gelegentlichen Lachen einer Gruppe am hinteren Tisch. Der Raum war urig eingerichtet. Holzbalken zogen sich über die Decke und die Tische waren zu einem großen Rechteck zusammengeschoben worden. Alles war bereit für den Quizabend.

Eigentlich hatte sie nicht vorgehabt, hier zu sein. Doch als sie nachmittags in einem Anflug von Langeweile durch die Post ging, fiel ihr der Flyer wieder in die Hände. Graham hatte ihn auf den Küchentisch gelegt und gesagt: „Vielleicht solltest du mal raus, ein bisschen was unternehmen." Penny hatte ihn zuerst belächelt, aber irgendetwas an der Idee, sich unter Menschen zu mischen, schien doch verlockend. Also war sie nun hier, obwohl sie sich bereits unwohl fühlte, bevor sie den ersten Schritt in den Raum gemacht hatte. Sie ließ ihren Blick weiter wandern, unschlüssig, wo sie sich setzen sollte.

Charlie, der Besitzer des Pubs, stand hinter der Bar und nickte ihr freundlich zu. Er war groß und kräftig, mit einem wettergegerbten Gesicht und einem verschmitzten Lächeln, das den Eindruck erweckte, als wäre ihm kein Witz zu flach. Sie ließ ihren Blick weiter wandern, unschlüssig, wo sie sich setzen sollte. Ihr war nicht ganz klar, warum sie eigentlich hier war.

„Hallo", sagte eine freundliche Stimme, die Penny aus ihren Gedanken holte. Als sie aufsah, entdeckte sie eine Frau mit schlichter Eleganz und einem offenen Lächeln. Ihre grauen Haare waren ordentlich frisiert, und ihr Auftreten strahlte Wärme aus. „Bist du auch hier für das Quiz?"

Penny lächelte ein wenig unsicher und reichte der Frau die Hand, die einen festen und herzlichen Griff hatte. „Ja, ich dachte, ich schau mal vorbei. Ich bin Penny Carter."

„Freut mich, dich kennenzulernen, Penny. Ich bin Maggie", stellte sich die Frau vor, während sie sich neben Penny setzte. Ihre Bewegungen waren ruhig und unaufdringlich, und es war offensichtlich, dass sie sich in der Umgebung wohl fühlte.

Maggie nahm Platz. Sie strahlte eine angenehme Vertrautheit aus, die Penny half, sich ein wenig entspannter zu fühlen.

„Die Quizabende hier sind immer recht gesellig", erklärte Maggie, während sie sich setzten. „Ich komme fast jeden Mittwoch her, allein kann man ja nicht ewig zu Hause rumsitzen." Penny nickte.

Gerade, als Charlie sich bereit machte, die Spielregeln für den Abend zu erklären, öffnete sich die Tür erneut. Ein älterer Mann trat ein, sein Gesicht leicht streng, mit einer steifen Haltung, die ihm einen würdevollen, wenn auch leicht mürrischen Ausdruck verlieh. Sein graues Haar war zerzaust, und seine schwere Jacke schien viele Winter erlebt zu haben. Penny beobachtete, wie er zögerte, bevor er auf den letzten freien Platz neben ihr zusteuerte.

„Ist hier noch frei?" Seine Stimme war tief, mit einem rauen Unterton, als wäre er es gewohnt, nicht viele Worte zu reden.

„Ja, klar", antwortete Penny schnell und schob ihre Tasche etwas zur Seite. Der Mann setzte sich mit einem knappen Nicken. Bevor sie noch etwas sagen konnte, begann Charlie, die Spielregeln zu erläutern.

„Arthur", murmelte er schließlich, nachdem er sich eingerichtet hatte, ohne sie anzusehen. Er reichte ihr flüchtig die Hand, die Penny nur kurz berührte, bevor sie sich wieder zurücklehnte und zuhörte.

Das Quiz verlief besser, als Penny es erwartet hatte. Maggie erwies sich als überraschend schlagfertig, mit einer bewundernswerten Kenntnis über britische Serien, während Arthur – wie sich herausstellte – in allem, was mit Geschichte zu tun hatte, glänzte. Penny trug hin und wieder etwas bei, war aber meist still und ließ die beiden das Spiel dominieren. Sie fühlte sich nicht unwohl, eher amüsiert darüber, wie sich der Abend ganz anders entwickelte, als sie es sich vorgestellt hatte.

Nachdem die letzte Frage beantwortet war und die Gewinner des Abends verkündet wurden, blieb ihre kleine Gruppe noch an dem Tisch sitzen. Der Großteil der Gäste machte sich auf den Heimweg, aber die Wärme des Pubs und die entspannte Stimmung luden zum Verweilen ein.

„Nicht schlecht", sagte Maggie und lehnte sich mit einem Lächeln zurück. „Wir haben zwar nicht gewonnen, aber es hat Spaß gemacht!"

Arthur brummte zustimmend und nahm einen großen Schluck aus seinem Bierglas. Er wirkte nicht sonderlich gesprächig, aber es war offensichtlich, dass auch er den Abend genossen hatte.

Penny musterte die beiden über den Rand ihres Glases und versuchte, das Gefühl der Unruhe in sich zu sortieren. Vielleicht war es doch keine schlechte Idee gewesen, herzukommen. Etwas tat sich in ihrem Leben, auch wenn sie noch nicht genau wusste, was.

„Hast du gehört, was neulich in Bath passiert ist?" fragte Maggie plötzlich und drehte sich zu Penny.

Penny blinzelte verwirrt. „Wovon sprichst du?"

„Der Mord im römischen Bad", sagte Maggie mit ernster Stimme. „Hast du das etwa nicht mitbekommen?"

„Im römischen Bad?" Penny stellte sich unwissend und schaute Maggie an. „Hab ich auch gehört", brummte Arthur, als wäre es nichts Neues. „Ich hab's in der Zeitung gelesen. Eine große Sache für so eine ruhige Stadt."

Gerade, als sie weiter darüber sprechen wollten, trat David, der neue Kellner, an den Tisch. „Alles in Ordnung bei euch?" fragte er, als er die leeren Gläser musterte.

„Ja, danke", antwortete Arthur knapp und blickte den jungen Mann einen Moment zu lange an.

„Habt ihr von dem Mord gehört?" fragte David beiläufig, als wäre es nichts Besonderes. „Alle reden darüber. Ziemlich schockierend, oder?". Arthur reagierte nicht, sondern nahm einen weiteren Schluck. Doch Maggie schien den Faden aufnehmen zu wollen. „Ja, sehr schockierend. Man fragt sich, was genau da passiert ist."

David zuckte mit den Schultern und lächelte knapp „Offensichtlich ein Mord."

„Offensichtlich ein Mord.", wiederholte Penny leise, mehr zu sich selbst.

9

Bath, Gegenwart

David

David wischte sich die Hände an seiner Schürze ab und lehnte sich einen Moment gegen die Theke, während die Ereignisse des Abends in seinem Kopf nachhallten.

Sein erster Tag als Kellner im „The Fox" war überraschend intensiv gewesen. Er hatte sich diesen Job als kleine Nebenbeschäftigung gesucht, um die Rechnungen bezahlen zu können und seinen Tag zu füllen. Die Arbeit als Postbote brachte genug Geld zum Leben, doch es fehlte etwas. Eine Art Lücke, die er während der langen, einsamen Stunden spürte, in denen er durch die Straßen Baths wanderte.

Bath war für David immer eine faszinierende Stadt gewesen. Seit seinem Umzug hierher hatte er gehofft, Anschluss zu finden und in den Fluss des Lebens dieser Stadt einzutauchen. Der Pub-Job schien eine gute Möglichkeit zu sein, mehr unter Leute zu kommen.

Eigentlich hatte er nur die leeren Gläser einsammeln wollen, als er plötzlich das Gespräch am Tisch von einem etwas merkwürdigen Trio belauschte.

Jeder von ihnen auf seine Weise auffällig. Der Mann, gekleidet in eine abgewetzte Lederjacke, um die 70, wirkte mürrisch und verschlossen. Sein ganzer Auftritt erinnerte an jemanden, der schon viel gesehen und vielleicht noch mehr verloren hatte. Neben ihm saß eine Frau, vielleicht zehn Jahre älter als der Mann. Ihre grauen Haare waren perfekt frisiert, ihr Schmuck dezent, aber kostbar. Sie hatte die Aura einer Frau, die einst zu den Reichen und Schönen gezählt hatte und wahrscheinlich auch heute noch von ihrem Reichtum zerrte. Sie sprach mit einer Selbstverständlichkeit, als wäre der Raum um sie herum nur Kulisse für ihre Erzählungen.

Doch es war die jüngere Frau, die David besonders ins Auge fiel. Sie war etwas jünger, vielleicht um die 60, und wirkte wie der ruhige, vernünftige Pol der Gruppe. Ihr Auftreten war besonnen, ihr Blick aufmerksam und abwägend, als hätte sie alles, was um sie herum geschah, genau im Griff.

Es ging um den Mord, der die ganze Stadt aufgerüttelt hatte. Ein Verbrechen, das im Römischen Bad verübt worden war. Jeder sprach darüber, es war in den Zeitungen und auf den Straßen das Hauptgesprächsthema. Und genau dieses Thema hatte ihn angezogen.

David wusste selbst nicht genau, warum er sich in das Gespräch eingemischt hatte. Vielleicht war es die Neugier, vielleicht der Drang, mehr als nur der stumme Kellner zu sein, der im Hintergrund herumwuselte. Oder vielleicht hatte er einfach das Bedürfnis etwas beizutragen, Teil von etwas zu sein. Als er fragte:

„Habt ihr von dem Mord gehört?", hatte er versucht, beiläufig zu klingen, als wäre es nichts Besonderes. Doch tief in seinem Inneren war das Thema von großer Bedeutung. Denn er kannte den Ermordeten.

Es war nicht viel, was er über den Mann wusste. Als Postbote hatte er ihm hin und wieder Pakete zugestellt, und obwohl der Inhalt dieser Sendungen gewöhnlich gewesen war: Bücher, ein paar Kleidungsstücke, war der Mann selbst nicht unscheinbar gewesen. Wortkarg, verschlossen, jemand, der den Blick anderer mied. David erinnerte sich noch gut an sein Gesicht, das ihm bei jeder Zustellung in die Gedanken eingebrannt geblieben war.

„Ich bin Postbote", hatte er zu Maggie und Penny gesagt. „Ich glaube, ich habe dem Mann, der ermordet wurde, mal ein paar Pakete zugestellt." Penny hatte ihm mit ernstem Interesse zugehört, während Arthur, wie es schien, ihm kaum Beachtung schenkte. Doch Maggie war aufmerksam. Sie wollte mehr wissen, fragte nach den Paketen, ob ihm etwas Ungewöhnliches aufgefallen war.

David hatte leicht die Schultern gehoben. „Nichts Besonderes", sagte er. „Aber der Typ war immer... na ja, seltsam. Meistens wortkarg, hat mich nie richtig angesehen." Er sah Maggies neugierigen Blick und Penny, die sich ebenfalls sichtlich für die Geschichte interessierte. Doch bevor das Gespräch weiter vertieft werden konnte, hatte er sich höflich verabschiedet und war zur Theke zurückgekehrt.

10

Bath, Gegenwart

David

Das Morgenlicht schlich sich träge durch das kleine Fenster und fiel auf den abblätternden Putz der Wände, der die Erinnerungen an bessere Zeiten verborgen hielt. Der Geräuschpegel der Straße draußen war gedämpft, ein leises Gemurmel von Menschen und Fahrzeugen, dass sich wie eine ferne, herumschwebende Melodie anhörte. David stand in seiner winzigen Wohnung, die kaum Platz für ein Bett, einen kleinen Tisch und eine Küchenzeile bot, und betrachtete sein Spiegelbild über dem Waschbecken. Es war ein Ort, den er eher ertrug als genoss, eine Unterkunft, die kaum als Zuhause durchging. Meistens kehrte er nur zum Schlafen hierher zurück. Er mied die bedrückende Enge so gut es ging.

Er machte sich fertig für seine Schicht. Gerade als er sich das Hemd zuknöpfen wollte, durchbrach das Klingeln an der Tür die Stille. Besuch? So früh morgens? David erhielt selten unerwarteten Besuch, schon gar nicht hier, in dieser ungemütlichen Wohnung.

Verwirrt legte er das Hemd beiseite und ging im Unterhemd zur Tür.

Zu seiner Überraschung stand die Frau aus dem Pub vor ihm. Sie trug einen schlichten, dunklen Mantel und ihre dunkel gefärbten Haare fielen locker über ihre Schultern. Sie sah anders aus als am Abend zuvor – weniger distanziert, fast ein wenig unsicher, als wüsste sie nicht genau, wie sie beginnen sollte. Doch in ihrem Blick lag Entschlossenheit.

„David, richtig?" fragte sie, als wolle sie sich vergewissern, dass sie an der richtigen Tür stand.

„Ja?" antwortete er, noch immer überrascht, sie hier zu sehen.

Sie nickte und lächelte leicht, aber es war ein vorsichtiges Lächeln. „Darf ich reinkommen? Ich hoffe, ich störe nicht, aber ich würde gern mit Ihnen über etwas sprechen."

David trat zur Seite, um sie hereinzulassen. Sie warf einen kurzen Blick durch den Raum, nahm die beengten Verhältnisse und die kargen Wände zur Kenntnis, ohne ein Wort darüber zu verlieren. Stattdessen setzte sie sich auf den einzigen Stuhl, der an dem kleinen Tisch stand, und schaute David erwartungsvoll an.

„Woher wissen Sie, wo ich wohne?" fragte er sie.

"Charlie", antwortete die Frau. Sie zog ihren Mantel enger um sich, als wollte sie sich vor der Kälte draußen und der beklemmenden Atmosphäre des Raums schützen. „Ich dachte, ich komme vorbei, weil Sie gestern erwähnt haben, dass Sie den Ermordeten kannten. Und der Fall beschäftigt mich." David ließ sich auf die Kante seines Bettes sinken, das direkt am Tisch stand. „Beschäftigt Sie?" fragte er neugierig. „Warum?"

Sie zögerte einen Moment, bevor sie antwortete. „Ich bin Staatsanwältin. Manchmal arbeite ich an Fällen, die komplexer sind, als sie zunächst erscheinen. Der Mord im Römischen Bad – ich glaube, da steckt mehr dahinter, als man auf den ersten Blick erkennen kann. Als Sie gestern sagten, dass Sie den Mann kannten, dachte ich, Sie könnten mir vielleicht helfen."

David lehnte sich leicht zurück. Er war überrascht von ihrer Offenheit. Eine Staatsanwältin. Das erklärte ihre Nachfragen und Aufmerksamkeit für Details. „Ich weiß nicht, wie viel ich Ihnen wirklich helfen kann", begann er vorsichtig. „Wie ich gestern sagte, ich habe ihm ein paar Pakete zugestellt. Er war nicht sehr gesprächig. Aber viel mehr..."

„Manchmal sind es die kleinen Dinge, die man übersieht, die den Unterschied machen können", unterbrach sie ihn sanft.

„Wenn Sie irgendetwas hören oder bemerken, auch wenn es Ihnen unbedeutend erscheint, lassen Sie es mich bitte wissen."

David nickte. „Ich werde daran denken", sagte er ruhig und erhob sich. „Wenn mir etwas auffällt, lasse ich es Sie wissen."

Sie erhob sich ebenfalls, eine Mischung aus Dankbarkeit und Entschlossenheit in ihrem Blick. "Danke, David". Mit diesen Worten verließ sie die Wohnung.

David blieb einen Moment lang schweigend in der Tür stehen. „Wie heißen Sie eigentlich?" rief er ihr nach.

„Ich bin Penny", antwortete sie mit einem Lächeln, bevor sie endgültig verschwand.

11

Bath, Gegenwart

Sarah betrat das ihr vertraute Polizeirevier der Grafschaft *Avon & Somerset*. Sie schloss die Tür hinter sich und atmete den typischen Geruch von abgenutztem Holz, Papieren und einem Hauch von frisch gebrühtem Kaffee ein. Der Raum war schwach beleuchtet, die Neonlichter flimmerten über den Schreibtischen der Beamten und erzeugten einen unregelmäßigen Rhythmus, der die konzentrierte Stille durchbrach. Computerbildschirme blinkten monoton und reflektierten die Gesichter der Beamten, die in ihre Arbeit vertieft waren.

Jack saß an seinem Schreibtisch und blickte auf einen Stapel Akten, der sich hoch auftürmte und fast wie ein kleiner Berg aus unerledigten Fällen wirkte.

„Hey, du!", rief Sarah, während sich ein strahlendes Lächeln über ihr Gesicht ausbreitete. Jack sah auf. Seine Augen blitzten sofort auf, als er sie erblickte.

„Hi, Sarah! Was führt dich her? Ich hoffe, du bist nicht hier, um mich zu verhaften", scherzte er und lehnte sich entspannt zurück, während sie ihm gegenüber Platz nahm.

„Wäre das nicht ein interessanter Aufmacher für deinen nächsten Artikel? ,Polizist in Gewahrsam genommen – die schockierenden Enthüllungen'", erwiderte sie mit einem schelmischen Grinsen, das seine Mundwinkel nach oben zog.

Jack schüttelte den Kopf und lachte leise, während er versuchte, den Anblick des überfüllten Schreibtisches zu ignorieren. „Ich denke, ich werde lieber bei den Verhaftungen bleiben, als selbst zur Zielscheibe zu werden."

„Was gibt es Neues im Fall Barrow?", fragte Sarah, ihre Augen funkelten vor Neugier, während sie Jack aufmerksam musterte.

Jack zögerte kurz und betrachtete die Akten auf seinem Tisch, als könnte er dort eine Antwort finden. „Nun, es gibt einiges, aber ich frage mich, ob du als Journalistin interessiert bist oder einfach nur als meine Freundin."

Sarah rollte mit den Augen und verschränkte die Arme vor der Brust, als würde sie damit ihre Entschlossenheit unterstreichen. „Vertrau mir, ich sage nichts. Ich bin hier als Sarah, nicht als Journalistin."

Er atmete tief durch und nickte schließlich. Das Vertrauen zwischen ihnen war stark. Er wusste, dass er ihr alles anvertrauen konnte. „Wir haben bereits eine Abfrage beim Museum gemacht wegen der Überwachungskameras aber die Kameras sind momentan defekt. Das wäre auch zu schön gewesen, wenn wir irgendwelche Aufnahmen hätten, die uns weiterhelfen könnten."

„Das klingt ja nicht gerade nach einem Fortschritt", bemerkte Sarah und fuhr mit ihren Fingern über die Tischoberfläche.

„Ja. Ich werde heute Nachmittag mit Fiona Hastings und Marcus Lidell, den Museumsleitern, sprechen. Vielleicht haben sie noch etwas, das uns weiterhilft." Jacks Stimme klang müde.

„Und die Mordwaffe?", hakte Sarah nach und legte ihren Kopf leicht zur Seite, als wolle sie Jacks Gedanken lesen.

Jack schüttelte den Kopf. Seine Miene verdüsterte sich. „Nicht gefunden. Es sieht so aus, als wäre der Täter sehr gründlich gewesen. Wir haben einige Vermutungen, aber nichts Handfestes."

„Das klingt frustrierend", sagte sie und wandte ihren Blick nachdenklich zum Fenster, wo die Sonne auf die glänzenden Oberflächen der Polizeiautos fiel.

„Es ist immer frustrierend", murmelte Jack „Gerade, wenn du denkst, dass du einen Schritt näher bist, wirst du wieder in die Realität zurückgeholt. Die Arbeit hier ist nicht wie in den Filmen. Es gibt keine einfachen Antworten, nur eine endlose Reihe von Fragen und das Gefühl, dass jeder Hinweis nur eine weitere Sackgasse ist."

Sie schwiegen eine Weile.

"Mittagessen?" Jack sah seine Freundin an. "Mittagessen!" bestätigte sie lächelnd.

12

Eburacum (heut. York), Vergangenheit

Gaius

Der Regen peitschte unermüdlich auf das Lager von *Eburacum* nieder, als wollte das Land selbst die Männer der Neunten Legion vertreiben. Der Boden war matschig und überall hingen graue Nebelschwaden über den Hütten und Baracken. Die Pikten hatten wieder zugeschlagen, mitten in der Nacht. Der Angriff war kurz, präzise und wie es schien, überraschend effektiv. Es war nicht das erste Mal, dass die Feinde auf seltsame Weise genau wussten, wann und wo sie zuschlagen mussten.

Centurio Gaius Julius Silvanus stand vor dem östlichen Tor und ließ seinen Blick über den Schaden schweifen, den die Angreifer angerichtet hatten. Ein Teil der hölzernen Palisade war niedergerissen, die Wachen überrascht und getötet worden, bevor Verstärkung eintreffen konnte. Die Spuren der Pikten waren bereits im Schlamm verwischt, wie Schatten, die verschwanden, sobald man versuchte, sie zu greifen.

„Wieder derselbe Punkt", murmelte Gaius vor sich hin, während er einen verkohlten Balken mit dem Fuß anstieß. „Sie wissen genau, wo sie uns treffen müssen."

Optio Decimus trat an seine Seite, die Stirn in Falten gelegt. „Es ist ungewöhnlich. Jedes Mal sind sie schneller, als wir erwarten. Es ist fast so, als ob..."

„Als hätten sie jemanden, der ihnen hilft!" Gaius schloss den Satz mit einem finsteren Ton. Es war genau das, was er dachte, was ihn in den letzten Wochen nicht losgelassen hatte. Es gab keinen Zweifel mehr: Die Pikten waren nicht allein. Irgendjemand im Lager musste Informationen weitergeben.

Gaius sah sich um, als ob der Verräter jetzt, in diesem Moment, in der Menge stehen könnte, die sich um die beschädigte Mauer versammelt hatte. Die Männer wirkten erschöpft, ausgezehrt von den unaufhörlichen Angriffen. Das Misstrauen hing wie dichter Nebel in der Luft. Sie wussten es alle. Doch keiner sprach es aus.

„Wir müssen die Verteidigung verstärken" sagte Gaius schließlich und wandte sich zu Decimus. „Doppelte Nachtwachen und ständige Patrouillen. Kein Mann verlässt das Lager ohne Erlaubnis."

Decimus nickte und machte sich sofort an die Arbeit, während Gaius weiter das Lager musterte. In den letzten Tagen waren immer wieder seltsame Dinge vorgefallen. Vorräte verschwanden auf mysteriöse Weise, und einige Waffen und Ausrüstungsgegenstände schienen absichtlich beschädigt worden zu sein. Es war, als ob jemand im Hintergrund Fäden zog, um die Legion zu schwächen.

Gaius' Blick fiel auf Marcus Tiberius Aquila, den Praefectus Castrorum, der nahe dem Lagerhaus stand und hastig mit einem anderen Offizier sprach. Marcus wirkte in letzter Zeit ungewöhnlich angespannt. Gaius konnte nicht genau sagen, woran es lag, aber es schien, als wäre der sonst so verlässliche Praefectus nervöser und verschlossener geworden. Die Unsicherheit in seinen Augen, die kurzen, abgehackten Bewegungen – etwas stimmte nicht.

Gaius ging auf ihn zu, seinen Schritt ruhig, aber zielstrebig. „Praefectus," sagte er und ließ die förmliche Anrede über seine Lippen gleiten. „Wir müssen über die Angriffe sprechen."

Marcus Tiberius blickte auf, sichtlich überrascht, und verzog das Gesicht zu einem gezwungenen Lächeln. „Natürlich, Centurio. Es scheint, die Pikten werden dreister."

„Oder sie erhalten Hilfe." entgegnete Gaius scharf und musterte Marcus' Reaktion.

Der Praefectus Castrorum zuckte leicht zusammen. „Das… ist eine schwerwiegende Anschuldigung."

„Es ist keine Anschuldigung", sagte Gaius ruhig, doch seine Augen blieben fest auf Marcus gerichtet. „Nur eine Beobachtung. Die Pikten kennen unsere Schwächen. Unsere Bewegungen."

Marcus wich dem Blick des Centurio aus, seine Stirn glänzte leicht vom kalten Schweiß. „Was schlägst du vor? Sollten wir etwa unsere eigenen Männer verdächtigen?"

Gaius hielt inne, die Kälte des Augenblicks in jeder Faser seines Körpers spürend. „Wir können es uns nicht leisten, blind zu sein."

Marcus nickte zögerlich und wandte sich ab, als wäre das Gespräch für ihn beendet. Doch Gaius wusste, dass dieser Mann etwas verbarg. Was genau, das blieb noch unklar.

Während die Männer das Lager wieder sicherten und die Verteidigung verstärkten, breitete sich unter ihnen ein Gefühl der Beklemmung aus. Es gab Gerüchte über einen Druiden, der in der Nähe des Lagers gesichtet worden war. Einige behaupteten, er hätte seltsame, kryptische Nachrichten hinterlassen – Warnungen, dass das Ende der Legion nahe sei.

In der Nacht, während der Wind heulte und die Soldaten wachsamer Wache hielten, dachte Gaius an die düsteren Prophezeiungen. Er glaubte nicht an solche Geschichten. Doch etwas stimmte nicht. Die Angriffe waren zu gut koordiniert, der Druck zu überwältigend. Es schien, als arbeitete das Land selbst gegen sie, als wollte Britannien sie nicht hier haben.

Und tief in ihm wuchs der Verdacht, dass das wahre Problem nicht in den Hügeln jenseits der Grenze lag, sondern hier, in den Mauern von Eburacum.

13

Bath, Gegenwart

Das Verhörzimmer im Polizeirevier war nüchtern und funktional. Die Wände waren in einem blassen Grau gestrichen, und der Geruch von frischem Weiß war noch in der Luft. Ein schwerer Holztisch, umgeben von unbequemen Stühlen, dominierte den Raum. Ein kleines Fenster, hoch oben an der Wand, ließ das Licht in den Raum strömen, aber die Atmosphäre war alles andere als einladend.

Jack und Chris saßen auf der einen Seite des Tisches, während Fiona Hastings und Marcus Lidell, die beiden Museumsleiter, auf der anderen Seite Platz genommen hatten. Fiona war elegant gekleidet, in einem blauen Blazer, der ihre schlanke Figur betonte. Marcus hingegen trug einen schlichten, grauen Anzug.

„Vielen Dank, dass Sie sich die Zeit nehmen, mit uns zu sprechen", begann Jack und sah abwechselnd Fiona und Marcus an. „Wie Sie bereits wissen, sind Sie hier, um uns einige Fragen zu dem Mord zu beantworten, der in Ihrem Museum begangen wurde."

Fiona nickte nervös und spielte mit dem Rand ihrer Bluse. „Ich verstehe. Es ist schrecklich was passiert ist. Ich kann mir nicht vorstellen, wie das geschehen konnte."

„Das ist genau das, was wir herausfinden wollen", fügte Chris hinzu und sah Marcus an. „Beginnen wir mit der Nacht des Vorfalls. Was können Sie uns dazu sagen?"

Marcus räusperte sich und setzte seine Brille zurecht. „Es war eine ruhige Nacht. Wir hatten gerade eine kleine Ausstellungseröffnung, und ich bin gegen 18 Uhr gegangen. Das Museum sollte um 20 Uhr schließen. Die letzten Mitarbeiter haben das Gebäude gegen 20:30 Uhr verlassen."

„Und Sie sind sich sicher, dass sich keine unbefugten Personen nach dieser Zeit in dem Museum aufgehalten haben?", fragte Jack, während er seine Notizen durchblätterte.

„Ja, absolut. Das Sicherheitspersonal macht regelmäßige Runden", antwortete Fiona. Ihre Stimme zitterte leicht.

Chris beobachtete sie genau. „Es gab also keine Anzeichen eines Einbruchs?"

„Nicht, dass ich wüsste", entgegnete Marcus. „Es ist unverständlich, wie der Mörder ins Museum gelangen konnte, ohne dass jemand etwas bemerkt hat."

„Fiona, Sie sind erst seit kurzem hier, nicht wahr?", fragte Jack und wechselte den Fokus auf die Direktorin. „Was hat Sie dazu bewogen, von Ihrem vorherigen Arbeitsplatz am British Museum hierher zu kommen?"

Fiona lächelte schwach. „Die Idylle hier hat ihren eigenen Charme. Nach Jahren in London wollte ich in einer ruhigeren Umgebung arbeiten. Es war eine willkommene Veränderung."

„Und wie lange waren Sie am British Museum tätig?", hakte Chris nach, während er sich zurücklehnte.

„Ich war dort fast fünf Jahre", erklärte Fiona. „Aber das Leben in London kann überwältigend sein. Ich dachte, dass ein Wechsel für mich und meine Karriere gut wäre."

„Das klingt nach einer sinnvollen Entscheidung", sagte Jack und versuchte, die Spannung im Raum etwas zu lösen.

„Könnten Sie mir sagen, um wie viel Uhr Ted normalerweise zur Arbeit kam?", fragte Chris und blickte Marcus direkt an.

„Ted war immer pünktlich ab 20:30 Uhr hier", antwortete Marcus. Eine Spur von Bedauern schwang in seiner Stimme mit. „Er war derjenige, der immer den letzten Mitarbeiter ablöste."

Chris nickte, die Informationen verarbeitend. „Hätte Ted jemandem Bescheid geben können, wenn ihm etwas komisch vorgekommen wäre?"

Marcus überlegte einen Moment. „Ja, er hatte einen Notfallknopf an seinem Funkhandy, der ihn mit der Polizei verbunden hätte. Wir sind sehr darauf bedacht, sowohl die Sicherheit unserer Mitarbeiter als auch die des Museums zu gewährleisten."

„Und wie war Ted als Person?", fragte Chris weiter.

„Unscheinbar" kam die Antwort ohne zu zögern. „Er sagte nie mehr als nötig, machte seine Arbeit aber sehr gut und lieferte seine

Berichte zu den Nachtschichten immer pünktlich ab. Es gab nie etwas Auffälliges bei ihm."

Chris hob eine Augenbraue und lehnte sich nach vorne. „Aber was ist mit den Sicherheitsvorkehrungen? Sie sollten für Ihre Kunstschätze sorgen. Ich nehme an, die Sicherheitskameras sind auch nicht auf dem neuesten Stand?"

Fiona nickte, und die Farbe in ihrem Gesicht verblasste. „Ja, die Kameras haben einige technische Probleme. Ich habe bereits eine Anfrage zur Reparatur gestellt, aber die Dinge ziehen sich in die Länge."

„Wie lange waren die Kameras schon defekt?", fragte Jack und notierte sich die Antwort.

„Seit etwa zwei Wochen", antwortete sie leise.

Chris lehnte sich in seinen Stuhl zurück und überlegte „Gibt es in Ihrem Museum irgendetwas, das jemandem gefährlich erscheinen könnte? Gibt es wertvolle Stücke, die jemandem ein Dorn im Auge sein könnten?"

Fiona schüttelte den Kopf. „Die meisten unserer Exponate sind kulturell wertvoll, aber nichts, was in dieser Art von Konflikt münden könnte. Wir haben keine wertvollen Gemälde oder Skulpturen, die das Risiko eines Mordes rechtfertigen würden."

„Niemand hatte in letzter Zeit irgendwelche Drohungen oder Konflikte mit Besuchern oder Kollegen?", fragte Chris.

„Nein", antwortete Marcus. „Wir haben ein gutes Verhältnis zu unseren Besuchern."

Jack und Chris tauschten einen Blick aus.

14

Bath, Gegenwart

Penny

Der Duft von nassem Asphalt drang durch das offene Fenster, während der Regen die Straßen glänzend polierte. Penny saß am Steuer ihres Wagens und ließ ihren Blick über die vorbeiziehenden Häuser gleiten.. Heute war ein bedeutender Tag. Mit jedem Kilometer, dem sie dem Tatort näher kam, wuchs die Vorfreude in ihr.

Gerade hatte sie mit David gesprochen, und die Erinnerung an ihr Gespräch hallte noch in ihrem Kopf nach. Seine Zögerlichkeit und die gleichzeitige Neugier hatten ihr ein Gefühl der Aufregung gegeben, das sie lange nicht mehr verspürt hatte. Der Mord im Römischen Bad war nicht nur ein Fall, es war eine Gelegenheit, noch einmal in die Tiefe zu gehen. Tiefer in einen Fall einzutauchen, der nicht nur ihre Fähigkeiten, sondern auch ihre Entschlossenheit auf die Probe stellen würde.

Ein Lächeln huschte über ihr Gesicht, als sie daran dachte, dass dies möglicherweise der letzte große Fall ihrer Karriere als

Staatsanwältin sein könnte. Etwas, dass das alltägliche Gerichtsleben auf den Kopf stellen und in Erinnerung bleiben würde.

Während sie um eine Kurve bog, skizzierte sie in Gedanken die nächsten Schritte.

Gleichzeitig überkam sie eine leise Melancholie. Die Vorstellung, dass dies wirklich ihr letzter großer Fall sein könnte, ließ sie innehalten. Was würde danach kommen? Die Frage schwebte in ihrem Kopf, während sie sich dem Gericht näherte. Vielleicht würde sie endlich die Zeit finden, die sie für sich selbst vernachlässigt hatte, die Bücher lesen, die seit Jahren unberührt im Regal standen, oder neue Orte erkunden.

Der Polizeiwagen, der gerade an ihr vorbeigefahren war, riss sie aus ihren Überlegungen. Sie holte tief Luft, dann hielt sie an und stieg aus.

15

Bath, Gegenwart

Arthur

Arthur stand am Empfangstresen des Museums und warf einen Blick auf die Ausstellung. Er fühlte sich unwohl in seiner Rolle als Zuschauer. Der alte Polizist in ihm verlangte nach Zugang zu dem Fundort der Leiche. der Mord an dem Wachmann hatte eine unruhige Aufregung in der Stadt entfacht.

Früher war alles anders. Wenn ein Verbrechen geschah, war er einer der Ersten vor Ort. Tatorte hatten keine verschlossenen Türen für ihn. Die Polizeimarke in seiner Tasche war der Schlüssel zu jeder verborgenen Ecke, jedem verschlossenen Raum. Er war die Autorität, der Mann, den man rief, wenn die Dunkelheit der Wahrheit wich.

„Es tut mir leid, Sir, ich kann Ihnen keinen Zutritt zu dem Bad gewähren", hallten die Worte der Empfangsdame in seinen Ohren.

Frustriert sah er auf seine Uhr, als ob die Zeit ihm einen Hinweis geben könnte. Ein flüchtiger Blick auf den Tatort oder ein Gespräch mit dem Personal, das war alles, was er sich wünschte. Stattdessen stand er hier, isoliert von den Ereignissen, die er einst aktiv beeinflussen konnte. Der Gedanke an seine Pensionierung war wie ein schwerer Stein in seinem Magen. Er war nicht mehr der Ermittler, der er einmal war, sondern ein Zuschauer in einem Spiel, dessen Regeln ihm entglitten.

Sein Blick wanderte über die Menschen im Museum. Familien, Paare und Kinder mit neugierigen Augen, die die Ausstellungen betrachteten und in die Geschichten der Vergangenheit eintauchten. Das Museum hatte nach wenigen Tagen der Schließung wieder geöffnet, doch der Bereich des Bades blieb offiziell ein Tatort und durfte nicht betreten werden.

Plötzlich fiel sein Blick auf eine Frau um die 60, die ihm vage bekannt vorkam. Sie trat durch die Glastüren, in Gedanken versunken und bemerkte ihn nicht. Im Foyer blieb sie stehen und blickte hinüber zum Empfangstresen. Als sie auf ihn zusteuerte, nahm sie weiterhin keine Notiz von ihm. Nichts Ungewöhnliches. Arthur gehörte zu der Sorte Mensch, die einem nicht auffielen, die man selbst auf Phantombildern kaum hätte beschreiben können.

„Guten Tag, ich habe einen Termin mit der Museumsleitung", sagte die ältere Frau mit ruhiger Stimme. „Im Moment ist nur Miss Hastings im Haus, Mister Lidell ist nicht anwesend. Möchten Sie, dass ich Miss Hastings für Sie verständige?" antwortete die Empfangsdame höflich.

Arthur trat unauffällig ein paar Schritte zurück, seine Gedanken wichen ab, während er sich vor einem Ständer mit Flyern und Postkarten wiederfand. Er stand nun etwa fünf Meter von der Ticketausgabe entfernt und konnte das Gespräch der beiden

Frauen nicht länger hören. Plötzlich durchzuckte ihn ein Gedanke: Die Frau aus dem Pub. Wie hieß sie gleich noch mal? Paula? Polly? Nein, Penny! Penny aus dem Pub. Sie hatten sich beim Quizabend über den Mord unterhalten.

Nach ein paar Sekunden tauchte eine weitere Frau auf und näherte sich Penny. Auch sie kam Arthur bekannt vor, doch er konnte sich einfach nicht erinnern, woher er sie kannte.

Die jüngere Frau, etwa zwanzig Jahre jünger als Penny, trug eine schlichte Bluse und eine schwarze Hose. Ihr Haar fiel in sanften Wellen über die Schultern. Auch sie kam Arthur bekannt vor, doch er konnte sich nicht erinnern, woher er sie kannte.

Er beobachtete, wie sie mit Penny sprach, die nun ihrerseits einen freundlichen Ausdruck annahm. Die Angestellte reichte der Direktorin etwas in die Hand, bevor die beiden Frauen wortlos in einem schmalen Flur verschwanden, der wohl zu den Personalbüros führte.

„Miss Hastings?" dachte er und versuchte, den Bruchteil einer Erinnerung zurückzuholen. Der Name sagte ihm nichts.

Er versuchte sich an Details zu erinnern, an Gesichter und Namen, aber die Erinnerungen waren zerstreut wie Puzzlestücke, die nicht zusammenpassten. Woher kannte er diese Frau?

Die Eingangstüren öffneten sich erneut. Arthur sah, wie mehrere Besucher eintraten, laute Stimmen, die die Stille durchbrachen. Er versuchte, sich von dem Gedanken an die Frauen abzulenken, aber sein Blick wanderte zurück zu ihnen. Er fragte sich, woher er diese Miss Hastings kannte. Ihr Gesicht schien ihm sehr vertraut. Zu vertraut, um ihren Namen vergessen zu können.

Arthur seufzte leise. Er entschied, wieder an die frische Luft zu gehen und den Weg nach Hause anzutreten. Als er die schweren Glastüren durchschritt, schlug ihm die frische Luft entgegen, klar und kühl. Sie füllte seine Lungen und vertrieb die Schwere, die sich in seinem Inneren aufgestaut hatte. Arthur blieb auf den Stufen des Museums stehen und atmete tief ein. Er ließ die kalte Luft durch seinen Körper strömen, als könnte sie den Nebel in seinem Kopf vertreiben.

Er schloss für einen Moment die Augen, spürte den leichten Wind, der über sein Gesicht strich und hörte das entfernte Treiben der Stadt.

Arthur dachte daran, wie es früher gewesen war, als die Schärfe seiner Instinkte und das Gewicht seiner Erfahrung ihm Zugang zu jeder Szene verschafften. Ein Tatort war nie nur ein Ort des Verbrechens – es war eine Bühne, auf der er mit scharfem Blick und unnachgiebiger Entschlossenheit die Wahrheit entdeckte. Die Beweise sprachen zu ihm und die Details, die anderen entgingen, hatten sich ihm früher wie von selbst offenbart. Doch nun stand er hier, unsichtbar, ohne Einfluss und ohne die Macht, die er einst besessen hatte.

Seine Gedanken schweiften ab, zurück zu den Tagen, in denen man seine Meinung, seine Anwesenheit erwartete, ja geradezu brauchte. Wie oft war er in einem Raum voller Chaos der Fels in der Brandung gewesen? Die Spuren, die andere übersehen hatten, die Zusammenhänge, die nur er zu erkennen schien.

All das war Teil von ihm gewesen. Doch heute war er nur noch ein Name, den man höflich überhörte, eine Figur, die am Rand des Geschehens verblieb. Ein Mann, den die Zeit überholt hatte.

16

Bath, Gegenwart

Maggie

Maggie stand in ihrer kleinen, gemütlichen Küche, die vom warmen Licht der Nachmittagssonne durchflutet wurde. Das vertraute Aroma von frischem Gebäck lag in der Luft, während sie mit ihren geschickten, von der Zeit gezeichneten Händen die Zutaten für ihre Scones zusammenrührte. Mehl, Butter und Zucker vermischten sich in der Schüssel, während sie darüber nachdachte, wie oft sie diese einfache, aber köstliche Mischung für ihre Familie zubereitet hatte.

Sie knetete die weiche Butter zwischen den Fingern. In diesen Momenten der Stille konnte sie die Hektik der Welt um sich herum vergessen und sich in Erinnerungen verlieren. Die vielen Nachmittage, an denen Eliza, noch ein kleines Mädchen, mit ihr in der Küche gestanden hatte, um die Teigreste zu naschen und gemeinsam zu lachen. Sie schmunzelte.

Die Jahre waren schnell vergangen. Obwohl sie den Ruhestand genoss, fühlte sie oft eine leise Einsamkeit in den Wänden ihres

Hauses. Sie lächelte bei dem Gedanken, dass Eliza jetzt eine erfolgreiche Journalistin war, ganz in ihrer eigenen Welt – und wie sehr sie sich wünschte, diese kleinen, kostbaren Momente wieder erleben zu können.

Nachdem sie den Teig sorgfältig zu kleinen Kugeln geformt hatte, schob sie das Blech in den vorgeheizten Ofen. Während die Scones aufgingen, füllte sich die Küche mit einem verführerischen Duft, der ihr Herz erwärmte. Maggie blickte aus dem Fenster in ihren kleinen Garten. Die Vögel zwitscherten. Ein sanfter Wind spielte mit den Blättern der Bäume.

Maggie zog ihren leichten, cremefarbenen Mantel an und griff nach der Schachtel mit den frisch gebackenen Scones. Der Weg zur Redaktion ihrer Tochter Eliza war ihr so vertraut wie die täglichen Routinen in ihrem kleinen Haus. Doch heute fühlte sich die Außenwelt lebendiger an.

Die Straßen pulsierten vor Leben. Menschen hasteten vorbei, Autos dröhnten, und die Geräusche des Stadtlebens mischten sich zu einem lebhaften Konzert. In den Schaufenstern funkelten die Auslagen und das Lachen von Café-Besuchern hallte in der Luft. Maggie nahm all dies in sich auf, während sie durch die Straßen lief.

Sie erreichte die Reaktion ihrer Tochter.

Im Inneren der Redaktion herrschte eine geschäftige Atmosphäre. Mitarbeiter tippten hastig auf ihren Tastaturen, während Telefongespräche die Luft erfüllten und gelegentlich Lachen die Ernsthaftigkeit des Moments durchbrach.

Maggie fühlte sich in diesem Treiben zunächst etwas verloren, bis sie Sarah entdeckte, Elizas Kollegin. Sarah winkte sie zu sich herüber. Maggie setzte sich auf einen freien Stuhl und beobachtete die Menschen um sich herum.

„Mama!", rief Eliza, als sie ihre Mutter entdeckte. Ein strahlendes Lächeln erhellte ihr Gesicht, und sie eilte auf Maggie zu, um sie fest zu umarmen.

„Ich habe dir Scones mitgebracht. Ich dachte, sie könnten dir etwas Freude bringen", sagte Maggie und öffnete die Schachtel, um die köstlichen Scones zu präsentieren.

Eliza nahm einen Scone heraus. „Du weißt genau, was ich brauche." Sie biss herzhaft.

Sarah durchbrauch Elizas Genuss mit einer ernsten Bemerkung: „Hast du eigentlich von dem Mord gehört?"

Maggie sah zu Sarah rüber. „Ja, schrecklich was passiert ist. Wisst ihr denn etwas mehr darüber?" fragte die Rentnerin die jungen Frauen neugierig.

Eliza nickte. Das fröhliche Strahlen auf ihrem Gesicht verschwand langsam. Ihre Augen, die zuvor lebhaft wirkten, nahmen einen nachdenklichen Ausdruck an. „Wir arbeiten gerade an einem Artikel darüber. Der Wachmann war nicht besonders gesellig und hatte keine Familie oder Freunde hier in der Nähe. Jedenfalls niemanden, der es uns gerne sagen würde. Weißt du denn mehr darüber?"

Maggie spürte den prüfenden Blick ihrer Tochter auf sich und lächelte. „Was soll ich denn wissen?"

„Du kennst die Stadt gut", erwiderte Eliza mit einem leicht ironischen Lächeln. Maggie schüttelte den Kopf, als wolle sie die Idee, Teil dieser beunruhigenden Geschichte zu sein, zurückweisen.

„Was schreibt ihr dann darüber?", fragte Maggie.

„Naja, ein Mord in Bath. Das müssen wir doch aufgreifen. Wann passiert sowas denn wieder?", erklärte Eliza.

Maggie beobachtete, wie sich Elizas Gesichtsausdruck veränderte, als die Schwere des Themas sie wieder einholte. Eliza ließ ihren Blick durch die Redaktion wandern, als könne sie dort Antworten finden. Maggie konnte die Anspannung spüren, die mit der Notwendigkeit einherging, über etwas so Tragisches zu berichten.

„Es ist wichtig, die Fakten herauszuarbeiten", fuhr Eliza fort, während sie den Stift in ihren Händen drehte. „Aber es ist schwer, wenn niemand das Opfer so richtig kennt."

17

Bath, Gegenwart, ein paar Stunden zuvor

Penny

Der Wind blies frisch durch die Straßen, als Penny das Museum betrat. Die große Eingangshalle war mit bunten Kunstwerken geschmückt, die im Licht der Deckenleuchten schimmerten. Die üblichen Besucher strömten durch die Gänge, während Kinder aufgeregt die Exponate bestaunten.

Mit einem kurzen Blick auf ihre Uhr, die das vertraute Ticken der Zeit anzeigte, machte sich Penny auf den Weg zum Empfangstresen. Die Empfangsdame, eine junge Frau mit einem freundlichen Lächeln, tippte in ihrem Computer.

„Guten Tag, ich habe einen Termin mit der Museumsleiterin", sagte sie mit fester Stimme.

„Im Moment ist nur Miss Hastings im Haus, Mister Lidell ist nicht anwesend. Möchten Sie, dass ich Miss Hastings für Sie verständige?" Penny nickte. Die Empfangsdame griff nach dem Telefonhörer. Penny nutzte die Gelegenheit, um sich im Foyer umzusehen. Es war ein typischer Tag im Museum, wenn man die dunklen Umstände um Ted Barrow außer Acht ließ.

Nach einem kurzen Moment erschien Fiona Hastings, die Museumsleiterin. Sie war eine schlanke Frau in ihren Vierzigern mit einem entschlossenen Gesichtsausdruck und einem Hauch von Nervosität in den Augen. „Miss Carter, schön, Sie zu sehen. Kommen Sie, ich habe ein Büro, wo wir ungestört sprechen können."

Fiona führte Penny durch die Flure des Museums.

Im Büro angekommen, ließ Fiona Penny Platz nehmen und setzte sich selbst hinter ihren Schreibtisch. Das Zimmer war schlicht, aber gut organisiert, mit Regalen voller Bücher über Kunst und Geschichte. Die Wände waren mit Fotografien von vergangenen Ausstellungen geschmückt, die eine gewisse Geschichte erzählten. Umzugskartone, die verstreut auf dem Boden herumlagen, störten das Bild eines aufgeräumten Büros.

„Ich nehme an, Sie möchten über Ted Barrow sprechen?", begann Fiona, während sie einen Blick auf einige Unterlagen warf.

„Ja, genau. Ich wollte wissen, wie Sie ihn kennengelernt haben", sagte Penny, ihre Stimme ruhig, aber bestimmt.

Fiona nickte. „Ich bin erst seit einigen Monaten hier und kenne die meisten Mitarbeiter noch nicht besonders gut. Ted hat seine Arbeit gut gemacht, ist aber nie besonders aufgefallen. Er war ein ruhiger Mann, der sich nicht in den Vordergrund drängte."

Penny beobachtete Fiona aufmerksam. „Gab es etwas, das Ihnen aufgefallen ist? Irgendwelche Probleme, die er hatte?"

„Nicht, dass ich wüsste", antwortete Fiona nachdenklich. „Er war pünktlich, zuverlässig, aber eben auch keiner, der viel sprach. Ich kannte ihn nur aus den kurzen Begegnungen, die wir hatten."

Penny dachte nach. Es war nicht ungewöhnlich, dass Menschen im Hintergrund blieben, vor allem in einer Einrichtung wie dieser. Dennoch war es frustrierend, so wenig über jemanden zu erfahren, der nun tot war. „Hatte er in letzter Zeit etwas Ungewöhnliches erwähnt?"

Fiona schüttelte den Kopf. „Er war immer professionell, hat nie etwas Angesprochen, das mich beunruhigt hätte. Ich denke, er war einfach jemand, der seine Arbeit tat, ohne viel Aufsehen zu erregen. Es ist tragisch."

Penny nickte, unfähig, die Gedanken, die ihr durch den Kopf schossen, zu sortieren. Es war frustrierend, mit so wenig Informationen konfrontiert zu sein. „Gibt es andere Mitarbeiter, mit denen ich sprechen könnte? Vielleicht jemand, der näher mit ihm zusammengearbeitet hat?" fragte Penny, in der Hoffnung, dass sich ein neuer Ansatz ergeben würde.

„Ja, vielleicht sollten Sie mal mit den anderen Wachleuten sprechen.", schlug Fiona vor. „Ich kann Ihnen gerne ein paar Namen geben."

Fiona diktierte und Penny schrieb sich die Namen auf.

Gerade als sie das Gespräch beenden wollte, kam Fiona noch einmal auf Ted zu sprechen. „Warten Sie, Miss Carter. Eine Sache. Bevor Sie gehen, wollte ich Ihnen noch etwas sagen. Ted hatte mir gegenüber angedeutet, dass er mit mir reden wollte. Es war kurz vor seinem Tod, aber er hat es dann nicht geschafft. Ich kann nicht sagen, worum es ging, aber es hat mich damals schon gewundert."

Penny sah Fiona an, überrascht von dieser Information. „Haben Sie eine Vorstellung, was er besprechen wollte?"

„Das kann ich nicht sagen. Es ist aber ungewöhnlich, wenn ein Wachmann, der im Grunde nur Nachtschichten hat, auf einmal mit der Leitung sprechen möchte. Personell kann es nicht gewesen sein, dafür haben wir ein Personalbüro", antwortete Fiona, die ihre Gedanken sichtlich sortieren musste. „Ich war einfach zu beschäftigt mit anderen Dingen." murmelte sie, fast etwas schuldbewusst.

„Das ist interessant", murmelte Penny, während sich ihr Geist bereits mit neuen Fragen füllte.

18

Eburacum (heut. York), Vergangenheit

Gaius

Der Duft von geröstetem Fleisch und warmem Brot erfüllte die Luft, als sich die Offiziere der Neunten Legion um den großen Holztisch in der Kommandozentrale versammelten. Es war eine rare Gelegenheit, in Ruhe zu essen, denn der Alltag im rauen Norden ließ wenig Raum für Genuss oder Muße. Centurio Gaius Julius Silvanus saß etwas abseits, sein Blick wanderte über die Gesichter der anderen. Die Gespräche waren leise, beinahe gedämpft und er spürte, dass etwas Unausgesprochenes im Raum lag.

Die Stimmung war angespannt. Es war nicht der Hunger oder die karge Mahlzeit, die sie bedrückte, sondern etwas Tieferes – eine Unruhe, die in den letzten Wochen zugenommen hatte. Gaius biss gedankenverloren in ein Stück Brot, während er seinen Tribunus Laticlavius, Lucius Flavius Sabinus, aus dem Augenwinkel beobachtete. Der junge Tribun schien mit seinen Gedanken ganz woanders zu sein. Er saß in eine Decke gehüllt, seine Augen müde und abwesend. Auch der Praefectus Castrorum, Marcus Tiberius

Aquila, der für die Lagerverwaltung verantwortlich war, starrte nervös in seinen Becher.

„Die Vorräte werden knapp," murmelte Marcus schließlich und brach damit das Schweigen. Seine Stimme zitterte leicht, doch er bemühte sich, gefasst zu klingen. „Es gab... Vorfälle. Einige Lagerhäuser wurden geplündert."

Gaius legte das Brot beiseite und runzelte die Stirn. „Plünderungen? Von wem?"

Marcus hob kaum merklich die Schultern und vermied es, Gaius direkt anzusehen. „Die Pikten, nehme ich an. Sie schlagen in der Nacht zu, immer wieder."

„Die Pikten?" fragte Gaius scharf und lehnte sich vor. „Die Männer an den Wachtürmen haben nichts bemerkt?"

Es entstand eine kurze unangenehme Stille. Lucius rührte sich endlich und sah Gaius mit einem herablassenden Blick an. „Es gibt viele Dinge, die die Männer nicht bemerken, Centurio. Nicht alle haben deine wachsamen Augen."

Gaius' Nackenmuskeln spannten sich an, doch er blieb ruhig. Der junge Tribunus war bekannt für seine Arroganz und die Spannungen zwischen ihnen waren nie wirklich abgeklungen. Dennoch – etwas an den Worten des Tribunus störte ihn, als ob sie eine tiefere Bedeutung hätten. Lucius spielte mit den Fingern am Rand seines Bechers, fast als sei das Gespräch für ihn eine lästige Unterbrechung seiner eigenen Gedanken.

„Vielleicht sollten wir die Wachen nochmal verstärken." schlug Gaius schließlich vor. „Die Pikten sind keine Narren. Sie wissen, dass wir geschwächt sind. Ein Angriff auf die Vorräte könnte der erste Schritt zu etwas Größerem sein."

Lucius zuckte die Schultern. „Du übertreibst, Centurio. Die Pikten sind Wilde. Sie leben in Höhlen und Wäldern, ohne Ordnung, ohne Plan. Wir sollten uns nicht von ihren primitiven Taktiken verunsichern lassen."

Als das Essen beendet war, erhob sich Gaius, verabschiedete sich knapp von seinen Kameraden und verließ das Offizierszelt. Die frische Abendluft schlug ihm entgegen, und er atmete tief ein, um den schweren Rauch und die stickige Hitze hinter sich zu lassen. Die kühle Brise des Abends brachte ihm etwas Klarheit, doch seine Gedanken waren immer noch getrübt. Die unaufhörlichen Angriffe der Pikten, die zunehmenden Spannungen im Lager, und die Unruhe, die er in den Augen seiner Männer sah. All das nagte an ihm.

Während er durch das Lager ging, gingen ihm die Ereignisse der letzten Tage nicht aus dem Kopf. Etwas stimmte nicht, das spürte er. Die Angriffe der Pikten waren nicht nur zahlreicher, sondern auch präziser geworden.

Er hatte begonnen, die anderen Offiziere genauer zu beobachten. Lucius, der Tribunus Laticlavius, war besonders auffällig. Zu oft schien der junge Mann abwesend und desinteressiert an den Geschehnissen der Legion. Gaius konnte sich nicht vorstellen, dass jemand in seiner Position solche Verantwortung so leichtfertig handhabe. Doch war die Naivität oder etwas Gefährlicheres?

Als Gaius sein Zelt erreichte, bemerkte er eine vertraute Gestalt, die vor dem Eingang stand. Es war Optio Decimus Aelius Rufus. Decimus hatte sich als loyal und pflichtbewusst erwiesen, ein Soldat, der immer im Dienst des Imperiums stand. Doch der ernste Ausdruck auf seinem Gesicht ließ Gaius sofort erkennen, dass etwas nicht stimmte.

„Centurio," sagte Decimus leise, fast flüsternd, als er näher trat. „Ich muss mit dir sprechen. Es ist wichtig."

Gaius nickte knapp und bedeutete ihm, ihm ins Zelt zu folgen. Drinnen war es still, nur das leise Flackern der Öllampe war zu hören, die eine sanfte, flimmernde Helligkeit in den Raum warf. Gaius setzte sich auf den einfachen Hocker und sah Decimus aufmerksam an. „Was ist los, Optio?"

Decimus zögerte einen Moment, als ob er die richtigen Worte suchte. Dann beugte er sich leicht nach vorne und flüsterte: „Es geht um den *Aquila*, Centurio. Ich habe etwas gehört... etwas, das Ihr wissen solltet."

Gaius' Augen verengten sich, und sein Herz begann schneller zu schlagen. „Den Adler? Was hast du gehört?"

Decimus atmete tief ein, bevor er weitersprach. „Es gibt Gerüchte, dass der Tribunus Laticlavius..." Er hielt kurz inne, als ob es ihm schwerfiel, die Worte auszusprechen. „..., dass Lucius plant, den Adler an die Pikten zu verkaufen."

Gaius' Magen zog sich zusammen. Der Adler war das heiligste Symbol der Legion, der Stolz und die Ehre Roms. Schon der Gedanke, dass jemand den Adler stehlen könnte, war unvorstellbar. „Bist du sicher, Decimus? Das ist eine ernste Anschuldigung."

Decimus nickte entschlossen. „Ich habe es selbst gehört, Centurio. Der Tribunus sprach mit jemandem, als ich am *Praetorium* vorbeiging. Es klang, als ob er Verhandlungen mit den Pikten führen würde. Er sprach von einem Austausch – der Adler gegen Gold und eine sichere Rückkehr nach Rom."

Gaius schüttelte den Kopf. „Lucius? Das klingt verrückt aber plausibel."

„Ich weiß, Centurio," sagte Decimus ernst. „Aber wenn das stimmt, dann plant er, die Moral der Legion zu brechen. Wenn die Männer den Adler verlieren, verlieren sie ihren Mut. Es wäre das Ende."

Gaius fuhr sich mit einer Hand durchs Gesicht. Lucius' Verhalten in den letzten Wochen, seine Unaufmerksamkeit, sein offenkundiges Desinteresse an den Verteidigungsmaßnahmen – plötzlich ergab alles einen beunruhigenden Sinn. Gaius vertraute Decimus, daran bestand kein Zweifel. Der Optio hatte sich stets als loyal und pflichtbewusst erwiesen.

„Das bleibt unter uns," sagte Gaius schließlich mit fester Stimme. „Kein Wort zu irgendwem. Wir müssen vorsichtig vorgehen, bis wir mehr wissen."

Decimus nickte ernst. „Natürlich, Centurio. Du kannst dich auf mich verlassen."

Als Decimus ging, blieb Gaius noch einen Moment allein in seinem Zelt sitzen. Die Dunkelheit der Nacht schien plötzlich bedrückender und das Flackern der Lampe warf lange Schatten an die Wände. Verrat war das letzte, was die Legion jetzt brauchen konnte. Falls der Tribunus wirklich plante, den Adler zu verkaufen, war das nicht nur ein Verrat an der Legion, sondern an Rom selbst.

19

Arthur

Arthur saß in seinem kleinen Wohnzimmer, umgeben von Kartons, die ihm wie stumme Zeugen seines Umzugs vorkamen. Das Haus war noch nicht sein Zuhause. Es roch nach Karton und Staub. Die kahlen Wände strahlten eine Kälte aus, die ihm unangenehm war. Er seufzte und griff nach einem der Kartons, der mit „Fotos & Alben" beschriftet war. Er musste diese Frau aus dem Museum wiederfinden, diese Fiona Hastings. Sein Kopf sagte ihm, dass er sie kannte, doch die Bilder in seinem Gedächtnis waren unscharf, wie in Nebel gehüllt.

Mit einem leicht zittrigen Handgriff öffnete er den Karton und begann, die schweren Alben herauszufischen. Die alten, vergilbten Seiten der Fotoalben knarrten leicht, als er sie durchblätterte. Bilder von vergangenen Zeiten. Seine Hochzeit, Urlaubsfotos mit seiner Frau Claire, die schon lange nicht mehr bei ihm war. Und dann die unzähligen Fälle, die er als Ermittler bei der Polizei bearbeitet hatte.

Jedes Bild erzählte eine Geschichte, doch keine dieser Geschichten schien die zu sein, die er suchte.

Fiona Hastings. Woher kannte er diesen Namen? Oder war es gar nicht der Name, der ihm bekannt vorkam, sondern ihr Gesicht? Ihr Auftreten? Er konnte es nicht genau benennen.

Das machte ihn nervös. Früher hätte er dieses Gefühl beiseite geschoben, doch in letzter Zeit überkamen ihn immer häufiger Zweifel an seinem eigenen Gedächtnis. War das ein Zeichen seines Alters? Oder schlimmer – Demenz? Ein kalter Schauer lief ihm über den Rücken, als er daran dachte. Die kleinen Dinge, die er in letzter Zeit vergessen hatte, kamen ihm plötzlich wieder in den Sinn. Wo er den Schlüssel hingelegt hatte, den Namen eines ehemaligen Kollegen, den Geburtstag seines Neffen.

Arthur schüttelte den Kopf, als wolle er die Gedanken wegwischen, doch die Sorge nagte an ihm. Was, wenn er langsam den Verstand verlor? Was, wenn er sich diese Begegnung mit Fiona nur eingebildet hatte?

Er blätterte weiter durch die Alben, sah alte Schwarz-Weiß-Fotos von früheren Ermittlungen, von Kollegen, die längst in den Ruhestand gegangen oder verstorben waren. Und dann, wie zufällig, fiel ein DinA4 Umschlag aus einem der Kartons. Er bückte sich, um ihn aufzuheben. Als er den Umschlag öffnete, hielt er plötzlich eine alte Polizeiakte in den Händen. Sein Atem stockte für einen Moment, als er die Beschriftung auf der ersten Seite las: „CF 2010/701. Kunstfälschung Inta"

Arthur lehnte sich langsam zurück und ließ die Informationen auf sich wirken. Er erinnerte sich an diesen Fall. Es war einer der größten in seiner Laufbahn.

Ein internationaler Betrugsring, der über Jahre hinweg unzählige Menschen um ihr Vermögen gebracht hatte. Er war damals als verdeckter Ermittler in die Gruppe eingeschleust worden. Wochenlang hatte er sich als einer von ihnen ausgegeben, hatte Informationen gesammelt, bis der Ring schließlich aufflog.

Er blätterte durch die Akte, die ihm jetzt vertraut vorkam. Die Namen, die er längst vergessen hatte, tauchten wieder auf. Und dann sah er es: Ein altes Foto, in die Akte geheftet. Es zeigte eine junge Frau, vielleicht Anfang 30, mit ernster Miene, die in die Kamera blickte. Ihr Name? Anja McCanish.

Arthur hielt das Bild einen Moment lang vor sich und starrte darauf. Die Ähnlichkeit war unverkennbar. Die Frau auf dem Bild war keine andere als Fiona Hastings.

Arthur betrachtete das Foto noch einmal. Es war kein Zufall, dass er diese Frau wiedererkannt hatte. Sie war nicht nur eine Randfigur im internationalen Kunstbetrugsring gewesen, sondern eine zentrale Figur, die die Fäden in den Händen hielt. Ihre Rolle war nie eindeutig gewesen.

Klar war, dass sie tief in die Machenschaften verwickelt war. Sie hatte Kontakte, schuf Verbindungen und wusste, wie man Menschen manipulierte, um ihre eigenen Interessen zu verfolgen. Sie war gerissen und handelte stets im Verborgenen. Eine undurchsichtige Persönlichkeit, die es verstand, sich anzupassen und in neue Rollen zu schlüpfen.

Und jetzt war sie hier. Unter einem anderen Namen, Fiona Hastings, Museumsleitung des Roman Bath Museums. Das Museum, das kürzlich Zeuge eines grausamen Mordes wurde.

Er lehnte sich zurück, die Akte fest in den Händen, und dachte nach. Warum war sie zurück? Was hatte sie vor? Und vor allem – wie war sie hier in Bath gelandet, unter einem falschen Namen und mit einer neuen Identität? Er musste tiefer graben und herausfinden, was sie hier tat und ob dieser Mord etwas mit ihrer Vergangenheit zu tun hatte.

Sein Herz schlug schneller, als die alten Instinkte eines Ermittlers wieder auflebten. Der Zweifel an seinem Verstand wich langsam einem Gefühl der Entschlossenheit. Es war kein Zufall, dass er Anja McCanish getroffen hatte. Kein Zufall, sondern der Beginn von etwas Größerem und Arthur war fest entschlossen, die Wahrheit herauszufinden.

Die Sorge um sein Gedächtnis verblasste, während sein Verstand wieder in den vertrauten Ermittlermodus schaltete. Vielleicht hatte er einige Dinge vergessen, aber das hier, das war real, und er würde herausfinden, was gespielt wurde.

Der Drang, diese Entdeckung mit jemandem zu teilen, wurde übermächtig. Er musste mit jemandem darüber reden.

20

Bath, Gegenwart

Penny

Penny saß in ihrem gemütlichen Wohnzimmer, ein Glas Rotwein in der Hand, und starrte gedankenverloren aus dem Fenster. Die Dämmerung hatte sich bereits über die Stadt gelegt und das warme Licht der Straßenlaternen ließ die Welt draußen ruhig und friedlich erscheinen. Doch in ihrem Kopf arbeitete es. Der Mord an Ted Barrow ließ ihr keine Ruhe. Sie schwenkte den Wein leicht im Glas und nahm einen Schluck, während sie ihre Gedanken ordnete.

Graham saß ihr gegenüber, mit verschränkten Armen und einem nachdenklichen Ausdruck im Gesicht. „Also, was denkst du?" fragte er schließlich und brach damit die Stille, die sich seit einigen Minuten über das Zimmer gelegt hatte.

Penny stellte das Weinglas auf den Tisch und lehnte sich zurück. „Es passt alles nicht zusammen," sagte sie und ließ die Worte einen Moment im Raum stehen. „Ich habe Fiona Hastings und die Wachleute befragt. Fiona behauptet, sie kennt den Wachmann kaum. Sie ist erst seit kurzer Zeit im Museum und sagt, er sei einfach jemand, der seine Arbeit ordentlich erledigt hat. Nicht mehr, nicht weniger."

Graham nickte langsam und griff ebenfalls nach seinem Glas. „Und die anderen Wachleute? Haben sie irgendetwas Interessantes über ihn gesagt? Irgendwelche Auffälligkeiten?"

„Nein, nichts," seufzte Penny und rieb sich die Stirn. „Alle erzählen das Gleiche. Ted Barrow war ruhig, unauffällig, pünktlich. Keiner der Wachleute hatte viel Kontakt mit ihm, auch wenn sie natürlich ab und zu miteinander gesprochen haben. Niemand hat etwas Negatives über ihn zu sagen. Keine Streitereien, keine offensichtlichen Feinde. Er wirkte auf alle... normal. Kein Drogenproblem, kein Spieler, nichts, was ihn in Schwierigkeiten gebracht haben könnte."

Sie nahm einen weiteren Schluck und blickte gedankenverloren in die Flammen des kleinen Kamins, der leise vor sich hin knisterte. „Und trotzdem ist er tot. Ermordet. Es muss also irgendeinen Grund gegeben haben."

Graham lehnte sich vor und legte die Hand auf seine Knie. „Hast du mit der Polizei gesprochen? Haben die irgendeine Spur? Wurde irgendetwas aus dem Museum gestohlen?"

Penny schüttelte den Kopf. „Nein, laut Polizeibericht und der Museumsleitung wurde nichts gestohlen. Der Zeitpunkt des Mordes war jedoch merkwürdig." Sie hielt inne und ließ die Worte wirken. „Das bedeutet für mich, dass es hier nicht um einen simplen Diebstahl ging. Es ging nicht um das Museum. Es ging um Ted Barrow."

Graham runzelte die Stirn. „Aber warum? Was könnte ihn so wichtig gemacht haben, dass er getötet wurde?"

„Das ist die Frage," antwortete Penny und lehnte sich zurück, ihre Augen wieder auf das Rotweinglas gerichtet. „Er hatte keine Familie hier, keine engen Freunde. Niemand, der wirklich etwas über sein Leben außerhalb der Arbeit wusste. Also was bleibt übrig? Irgendetwas musste in seinem Leben passiert sein. Vielleicht hatte er etwas gesehen oder gehört, das er nicht hätte hören dürfen. Vielleicht war er in etwas verwickelt, ohne es zu merken."

Graham überlegte einen Moment. „Könnte er Schulden gehabt haben? Oder sich mit den falschen Leuten eingelassen haben?"

Penny schüttelte den Kopf. „Das war mein erster Gedanke, aber nichts deutet darauf hin. Laut den Wachleuten und den wenigen Kollegen, die ihn gekannt haben, wirkte er nicht wie jemand, der mit illegalen Dingen zu tun hatte. Kein auffälliges Verhalten, keine plötzlichen Veränderungen in seinem Lebensstil."

„Aber da ist noch etwas. Kurz bevor er starb, wollte er mit Fiona Hastings sprechen. Warum? Das ist die Frage, die mir einfach keine Ruhe lässt."

„Was genau wollte er ihr sagen?" fragte Graham nachdenklich.

„Das ist es ja," antwortete Penny leise. „Niemand weiß es. Fiona hat es nicht gewusst, sie sagte, er wollte sie sprechen, aber sie hatten das Gespräch nie. Er hatte sie in der Woche zuvor zweimal kurz auf dem Flur abgepasst, aber beide Male war sie beschäftigt. Und dann war es zu spät." Penny sah zu Graham auf. „Was, wenn er etwas wusste? Vielleicht wollte er ihr etwas sagen, das sie nicht wissen sollte."

Graham hob eine Augenbraue. „Du meinst, vielleicht wurde er deswegen getötet? Weil jemand verhindern wollte, dass er mit Fiona Hastings spricht?"

Penny nickte langsam. „Es ist eine Möglichkeit, oder? Wenn er wirklich etwas wusste, irgendetwas, das mit dem Museum oder einer der Ausstellungen zu tun hatte, könnte das ein Motiv sein. Vielleicht wollte er sie warnen, vielleicht wollte er ihr etwas Wichtiges mitteilen. Aber jemand wollte das verhindern."

Graham ließ sich in den Sessel zurücksinken und blickte nachdenklich auf das Glas in seiner Hand. „Das klingt logisch. Aber was könnte so wichtig gewesen sein?"

„Das ist genau der Punkt," antwortete Penny. „Wir wissen es nicht. Aber ich werde das herausfinden."

Penny nahm einen Schluck Wein und betrachtete Graham ernst. „Ich habe den Eindruck, dass hinter diesem Mord mehr steckt, als wir bisher erkennen können."

Graham nickte, seine Miene blieb konzentriert. „Sei vorsichtig, Darling."

Ein schwaches Lächeln erschien auf Pennys Lippen. „Mach dir keine Sorgen. Ich bin vorsichtig. Aber ich werde nicht aufgeben, bis ich die Antworten finde."

Ein Moment der Stille folgte, während jeder in seine Gedanken vertieft war. Penny war überzeugt, dass der Mord an Ted Barrow kein Zufall war. Der Wachmann hatte etwas mit Fiona Hastings besprechen wollen, doch dieses Gespräch hatte nicht stattfinden dürfen. Warum?

Sie spürte, dass die Wahrheit nah war, nur wenige Puzzlestücke fehlten, um das Bild zu vervollständigen. Schließlich stand Penny auf, ging zu Graham und gab ihm einen Kuss. „Aber du weißt, Schweigepflicht. Ich habe nie mit dir geredet."

„Nie, mein Schatz", antwortete Graham mit einem schiefen Lächeln, während er sie beobachtete.

21

Bath, Gegenwart

Fiona stand vor der offenen Kammer, die sich in den alten Mauern des Museums verbarg. Einer der Wachleute hatte sie bei seinem nächtlichen Rundgang durch Zufall entdeckt. Ein leises Geräusch, das ihm beim Vorbeigehen aufgefallen war, hatte seine Neugier geweckt. Vorsichtig hatte er die Tür aus Stein, die kaum mehr als einen schmalen Spalt ließ, geöffnet und war in die Dunkelheit geschritten. Dort, in der kühlen, stillen Kammer, war er auf ein Geheimnis gestoßen, das seit vielen Jahren verborgen lag.

Der Eingang ließ genug Raum, um einen neugierigen Blick hineinzuwerfen. Als Fiona die Tür aufschob, ertönte ein leises Knarren, das durch die Stille des Raumes hallte. Ein kalter Luftzug strömte heraus und umhüllte sie, als ob die Kammer die Erinnerungen der Jahrhunderte zurück in die Gegenwart schicken wollte.

Die Wände waren rau und unregelmäßig, bedeckt mit einer Schicht aus Staub und Spinnweben. Offensichtlich war dieser Raum lange unentdeckt geblieben. Fiona trat vorsichtig ein und spähte in die

Dunkelheit, die nur von dem bisschen Licht erhellt wurde, das durch die Tür fiel. Ihre Neugierde wuchs, als sie die kahlen Wände betrachtete. Hier, in diesem kleinen Raum, könnte Geschichte verborgen sein, die nur darauf wartete, entdeckt zu werden.

Marcus trat hinter sie und betrachtete ebenfalls die Kammer. „Es ist beeindruckend", bemerkte er leise, seine Stimme kaum mehr als ein Flüstern. „Was könnte hier früher gewesen sein?"

„Das ist schwer zu sagen", murmelte Fiona und ließ ihren Blick über die trostlose Umgebung gleiten. „Die Kammer könnte für viele Zwecke genutzt worden sein. Vielleicht als Lagerraum oder sogar als geheimer Treffpunkt."

Marcus nickte, seine Stirn in Falten gelegt. „In Anbetracht der jüngsten Ereignisse hatte ich mir wirklich eine ruhigere Zeit für das Museum gewünscht. Aber das hier wird ganz sicher Aufmerksamkeit erregen." Sein Blick wanderte unruhig zur Tür zurück, als ob er die bevorstehenden Fragen und die Unruhe schon vor sich sah.

„Das wird es", bestätigte Fiona. „Die Presse wird darüber berichten wollen. Ich bezweifle, dass wir sie aufhalten können. Reporter aus dem ganzen Land werden hier sein."

„Sie werden darüber berichten", murmelte Marcus, die Besorgnis stand ihm ins Gesicht geschrieben. „Und nach all dem, was geschehen ist, könnte das Museum noch mehr in den Fokus rücken, als uns lieb ist. Ich möchte nicht, dass wir erneut in der Kritik stehen."

Fiona spürte, wie sich ein Knoten in ihrem Magen bildete. „Aber wir können nicht einfach ignorieren, was wir hier gefunden haben. Das wäre unverantwortlich."

Marcus schloss für einen Moment die Augen und atmete tief durch. „Ja, das stimmt. Aber lass uns vorsichtig sein, wie wir damit umgehen. Wir müssen sicherstellen, dass wir die Kontrolle über die Informationen behalten, bevor die Presse uns überrollt."

Fiona nickte. Sie spürte das Gewicht der Verantwortung deutlich. „Wir sollten sofort Archäologen hierher holen, damit sie den Raum gründlich untersuchen. Je schneller, desto besser."

„Und wir sollten eine Pressemitteilung vorbereiten", fügte Marcus hinzu, während er sein Notizbuch zückte.

22

Eburacum (heut. York), Vergangenheit

Gaius

Der Morgen war ungewöhnlich still. Das Lager erwachte langsam, und die feuchte Luft trug den Duft von nassem Holz und kaltem Rauch mit sich. Gaius Julius Silvanus saß in der Ecke seines Zeltes und zog sich die Stiefel fest. Ein leichtes Unbehagen machte sich in ihm breit und obwohl er es auf die Kälte und die Anspannung schob, konnte er das Gefühl nicht vollständig abschütteln.

Die Nachricht, die ihm am Abend zuvor vom Optio überbracht wurde, nagte an seinem Verstand. Der Tribunus Laticlavius würde tatsächlich versuchen, den Adler der Legion an die Pikten zu verkaufen? Der junge Tribunus mochte hinterhältig sein, aber solch einen Verrat an der Legion?

Doch der Optio war ihm ein treuer Mann gewesen. Wenn er es sagte, musste zumindest ein Funken Wahrheit darin stecken. Gaius schloss die Augen und atmete tief durch.

Kaum war er aus seinem Zelt getreten, rief ihn ein Bote. Der Praefectus Castrorum, Marcus Tiberius Aquila, hatte nach ihm verlangt. Eine neue Mission stand an. Gaius machte sich auf den Weg zum Hauptgebäude, den Matsch unter seinen Stiefeln spürend, während die ersten Soldaten ihre Übungen begannen. Der Tag würde nicht wie jeder andere verlaufen, das spürte er.

Als er den Raum betrat, war das Licht matt. Der Rauch der Öllampen wirkte bedrückend in der feuchten Luft. Der Praefectus saß hinter einem Tisch, die Stirn gerunzelt, während er eine Karte des umliegenden Gebiets studierte.

„Centurio," begann Marcus, ohne den Kopf zu heben. „Wir haben Informationen über ein Lager der Pikten, nicht weit von hier. Es ist an der Zeit, ihnen einen vernichtenden Schlag zu versetzen."

Gaius runzelte die Stirn. „Was genau wissen wir über dieses Lager?"

Der Praefectus sah auf, ein hartes Lächeln auf den Lippen. „Genug. Unsere Späher haben es entdeckt. Wir erwarten, dass dort ein großer Teil ihrer Kämpfer stationiert ist. Ein schneller, entschlossener Angriff und wir könnten ihre Kräfte erheblich schwächen."

Gaius fühlte, wie sich die Spannung in seiner Brust verstärkte.

„Wer wird den Angriff führen?".

„Du," sagte Marcus, ohne zu zögern. „Du und deine Männer werden die Spitze des Angriffs bilden. Ihr kennt das Terrain, und ihr habt euch in der Vergangenheit bewährt."

Gaius nickte langsam, aber in seinem Inneren wuchsen die Zweifel. Ein solch offensichtlicher Angriff auf ein gut bewachtes Lager? Es klang nach einem Plan, der zu schön war, um wahr zu sein. Doch der Praefectus war sein Vorgesetzter. Seine Befehle waren klar.

Als er das Gebäude verließ, wartete der Optio bereits auf ihn, die Hand an seinem Schwertgriff, als ob er jederzeit bereit wäre zu handeln. „Centurio, wie lautet der Plan?" fragte er.

Gaius blickte ihn an und sprach gedämpft: „Wir marschieren in zwei Stunden los. Ich werde meine Männer zusammenrufen. Das wird ein harter Kampf."

Der Optio nickte, doch in seinen Augen lag ein Funken von Nervosität. Gaius konnte es ihm nicht verdenken. Der bevorstehende Kampf würde blutig werden, dessen war er sich sicher.

ZWEITER
TEIL

23

Bath, Gegenwart

Maggie

Maggie stand vor ihrem antiken Spiegel, der mittlerweile nicht mehr im Flur, sondern in der Küche hing. Ihre silbernen Haare hatte sie sorgsam zu einem eleganten Knoten gesteckt. Sie prüfte noch einmal den Sitz ihrer Brille und strich sich über das Hemd, das sie ausgewählt hatte. Ein weiches, pastellfarbenes Stück, das sie seit Jahren zu besonderen Anlässen trug. In der Ecke der Küche summte der Wasserkocher. Maggie warf einen letzten Blick in den Spiegel, bevor sie aufstand, um den Tee vorzubereiten. Eliza hatte sie gebeten, ein Interview zu geben. Das war etwas, das sie seit ihrer Pensionierung als Archäologin nur selten tat. Aber die Entdeckung im Roman Baths Museum, diese kleine, versteckte Kammer, hatte das Interesse vieler geweckt.

Maggie stellte die Teetassen auf ein Tablett. Sie wählte sorgsam ihre besten aus, das weiße Porzellan mit den zarten, handbemalten Blüten. Der Tee duftete nach Bergamotte und beruhigte sie ein wenig. Eine sanfte Erinnerung an die vielen Jahre, in denen sie selbst an Ausgrabungen beteiligt gewesen war. Jahre, die sie nun, zumindest für heute, wieder in die Gegenwart holen würden.

Ein Klopfen an der Tür unterbrach ihre Gedanken. Eliza trat in die Küche, gefolgt von Sarah, die neugierig hineinschaute. „Mum, bist du bereit?" fragte Eliza.

„Ja, ja, ich bin bereit", antwortete Maggie, während sie mit leicht zittrigen Fingern nach dem Tablett mit Tee und Shortbread griff und es ins Wohnzimmer balancierte. Ihr Wohnzimmer war binnen einer halben Stunde zu einem Studio geworden. Auf dem Tisch lag ein Mikrofon, davor ein Diktiergerät. Außerdem hatten die beiden Journalistinnen ihre Laptops aufgeklappt und Stifte und Papier über den ganzen Tisch verteilt. Maggie goss den Tee ein, ihre Hände etwas zittrig, aber geübt, während Sarah mit ihrem Notizblock Platz nahm und die Aufnahmegeräte einstellte.

„Ich hoffe, du bist nicht zu nervös." sagte Eliza sanft, als sie sich neben Maggie setzte.

„Nervös? Nein, meine Liebe, ich habe schon vor weitaus größeren Herausforderungen gestanden. Bei den Ausgrabungen in Pompeji hatten wir eine ganze Pressemeute im Nacken."

Eliza nickte und Sarah schmunzelte, während sie begann, einige Fragen zu formulieren. „Das war sicher eine spannende Zeit. Aber jetzt geht es um diese neue Entdeckung hier in Bath, diese kleine Kammer, die man im Museum gefunden hat. Maggie, als ehemalige Archäologin: Wie schätzen Sie diese Entdeckung ein?" begann Sarah, ihre Stimme professionell und doch warm.

Maggie legte eine Hand auf ihre Teetasse und dachte kurz nach, bevor sie antwortete. „Es ist in der Tat eine interessante

Entdeckung, obwohl ich natürlich nicht mehr selbst in der Lage bin, dort aktiv mitzuarbeiten. Eine Kammer, so versteckt und unzugänglich, lässt viele Fragen offen. Was war ihr Zweck? Wurde sie genutzt, um etwas oder jemanden zu verstecken? Das sind Fragen, die sich jedem Archäologen stellen. In meiner Zeit haben wir ähnliche Funde in Ägypten gemacht, versteckte Räume in Tempelanlagen oder in Gräbern, die Jahrtausende lang unentdeckt geblieben waren. Oft fanden wir dort wichtige Dokumente oder Gegenstände, die einem bestimmten Gott oder Herrscher geweiht waren."

Sarah nickte interessiert. „Sie waren damals in Ägypten tätig, richtig? Können Sie uns mehr darüber erzählen?"

Maggie lehnte sich zurück und lächelte versonnen. „Ja, das war in den späten Siebzigern. Ich war an einigen wichtigen Ausgrabungen beteiligt. Wir haben in der Nähe von Luxor gearbeitet, in einem Tal, das als Totental bekannt ist. Dort, zwischen den Dünen und den steilen Felsen, haben wir ein Grab entdeckt, das uns allen den Atem raubte. Es war ein Grab eines hohen Beamten aus der 18. Dynastie. Das Faszinierende an diesen Ausgrabungen war, dass wir nie genau wussten, was uns erwarten würde. Manchmal waren es nur zerfallene Mauern, manchmal aber auch unversehrte Artefakte von unermesslichem Wert."

Sarah machte sich Notizen, während Maggie fortfuhr. „Später, in den frühen Achtzigern, war ich in Pompeji. Auch dort haben wir in den verschütteten Straßen und Häusern gegraben, die beim Ausbruch des Vesuvs im Jahr 79 nach Christus untergegangen waren. Es ist ein seltsames Gefühl, durch diese alten römischen Straßen zu gehen, als wäre die Zeit stehen geblieben. Ich erinnere mich an einen Fund, ein gut erhaltenes Mosaik in einem Haus, das fast vollständig erhalten war. Es zeigte eine Jagdszene, und die Farben waren nach all den Jahrhunderten noch erstaunlich lebendig."

Eliza lächelte und fügte hinzu: „Du warst auch an den Ausgrabungen der Römer hier in Bath beteiligt, nicht wahr?"

„Ja, das stimmt," sagte Maggie und nickte. „Auch hier gab es faszinierende Funde. Die Römischen Bäder sind weltbekannt, aber was viele nicht wissen, ist, dass unter der Stadt noch viele Geheimnisse verborgen liegen. Wir haben Fragmente von Mosaiken, Münzen und Keramiken gefunden, die darauf hinweisen, dass Bath in der römischen Zeit ein bedeutender Ort war. Diese kleinen Stücke der Vergangenheit erzählen eine Geschichte, und ich finde es faszinierend, wie sie das Bild einer ganzen Zivilisation zusammenfügen können."

„Das Roman Baths Museum hat eine ganz besondere Bedeutung, nicht wahr? Es bewahrt nicht nur die Geschichte der Römer in dieser Region, sondern erzählt auch von den Einflüssen, die sie auf die lokale Kultur hatten," bemerkte Eliza.

„Absolut," bestätigte Maggie. „Das Museum ist nicht nur eine Sammlung von Artefakten, es ist ein Fenster in die Vergangenheit. Es zeigt, wie die Römer in Bath lebten, arbeiteten und ihre Freizeit gestalteten. Der Fund dieser Kammer könnte dazu beitragen, unser Verständnis von der römischen Besiedlung in dieser Gegend zu vertiefen. Wer weiß, welche Informationen dort verborgen liegen?"

Sarah hob den Kopf und lächelte: „Es klingt, als hätten Sie ein aufregendes Leben geführt. Glauben Sie, dass die neu entdeckte Kammer ähnliche Schätze bergen könnte?"

Maggie zögerte kurz. „Das ist schwer zu sagen. Manchmal findet man nichts weiter als alte Steine, und manchmal stößt man auf etwas von unschätzbarem Wert. Die Lage und die Bauweise der Kammer sprechen dafür, dass sie eine wichtige Rolle gespielt haben könnte. Sei es als Lagerraum oder als etwas Geheimes."

Eliza legte eine Hand auf den Arm ihrer Mutter und fragte mit einem leichten Stirnrunzeln: „Mum, glaubst du, dass dieser Fund etwas mit dem Mord an Ted Barrow zu tun haben könnte?"

Maggie nahm einen kleinen Schluck Tee, bevor sie leise antwortete. „Das weiß ich nicht, Eliza. Es wäre natürlich denkbar, dass der Fund jemandes Interesse geweckt hat. Doch ich glaube, wir müssen abwarten, was die Archäologen und die Polizei herausfinden. Man darf keine voreiligen Schlüsse ziehen." Sie hielt kurz inne und sah ihre Tochter ernst an. „Aber eines habe ich in all den Jahren gelernt: Manchmal sind es gerade die kleinen, versteckten Dinge, die die größten Geheimnisse in sich tragen."

Die Atmosphäre im Raum wurde ein wenig schwerer, während sie über den Fund der Kammer nachdachten. Maggie war sich der Komplexität dieser Situation bewusst. Sie konnte das Gefühl nicht abschütteln, dass der Fund nicht nur archäologische Bedeutung hatte, sondern auch in die gegenwärtigen Geschehnisse verwoben sein könnte.

„Was, wenn die Kammer ein versteckter Ort war? Ein Treffpunkt für einige der einflussreichsten Persönlichkeiten der damaligen Zeit?" überlegte Sarah laut. „Die Geschichte von Bath ist ja nicht nur die Geschichte der Römer, sondern auch die von Macht und Einfluss."

„Genau das macht es so spannend", stimmte Maggie zu. „Jede Entdeckung hat das Potenzial, unser Verständnis der Geschichte zu revolutionieren. Ich erinnere mich, dass wir bei den Ausgrabungen in Ägypten oft in Situationen kamen, in denen die Funde ein ganz neues Licht auf die Zivilisation warfen, mit der wir uns beschäftigten. Manchmal bedeuteten die kleinsten Details alles."

Eliza hörte aufmerksam zu, während sie über die Möglichkeit nachdachte, dass der Fund möglicherweise eine tiefere Verbindung zu den aktuellen Ereignissen in Bath hatte. „Ich frage mich, ob wir im Museum auch diese Verbindung herstellen können. Die Öffentlichkeit sollte wissen, dass diese Entdeckung nicht isoliert ist, sondern Teil einer größeren Geschichte."

„Das ist ein wichtiger Punkt," bemerkte Maggie. „Die Leute wollen nicht nur sehen, was gefunden wurde, sie wollen auch wissen, warum es wichtig ist und welche Geschichten es zu erzählen hat."

Sarah nickte zustimmend und notierte sich eine weitere Frage. „Maggie, denken Sie, dass die Medien in der Lage sind, die Bedeutung dieser Entdeckung richtig zu erfassen?"

„Die Medien sind oft zu oberflächlich, sodass sie die Tiefe der Geschichte manchmal übersehen", erklärte Maggie. „Deshalb müsst ihr darauf achten, dass die Berichterstattung nicht nur sensationell ist, sondern auch die Faszination und Komplexität der Geschichte wiedergibt." Sie zwinkerte den jungen Frauen zu.

24

Bath, Gegenwart

Er schritt mit einem selbstbewussten Lächeln durch die schlichten Gänge des Gerichtsgebäudes. Er war in seinen späten Sechzigern. Trotz der vielen Jahre, die er in der Welt der Wissenschaft verbracht hatte, war er ein Mann von bemerkenswerter Eleganz und Charme. Sein graues Haar war sorgfältig frisiert, die Haare stets in perfekter Ordnung. Ein Zeichen dafür, dass Alfred auch nach all den Jahren Wert auf sein Erscheinungsbild legte. Er war ein feiner Mann und das wusste er auch. Der maßgeschneiderte Anzug, den er trug, war in einem tiefen Marineblau gehalten, das seine strahlend blauen Augen zur Geltung brachte. Die dazu passende Fliege, ein gewagtes Rot mit kunstvollen Mustern, war nicht nur ein modisches Statement, sondern auch eine Hommage an seinen unkonventionellen Stil.

Alfred war Professor für Archäologie und spezialisiert auf römische Zivilisationen. Sein Wissen über die antiken Römer war nicht nur breit gefächert, sondern auch mit einer Leidenschaft verbunden, die ansteckend war. Zumindest für die wenigen Glücklichen, die es ertragen mussten, ihm zuzuhören. Er war ein echter Experte auf seinem Gebiet, ein Mann, dessen Vorlesungen für ihre lebendige Art und ihren scharfen Witz bekannt waren. Ja, Alfred wusste, dass er das gewisse Etwas hatte, das ihn von anderen abhob.

Heute war er hier, um sein Wissen und seine Einsichten über die geheimnisvolle Kammer im Roman Baths Museum zu teilen.

Als vor ein paar Tagen der Postbote an seiner Tür geklingelt hatte und Alfred den Brief überreichte, den er persönlich unterschreiben musste, wusste er sofort, dass dies keine gewöhnliche Post war. Er war zur Sachverständigen Anhörung durch die Staatsanwaltschaft geladen worden, um seine Einschätzungen zur geheimnisvollen Kammer im Roman Baths Museum zu präsentieren. Offensichtlich sahen Polizei und Staatsanwaltschaft eine Parallele zwischen Kammer und Leiche. Das konnte auch für ihn interessant sein, deswegen hatte dem Termin zugestimmt und sich heute Morgen extra lange Zeit gelassen sich fertig zu machen.

Während er den Gang entlangging, spürte er die neugierigen Blicke der wenigen Menschen, die ihn sahen. Die bunten Socken, die unter seinem Hosenbein hervorlugten, waren das i-Tüpfelchen seiner Erscheinung und unterstrichen seine Persönlichkeit. „Wie viele Professoren würden es wagen, bei einem Gerichtstermin so bunte Socken zu tragen?" dachte er schmunzelnd und genoss das Gefühl, sich abzuheben. „Ein Mann muss sich abheben, Alfred", murmelte er sich selbst zu, während er in Gedanken versank, „und das tue ich auch."

Er erreichte die Bürotür der Staatsanwältin, „Zimmer 2.34, Staatsanwaltschaft, Dr. Penelope Carter" stand rechts neben der

Tür. Mit einem eleganten Fingertipp klopfte der Professor an die Holzoberfläche. „Miss Carter? Darf ich eintreten?"

„Ja, bitte!" rief die Staatsanwältin von drinnen. Alfred öffnete die Tür.

Der Raum war klein, aber funktional. Regale voller Akten und Bücher schienen die Wände zu erdrücken. Auf dem großen Schreibtisch stapelten sich die Dokumente in einem chaotischen, aber nicht unordentlichen Stil. Der Geruch von frischem Papier und einer vagen Note von schwarzem Tee erfüllte den Raum.

„Ich hoffe, ich störe Sie nicht bei Ihren wichtigen Überlegungen", sagte Alfred mit einem charmanten Lächeln, während er sich unaufgefordert in den Stuhl gegenüber von Miss Carters Schreibtisch setzte.

„Überhaupt nicht", erwiderte Penny und zeigte auf den Stuhl, in dem der Professor bereits Platz genommen hatte. „Ich bin froh, dass Sie hier sind und sehr gespannt auf Ihre Einschätzungen."

„Die Kammer", begann Alfred, als wäre es das Thema seiner nächsten groß angelegten Vorlesung. „Ein faszinierendes Relikt aus einer Zeit, die viele gerne vergessen möchten, aber die wir nicht ignorieren können. Ich habe mir die Struktur und den Zustand genau angesehen, und ich muss sagen, es ist beeindruckend, dass sie so lange unentdeckt geblieben ist. Ein wahres Juwel, wenn Sie mich fragen!"

Alfred holte einige Notizen aus seiner Aktentasche, die er akribisch vorbereitet hatte. „Die Kammer ist von erheblichem historischem Wert, insbesondere im Kontext der römischen Besiedlung dieser

Region. Sie könnte ein Rückzugsort für lokale Führer oder ein geheimer Versammlungsraum gewesen sein. Manchmal ist die Bedeutung eines Ortes nicht nur in dem, was er war, sondern in dem, was er verbergen konnte. Die Tatsache, dass sie unentdeckt blieb, spricht Bände über ihre Funktion. Sie hätte ein Ort des Wissens oder der Macht sein können. Oder aber ein Zentrum für geheime Treffen."

Penny nickte, während sie aufmerksam zuhörte. „Glauben Sie, dass dort möglicherweise wertvolle Gegenstände aufbewahrt wurden?"

„Das ist schwer zu sagen, aber ich würde nicht ausschließen, dass in der Kammer einst bedeutende Artefakte lagerten", antwortete Alfred, während er auf die Unterlagen schaute. „Römische Münzen, Fragmente von Tontafeln. Im Grunde alles, was für die damaligen Bewohner von Bedeutung gewesen sein könnte. Man könnte sogar spekulieren, dass die Kammer für Rituale genutzt wurde, die den Reichtum und die Macht der damaligen Gesellschaft symbolisieren sollten. Wir wissen, dass die Römer oft Orte für zeremonielle Zwecke schufen, die im Verborgenen lagen, um Geheimnisse zu bewahren."

„Das klingt sehr spannend. Und wie viel könnte so etwas wert sein? Könnte das Menschen dazu verleiten, zu morden oder andere Verbrechen zu begehen?"

Die Parallele zum Mord, dachte Alfred. Er lächelte „Ah, der Wert von Geschichte, Miss Carter! Eine römische Münze könnte, je nach Zustand und Seltenheit, von einigen Hundert bis zu mehreren Tausend Pfund reichen. Aber der wahre Wert liegt nicht nur im Geld. Es ist das Wissen, das mit diesen Objekten verbunden ist.

Und ja, das Potenzial, das eine Entdeckung wie diese mit sich bringt, könnte definitiv unethisches Verhalten nach sich ziehen. Der menschliche Drang nach Macht und Geld ist zeitlos."

Er lehnte sich zurück und beobachtete, wie die Staatsanwältin einige Notizen machte. Es war ihm ein Vergnügen zu sehen, dass seine Worte so gut aufgenommen wurden. „Stellen Sie sich vor", fuhr er fort, „eine Münze aus dem Reich von Augustus oder gar eine Tontafel, die das tägliche Leben der Römer dokumentierte. Solche Funde könnten nicht nur Sammler anziehen, sondern auch diejenigen, die sich für illegale Aktivitäten interessieren. Historische Artefakte können mehr als nur Zeugen der Vergangenheit sein, sie können auch zu Motiven von Verbrechen werden."

Penny überlegte einen Moment und schrieb sich einige Gedanken auf. „Glauben Sie, dass die Kammer an dem Abend, als die Nachricht des Fundes öffentlich wurde, tatsächlich zum ersten Mal geöffnet wurde?"

Alfred schüttelte den Kopf und sein Gesicht wurde ernst. „Das bezweifle ich stark. Die Spuren, die ich gesehen habe, deuten darauf hin, dass die Kammer bereits vorher betreten wurde. Der Staub ist ein klarer Hinweis darauf, dass sie kurz davor schon betreten worden ist."

Alfred verlor sich noch eine ganze Weile in seinen philosophischen Ausführungen, bis Penny ihn schließlich unterbrach.

„Ich danke Ihnen für Ihre Zeit und Ihre Einsichten, Mister Gillingham". Sie erhob sich von ihrem Stuhl und reichte ihm die Hand.

Er stand auf, gab ihr die Hand und richtete seine Kleidung. „Es war mir ein Vergnügen, Miss Carter. Ich freue mich darauf, zu sehen, wie sich die Dinge entwickeln. Sollten Sie nochmal eine Fachexpertise benötigen, zögern sie nicht, mich anzurufen!"

Alfred lächelte zufrieden, als er das Büro verließ. Er fühlte sich großartig. Schließlich war er nicht nur Professor, sondern auch ein Mann von Welt, der viele Geschichten zu erzählen hatte und es genoss, im Mittelpunkt der Aufmerksamkeit zu stehen. Mit jedem Schritt, den er zurücklegte, fühlte er sich bestärkt, dass seine Einschätzungen und seine Expertise nicht nur geschätzt, sondern auch benötigt wurden.

Als er die Treppen hinunterging, reflektierte er über die Dynamik der aktuellen Ereignisse. Die Kammer war mehr als nur ein archäologisches Relikt. Sie war ein Schlüssel zu einem Teil der Geschichte, der darauf wartete, entschlüsselt zu werden. Je mehr er darüber nachdachte, desto mehr wuchs seine Neugier.

Er erinnerte sich an seine eigenen Ausgrabungen in Ägypten und Pompeji. An die mysteriösen Stätten, die das Licht der Öffentlichkeit nie erreicht hatten. Die geheime Kammer in Bath war kein Einzelfall. Die Welt war voller unentdeckter Geheimnisse.

In seiner Karriere hatte Alfred gelernt, dass Menschen oft bereit waren, moralische Grenzen zu überschreiten, wenn es um Geld oder Macht ging. Ob es sich um Fälschungen, Diebstahl oder sogar Mord handelte, die dunkle Seite der Geschichte war oft genau so faszinierend wie die helleren Aspekte.

Er stellte sich die Frage, was die geheimen Wände der Kammer wohl erzählen würden, wenn sie sprechen könnten. Was hatte der Ort gesehen? Wer hatte dort Zuflucht gesucht? Und konnte sie etwas mit dem Mord an Ted Barrow zu tun haben?

25

Bath, Gegenwart

Arthur

Arthur saß auf einem Barhocker im „The Fox". Vor ihm ein Bier. Das Gemurmel der Gäste, das Klirren der Gläser und das gelegentliche Lachen der Anwesenden vermischten sich zu einem sanften, beruhigenden Hintergrundrauschen. Ein schwaches Licht schien von den Wandleuchtern und den kleinen Tischen, auf denen Kerzen brannten.

Er hatte sich in eine ruhige Ecke zurückgezogen. Die goldene Flüssigkeit schimmerte im Licht und warf kleine Reflexionen auf den Tisch, während er nervös mit dem Glas spielte. Trotz der behaglichen Umgebung fühlte er sich unbehaglich.

Arthur war sich nicht sicher, ob er ihm wirklich vertrauen konnte. Es war nicht so, dass Arthur Angst hatte, sondern vielmehr war es das nagende Gefühl der Unsicherheit, das ihn begleitete. Hier in einer neuen Stadt, umgeben von Menschen, die ihm vollkommen fremd waren, fühlte er sich verletzlich.

Die letzten Nächte hatte er sich quälen müssen mit Fragen, die ihm keine Ruhe ließen. Was war mit Fiona Hastings? Und warum hatte er das Gefühl, dass mehr hinter ihrer Präsenz im Museum steckte?

Sollte er einen Schritt wagen und sich jemandem anvertrauen? Es war absurd, sich ausgerechnet einem Barkeeper zu öffnen, der ihm nicht einmal seinen Nachnamen gesagt hatte. Doch diese innere Zerrissenheit nagte an ihm.

Er hatte überlegt, den Abend in Einsamkeit zu verbringen, die Rückkehr in die Stille seines unordentlichen neuen Zuhauses zu wählen. David kam gerade sein Blickfeld, als er seine Gedanken wieder einmal in eine Sackgasse führte. Er kannte ihn nur von diesem kurzen Gespräch am Quizabend mit der Frau, Penny war ihr Name, die er später mit Anja McCansish im Museum gesehen hatte.

Gerade als er sich entschloss, wieder zu gehen, trat David mit einem Lächeln an seinen Tisch. „Hey, Alles in Ordnung?" Der Barkeeper hatte die Hände in den Hosentaschen seiner schwarzen Schürze vergraben und sah ihn aufmerksam an.

Arthur sah auf, als würde er aus einem Traum aufwachen. „Ähm, ja, ich… Ich wollte dir eine Frage stellen. Wenn das in Ordnung ist. Ich, ähm, bin Arthur" stammelte er. „David. Wir kennen uns von diesem Quizabend, oder? An meinem ersten Arbeitstag? Ihr habt noch lange an der Bar gesessen. Du und deine Freunde."

David schob ein paar leere Gläser beiseite und lehnte sich interessiert über den Tisch. „Klar, was hast du auf dem Herzen?"

Arthur zögerte, seine Gedanken wirbelten. Was würde er David erzählen? Sollte er ihm die ganze Geschichte offenbaren oder nur einen Teil davon?

„Ich habe hier zwei Bilder, die ich dir gerne zeigen würde und diese Leute an dem Quizabend sind nicht meine Freunde gewesen" Er kramte in seiner Jackentasche und zog die Fotos hervor. Das Licht der Wandbeleuchtung fiel darauf und ließ die Farben lebendig erscheinen. „Diese Frau ist Fiona Hastings, die Museumsdirektorin des Roman Baths. Und das hier ist ein Bild von Anja McCanish, die ich aus einer alten Akte mitgebracht habe. Kannst du mir sagen, ob du Ähnlichkeiten siehst?"

Er legte die Bilder vor David auf den Tisch. David nahm sie vorsichtig in die Hand. Er runzelte die Stirn, während er die beiden Fotos betrachtete. Arthur beobachtete ihn angespannt, während sich ein Knoten in seinem Magen bildete. Was, wenn David keine Ähnlichkeit sah? Das, was er hier tat, war schließlich in höchstem Maße gesetzeswidrig. Der Barkeeper schien ernsthaft zu überlegen, und das machte Arthur nervös. Schließlich sah David auf und nickte. „Ja, die beiden sehen sich wirklich verdammt ähnlich. Fast so, als wären sie die gleiche Person, nur Jahre auseinander."

Ein Schauer lief Arthur über den Rücken. Er war tatsächlich auf etwas gestoßen.

„Das dachte ich mir auch. Ich war vor kurzem im Museum und habe diese Frau dort gesehen." Arthur deutete auf das Foto von Fiona. „Anja McCanish war Teil eines internationalen Fälscherrings. Ich kenne sie sehr gut aus dieser Zeit..."

„Warte Mann" David hob unschuldig die Hände „Du hast Kontakte zu einem internationalen Fälscherrings?"

Arthur sah sich kurz um „Ja, ich bin Polizist, lange Zeit gewesen. Zurück zum Thema. Alle anderen, die beteiligt waren wurden verhaftet oder sind verschwunden. Man sagt, sie wurden von der Mafia erledigt."

David schüttelte den Kopf, seine Augen wurden weit. „Wow, das klingt nach einem aufregenden Fall. Aber bist du dir sicher, dass es wirklich Anja ist? Müsste sie nicht im Gefängnis sein?"

Arthur zögerte. „Ich weiß das klingt absurd, aber ich habe sie im Museum beobachtet. Zusammen mit dieser Penny, die auch bei dem Quizabend letzte Woche hier war."

David schien aufmerksam zuzuhören, seine Miene wurde ernst. „Penny, die du meinst, ist Staatsanwältin hier. Wenn ich du wäre, würde ich versuchen, mit ihr zu sprechen. Vielleicht kann sie dir mehr über Fiona Hastings sagen."

Arthur sah auf die Bilder vor sich. „Ja, ich denke, du hast recht. Ich kann nicht einfach in der Ecke sitzen und warten, dass mir jemand die Antworten liefert. Ich muss aktiv werden."

26

Eburacum (heut. York), Vergangenheit

Gaius

Der Marsch durch das dichte, feuchte Unterholz zog sich in einer Qual von Stunden hin. Gaius spürte die feuchte Luft auf seiner Haut, wie sie schwer und träge durch die Bäume hing, als hätte der Nebel selbst die Zeit verlangsamt. Seine Rüstung schien bei jedem Schritt schwerer zu werden, das Leder unter den Metallplatten war feucht und kalt. Der Geruch von modrigem Laub und feuchter Erde stieg ihm in die Nase, während das beständige Rascheln der Legionäre hinter ihm wie eine unheilvolle Melodie klang. Ein leises, gleichmäßiges Geräusch, das von den schweren Schritten und dem gelegentlichen Klirren der Waffen begleitet wurde.

Seine Augen huschten über den schmalen Pfad vor ihm, doch seine Gedanken waren längst nicht mehr nur bei dem bevorstehenden Kampf. Der Befehl des Praefectus Castrorum, diese Expedition zu führen, lastete auf ihm wie eine Bürde, die nicht nur das Schicksal seiner Männer, sondern auch das seiner Ehre in Frage stellte. Er hatte dem Praefectus Castrorum nie ganz getraut. Nicht seit den Gerüchten und Andeutungen, die sich im Lager immer weiter verdichteten. Doch ein Soldat hinterfragte seine Befehle nicht, er folgte ihnen. Das war der Kodex. Aber was, wenn der Verrat tatsächlich aus den eigenen Reihen kam? Was, wenn die größte Gefahr nicht in den wilden Pikten lag, die im Verborgenen auf sie lauerten, sondern bei denen, die neben ihnen standen?

Gaius schüttelte den Gedanken ab. Der Wind, der durch die Äste der Bäume fuhr, trug das Geräusch des fernen Flusses zu ihm. Die Blätter flüsterten leise miteinander, als ob sie dunkle Geheimnisse hüteten, die nur darauf warteten, ans Licht zu kommen. Die Bäume selbst schienen zu Beobachtern geworden zu sein, ihre knorrigen Äste wie ausgestreckte Finger, die auf die Männer deuteten, als wüssten sie bereits, was geschehen würde.

Der Pfad wurde enger und das Gefühl, dass etwas nicht stimmte, nagte an Gaius' Seele. Das Lager der Pikten, das sie angeblich finden sollten, war nun nah. Viel zu nah. Die Stille um ihn herum war unnatürlich. Kein Vogel rief, kein Tier durchbrach die Ruhe. Nur die Legionäre, deren Schritte immer schwerer wurden, marschierten weiter.

„Vorsicht", murmelte Gaius, als er den Arm hob und den Befehl zum Halten gab. Die Männer hinter ihm blieben stehen, das Rascheln verstummte, und eine unheilvolle Ruhe legte sich über die Reihen. Gaius' Blick wanderte über das Gelände, doch er konnte nichts Ungewöhnliches entdecken. Kein Feuer, keine Bewegungen. Nichts. Die Landschaft war wie ausgestorben, und doch schien sie eine Spannung in sich zu tragen, als ob sie jeden Moment explodieren könnte.

Seine Hand fest um den Griff seines Schwertes legend, spürte er den vertrauten kalten Stahl, der ihm sonst Sicherheit gab. Doch an diesem Tag brachte selbst die Waffe keine Ruhe. „Das hier stimmt nicht", dachte er. Irgendetwas war falsch, doch bevor er den Gedanken zu Ende führen konnte, zischte plötzlich ein Pfeil durch die Luft. Der dumpfe Aufprall auf Fleisch und der erschütternde Schrei eines Legionärs brach die Stille wie Glas.

Gaius schrie auf, drehte sich um und zog sein Schwert. „Formation!" brüllte er, doch die Reihen brachen bereits auseinander. Überall aus dem Dickicht sprangen die Pikten hervor – schattenhafte Gestalten mit bemalten Gesichtern und wilden Augen, die mit brutaler Entschlossenheit auf die Römer einstürmten.

Die Legionäre versuchten, sich hastig zu formieren, ihre Schilde hochzureißen, doch der Überraschungsmoment war zu groß. Die Pikten kannten das Terrain, sie nutzten jeden Baum, jeden Felsen, als wären sie eins mit der Natur. Sie bewegten sich schnell, lautlos und tödlich. Gaius spürte den dumpfen Aufprall eines Schildes gegen seinen Arm, als er einen Angriff abwehrte und dann schlug er zu, spaltete das Fleisch eines Angreifers mit einem wuchtigen Hieb. Doch es schien, als würden immer mehr Feinde aus dem Wald hervorbrechen.

Er kämpfte, seine Muskeln brannten, während er sich durch das Chaos schob, doch er wusste, dass es keinen Ausweg gab. Die Pikten waren überall, sie hatten die Römer umzingelt und trieben sie gnadenlos zurück. Pfeile zischten durch die Luft, Speere durchbohrten die Körper der Soldaten und die Schreie der sterbenden Männer füllten den Wald mit einem grausamen Chor.

Inmitten dieses Wahnsinns konnte Gaius die Gesichter seiner Männer sehen – junge, hoffnungsvolle Soldaten, die für Ruhm und Ehre gekämpft hatten, doch nun in blutgetränkter Erde starben.

Er beobachtete, wie der Optio keuchend auf die Knie sank und schließlich erschöpft zu Boden glitt, die Hände auf den Boden gestützt, als könne er das Gewicht seines Körpers kaum noch tragen.

Gaius schwang sein Schwert erneut, schlug einen weiteren Feind nieder, doch mit jedem Hieb fühlte er das Gewicht der Aussichtslosigkeit schwerer auf seinen Schultern lasten. Es war eine Falle. Eine perfide, gut geplante Falle. Und er hatte seine Männer direkt hineingeführt.

Als der letzte Pikt zurück in den Wald verschwand, blieb nichts als das grausame Bild der Verwüstung. Überall um ihn herum lagen die Leichen seiner Kameraden, blutige Überreste eines Kampfes, den sie nie hätten gewinnen können. Der Boden war vom Blut getränkt, die Luft schwer vom Gestank des Todes.

Gaius stützte sich schwer auf sein Schwert, sein Atem kam keuchend. Sein Kopf war ein einziges Wirrwarr aus Gedanken und Schuldgefühlen. „Verrat", flüsterte er, während sich der Nebel des Morgens wieder über das Schlachtfeld legte. Es war eindeutig. Sie waren verraten worden. Aber von wem?

Er blickte in den Wald, die Schatten der Bäume schienen ihn zu verhöhnen, als ob sie die Antwort bereits wüssten.

27

Bath, Gegenwart

Graham saß am Kopf des langen Esstisches, seine Hände ruhten auf der abgenutzten Holzoberfläche. Er war nicht wirklich hungrig, auch wenn der Duft des Bratens verführerisch in der Luft hing. Penny hatte wiedermal hervorragende Arbeit geleistet. Der Braten sah perfekt aus. Eine knusprige, goldene Kruste, die das zarte Fleisch darunter umhüllte. Aber der Appetit kam Graham heute Abend schwerer als sonst. Irgendetwas lag in der Luft, etwas, das er nicht ganz greifen konnte. Vielleicht war es der Mordfall. Vielleicht war es aber auch die latente Anspannung, die zwischen Penny und Jack immer dann aufkam, wenn Berufliches sich in den familiären Raum schlich.

Jack, der mit verschränkten Armen am Tisch saß, wirkte ebenfalls wenig entspannt. Graham beobachtete seinen Sohn genau. Der sonst so lockere, selbstbewusste Polizist wirkte heute stiller als sonst. Vielleicht war es die Arbeit, die ihn belastete. Vielleicht war es auch einfach die Tatsache, dass Penny wieder einmal alles genau wissen wollte.

„Hier, nimm noch ein bisschen Braten, Jack", sagte Penny und reichte ihm eine große Scheibe auf die Gabel. Ihr Angebot klang beiläufig, aber Graham kannte den Tonfall gut genug, um zu wissen, dass Penny nur auf eine Gelegenheit wartete, das Gespräch auf den Mord zu lenken.

Jack nahm den Braten dankend entgegen. Sarah, Jacks Freundin, saß neben ihm und versuchte, durch die Atmosphäre hindurch lächelnd Smalltalk zu betreiben. Sie war Journalistin, klug und mit einem scharfen Verstand ausgestattet, aber auch sie wirkte an diesem Abend leicht angespannt, als ob sie das unangenehme Thema, das unausgesprochen über dem Tisch hing, schon vorausfühlte.

„Wie läuft's bei der Arbeit, Jack?" begann Penny mit ihrem Eröffnungsschlag, während sie sich eine Portion Kartoffelbrei auf ihren Teller schaufelte.

Jack schob sich ein Stück Fleisch in den Mund, kaute langsam und griff nach seinem Wasserglas. Er trank einen Schluck, ließ die Stille fast schon demonstrativ im Raum hängen, bevor er antwortete: „Ganz normal. Nichts Außergewöhnliches."

„Nichts Außergewöhnliches?", wiederholte Penny und warf ihm einen bedeutungsvollen Blick zu. „Nichts? Nicht mal... ein Mord im Museum?"

Graham konnte sehen, wie Jack mit den Augen rollte. Sein Sohn legte das Besteck zur Seite und strich sich durch sein Haar. Er seufzte, deutlich genervt.

„Mom, ich bin heute nicht im Dienst", sagte Jack, seine Stimme war ruhig, aber scharf. „Können wir das Thema vielleicht auf morgen zwischen 8 und 17 Uhr vertagen? Das wären nämlich meine offiziellen Dienstzeiten."

Penny hielt inne, bevor sie sich entspannt zurücklehnte. Graham wusste, dass sie nicht so leicht aufgeben würde.

„Ich verstehe ja, dass du deine Arbeit mal ausblenden willst, Jack. Aber können wir uns denn nicht auch privat über dieses Ereignis hier in Bath unterhalten?" Sie lächelte sanft.

Ihre Augen fixierten Jack mit der Hartnäckigkeit einer Katze, die ihre Beute nicht aus den Augen ließ.

Graham konnte nicht anders, als leise zu schmunzeln. Er hatte das schon so oft erlebt. Penny war unermüdlich, wenn sie etwas wissen wollte. Und sie hatte recht. Sie verstand die Mechanismen hinter den Ermittlungen, was es schwer machte, sich hinter der *Ich kann nichts sagen*-Fassade zu verstecken.

„Es ist ein verdammter Mord, Mom", sagte Jack schließlich. Er rieb sich mit der Hand über die Stirn, als wolle er die Anspannung wegwischen. „Und ja, wir ermitteln. Aber ich bin heute Abend hier, um zu entspannen."

„Natürlich" sagte Penny und legte das Besteck ordentlich auf den Tellerrand. „Aber es ist doch so, Jack. Diese Kammer und der Mordfall Ted Barrow - Glaubst du nicht, dass es da eine Verbindung gibt?"

Graham konnte den Hauch von Triumph in ihrer Stimme hören. Sie hatte den Punkt erreicht, auf den sie hinauswollte und Jack war gezwungen, darauf einzugehen.

„Es gibt immer Verbindungen, Mom. Wir prüfen alles. Aber gerade gibt es noch keine klaren Beweise, die uns weiterbringen. Nur Theorien."

„Theorien?" Penny hob fragend eine Augenbraue. „Was für Theorien?"

Jack sah ihr direkt in die Augen, seine Stimme war ruhig, aber leicht gereizt. „Nichts Konkretes, okay? Wir haben einige mögliche Verbindungen, aber das ist alles, was ich sagen kann."

„Du kannst mir mehr sagen", forderte Penny ihren Sohn auf. Ihre Stimme war jetzt sanfter, fast beschwörend. „Es gibt keinen Grund, mir gegenüber Informationen zurückzuhalten. Ich bin schließlich deine Mutter."

Graham beobachtete die Beiden in der stillen Auseinandersetzung und konnte das Gewicht der unausgesprochenen Worte spüren. Es war ein vertrautes Szenario: Penny, die immer tiefer bohrte, und Jack, der versuchte, die Balance zwischen seinem beruflichen Schweigen und seiner familiären Loyalität zu wahren. Graham hatte selbst oft mit Penny zusammengearbeitet und wusste, dass sie ein tiefes Gespür für Lügen und Halbwahrheiten hatte. Das machte sie zu einer hervorragenden Staatsanwältin, aber auch zu einer anstrengenden Gesprächspartnerin, wenn man Geheimnisse hatte, die man nicht teilen wollte.

Jack schüttelte leicht den Kopf und nahm noch einen Bissen von seinem Braten, als wolle er das Gespräch mit Essen ersticken. Mord war in Grahams Zeit als Polizist etwas gewesen, das er fast schon routiniert abgearbeitet hatte, aber jetzt, nach all den Jahren in Pension, wollte er einfach nur seine Ruhe.

Die Unterhaltung drehte sich langsam wieder weg vom Mord, zurück zu neutraleren Themen. Sarah erzählte von ihrer Arbeit in der Redaktion und versuchte, das Gespräch auf leichtere Bahnen zu lenken. Jack antwortete knapp und distanziert. Graham konnte sehen, dass er froh war, dem Thema Mord entkommen zu sein.

Als das Abendessen schließlich zu Ende ging und Jack und Sarah sich verabschiedet hatten, stand Graham in der Küche und spülte die letzten Gläser ab. Penny kam herein und legte die Hände in die Hüften. „Morgen fahre ich aufs Revier. Ganz offiziell und dann will ich alles über diese Theorien wissen".

Graham zuckte mit den Schultern. „Mach das", murmelte er. „Aber lass ihn bitte künftig bei solchen Treffen in Ruhe. Ihr solltet mal mehr an eurer privaten Beziehung zueinander arbeiten als an eurer beruflichen."

Penny schnaufte leise, nahm ein Geschirrtuch und begann, die Gläser abzutrocknen.

Graham legte die Hand auf ihre Schulter. „Lass es gut sein, Penny. Du kannst nicht alles kontrollieren. Überlass die Ermittlungen der Polizei und mach, was du kannst."

Gerade als Penny ansetzte, um ihm zu widersprechen, zerschnitt das schrille Klingeln der Türglocke abrupt die angespannte Stille im Raum. Beide hielten inne, ihre Blicke trafen sich für einen Moment, als suchten sie bei dem anderen eine Erklärung. Dann wanderten ihre Augen gleichzeitig zur Wanduhr. Penny zog die Augenbrauen hoch. „So spät noch Besuch?"

28

Bath, Gegenwart

Arthur

Arthur saß im gemütlichen Wohnzimmer von Penny und Graham, die Füße schwer von den langen Stunden, die er heute schon auf den Beinen gewesen war. Er hätte nie für möglich gehalten, dass er sie zu so später Stunde noch aufsuchen würde.

Penny und Graham, die ihm gegenüber saßen, wirkten entspannt, ein wenig müde vielleicht, aber aufmerksam.

Penny hatte einen Rotwein vor sich auf dem Tisch stehen, das Glas leicht gedreht, als würde sie die Struktur des Weines untersuchen. Graham, auf der anderen Seite des Sofas, hielt ein frisch geöffnetes Bier in der Hand, die Flasche noch leicht feucht von der Kälte des Kühlschrankes.

Er war hier, weil er Antworten brauchte und weil er jemanden suchte, dem er vertrauen konnte. Penny war Staatsanwältin, und Graham, ein ehemaliger Polizist, wie er sich ihm vorgestellt hatte, teilte Arthurs Erfahrung im Umgang mit kniffligen Fällen. Er wusste, dass sie ihm zuhören und ihn ernst nehmen würden.

Penny nahm einen vorsichtigen Schluck von ihrem Wein und sah Arthur erwartungsvoll an. „Also, Arthur," begann sie, „Du hasr vorhin erwähnt, dass es etwas Dringendes gibt, worüber du mit mir sprechen wolltest?" Ihre Stimme war ruhig, analytisch, aber mit einem Hauch von Neugier, wie sie ihn öfer in Gerichtssälen an den Tag legte. Sie war es gewohnt, Fakten zu hören und Schlüsse zu ziehen. Graham war bis dahin ruhig geblieben. Arthur beobachtete, wie sich seine Augen leicht zusammenzogen, auch er war interessiert.

Arthur setzte das Bier, das er in der Hand hielt, vorsichtig ab und räusperte sich. Es war nicht einfach, wieder in diese Welt einzutauchen, die er längst hinter sich gelassen hatte. „Ja," begann er schließlich und sah beide nacheinander an, „Es geht um einen alten Fall, den ich vor einigen Jahren bearbeitet habe. Vielleicht meinen wichtigsten."

Er lehnte sich zurück, griff kurz nach dem Bier, ohne jedoch zu trinken, und fuhr dann fort: „Es war ein Kunstfälschungsring. Aktenzeichen CF 2010/701." Penny hob leicht die Augenbrauen, ein Zeichen, dass sie an ähnliche Fälle erinnerte, an die Arbeit, die solche Ermittlungen mit sich brachten. Arthur nahm einen tiefen Atemzug, die Luft schien schwerer zu werden, während die Worte auf der Zunge lagen.

„Dieser Ring," erklärte er weiter, „war riesig. Sie hatten über Jahre hinweg unzählige Kunstwerke gefälscht und an wohlhabende Sammler verkauft – und sogar an einige Museen. Das ging über Landesgrenzen hinaus, sie arbeiteten international. Es war kein gewöhnlicher Betrug, das war ein orchestriertes Verbrechen, bei dem viele Menschen betrogen wurden. Die Summen, die dabei zusammenkamen, waren astronomisch."

Graham, der bis dahin eher ruhig zugehört hatte, neigte sich ein wenig vor. „Du warst verdeckter Ermittler, richtig?"

Arthur nickte, sein Blick wanderte für einen Moment ins Leere, bevor er sich wieder auf Penny und Graham fokussierte. „Ja. Ich war wochenlang in ihre Gruppe eingeschleust. Ich habe mich als einer von ihnen ausgegeben, habe mir das Vertrauen dieser Leute erschlichen. Es war gefährlich, wir wussten, dass es einige Verbindungen zur organisierten Kriminalität gab. Die Mafia hatte ihre Finger im Spiel."

Penny nippte wieder an ihrem Wein und sah ihn durchdringend an. „Und diese Frau? Sie haben gesagt, es geht um eine Frau im Museum?" Sie legte das Glas ab und verschränkte die Arme vor sich. Arthur konnte sehen, wie ihr analytischer Verstand die Brücke zwischen dem, was er erzählte, und dem aktuellen Mordfall zu schlagen versuchte.

„Anja McCanish," sagte Arthur und zog ein altes Foto aus seiner Jackentasche, das er den beiden entgegenhielt. „Das war ihr Name damals." Auf dem Foto war eine junge Frau zu sehen, Anfang dreißig, mit kühlem Ausdruck und klaren, scharfen Zügen.

Penny nahm das Bild in die Hand und musterte es genau. „Und Sie sagen, diese Frau…"

„Ja," unterbrach Arthur, „ich habe sie wiedererkannt. Im Museum. Fiona Hastings, die dort arbeitet – das ist Anja McCanish. Ich bin mir sicher."

Ein kurzes Schweigen trat ein, in dem Penny das Bild anstarrte und Graham zu Arthur hinüberschaute. „Fiona Hastings?" fragte Penny schließlich, immer noch ungläubig. „Aber Fiona ist die

Museumsleiterin, Arthur. Sie ist eine völlig respektable Person. Das klingt doch sehr weit hergeholt."

Arthur schüttelte leicht den Kopf. „Schau dir das Bild genauer an. Ich habe ihr Gesicht, ihre Bewegungen und ihre Art zu sprechen genau beobachtet. Es ist die gleiche Frau, nur unter einem neuen Namen und älter."

Graham nahm das Bild aus Pennys Hand und betrachtete es ebenfalls. „Sieht diese Fiona wirklich so ähnlich?" fragte er, mehr zu sich selbst als zu Arthur. „Es gibt schon viele Gesichter, die sich ähneln. Also du meinst wirklich, dass sie es ist?"

Arthur lehnte sich nach vorne, seine Stimme wurde eindringlicher. „Ich bin mir sicher. Sie ist nicht irgendeine Randfigur gewesen. Anja McCanish war eine zentrale Figur in dem Fälscherring. Sie hat die Verbindungen hergestellt, sie wusste, wie man Menschen manipuliert, um ihre eigenen Interessen durchzusetzen. Diese Frau ist unglaublich clever, sie wusste immer, wie sie sich eine neue Identität zulegen konnte."

Penny seufzte, legte das Bild wieder auf den Tisch und nahm erneut einen Schluck Wein. „Arthur, das klingt nach einer wilden Theorie. Aber es könnte natürlich sein." Sie schien abzuwägen, während sie weiter sprach. „Was denkst du, was sie hier macht? Und was hat das mit dem Mord an Ted Barrow zu tun?"

Arthur nahm einen tiefen Atemzug und sah Penny und Graham ernst an, während er seine Gedanken sortierte. „Das ist es, was ich herausfinden muss", begann er, seine Stimme fest und entschlossen. „Ted Barrow war nur ein Wachmann. Wenn Anja – Fiona – tatsächlich wieder in ihrer alten Welt steckt, könnte das Motiv für seinen Tod mehr sein als nur ein einfacher Mord. Es könnte mit ihrer Vergangenheit zu tun haben, mit dem Fälschungsring."

Graham, der bis zu diesem Zeitpunkt still und aufmerksam zugehört hatte, schüttelte leicht den Kopf, als ob er die Fäden des Geschehens entwirren wollte, die sich vor ihm ausbreiteten. „Das klingt alles sehr nach einer verdammten Verschwörung, Arthur. Aber wenn du recht hast…"

Arthur hob die Hand, als wollte er die Skepsis aus dem Raum wischen. „Wenn ich recht habe, dann steckt mehr dahinter, als wir bisher wissen. Ich brauche eure Hilfe, um das herauszufinden."

Er sah beide ernst an, während die Verantwortung auf seinen Schultern schwerer wurde. „Ich will herausfinden, warum sie zurück ist und was sie mit dem Mord zu tun hat. Und ich brauche euch dabei. Ihr kennt die Stadt, ihr habt die Verbindungen"

Penny stellte ihr Glas mit einem sanften Klirren ab.

„Nun," begann sie „es scheint, als hätten wir keine Wahl, oder?"

Graham, der in Gedanken noch das Bild von Anja McCanish vor sich sah, nickte langsam. „In dieser Familie dreht sich inzwischen wirklich alles nur noch um diesen Mord."

Arthur lehnte sich vor, sein Enthusiasmus war deutlich spürbar. „Wir beobachten sie. Nach Feierabend, wenn sie das Museum verlässt. Vielleicht hat sie Kontakte oder trifft sich mit jemandem, der für uns interessant sein könnte"

Graham kratzte sich am Kinn, sein Gesicht nahm einen nachdenklichen Ausdruck an, während er über die Idee nachdachte.

„Und ich kann ein wenig über das Museum und seine Mitarbeiter recherchieren", schlug Penny vor, als sie über die Möglichkeiten nachdachte. „Es gibt sicher mehr über die Vergangenheit von Fiona zu erfahren. Außerdem, wer weiß, was wir in den Akten finden?"

Arthur nickte, und seine Vorfreude schien ihn förmlich auf die Füße zu heben.

29

Bath, Gegenwart

Penny

Penny saß in ihrem Büro, das sich in einem der älteren Gebäude der Stadt befand, und spielte mit einem Stift, den sie zwischen ihren Fingern drehte. Der Raum war gemütlich, doch die Wände waren gesäumt von Akten und Erinnerungen an vergangene Fälle, die sie bearbeitet hatte.

Ein Sonnenstrahl fiel durch das Fenster und tauchte den Raum in ein warmes Licht, das den Staub tanzen ließ. Trotz der ruhigen Atmosphäre war ihr Kopf voller Gedanken. Die Erzählungen von Arthur hallten in ihr nach.

Konnte es wirklich stimmen, was Arthur ihnen erzählt hatte? Die Vorstellung, dass Fiona Hastings in Wahrheit Anja McCanish war und somit eine Betrügerin, schien absurd und gleichzeitig faszinierend. Sie wägte die Möglichkeiten ab, während sie mit dem Stift gegen ihren Schreibtisch tippte. Arthur war sicher kein Mensch, der leichtfertig mit Informationen umging. Die Verbindungen, die er zog, waren durchaus nachvollziehbar. Aber das hieß nicht, dass sie auch wahr waren.

Entschlossen griff sie nach ihrem Telefon. Jack war die erste Person, die ihr in den Sinn kam. Sie wählte die Nummer und hörte, wie das Freizeichen ertönte, während ihr Herz ein wenig schneller schlug.

„Hallo, Mom! Was gibt's?", klang Jacks Stimme am anderen Ende der Leitung.

„Jack, ich brauche deine Hilfe", begann sie und überlegte kurz, wie sie das Gesagte am besten einleiten konnte. „Kannst du mir eine Abfrage zu dem Fall CF 2010/701 machen? Ich möchte speziell Anja McCanish filtern. Es ist wichtig."

Ein kurzer Moment der Stille entstand, während Jack anscheinend nachdachte. „Klar, das kann ich machen. Gib mir ein paar Minuten"

„Danke, Jack", antwortete sie erleichtert. Sie ließ den Stift langsam auf den Tisch fallen, als wäre er ein überflüssiger Gedanke, den sie für den Moment beiseite schieben konnte. Ihr Blick wanderte zum Fenster, wo die Wolken in sanften, gleichmäßigen Bewegungen über den Himmel zogen.

„Ah, hier ist es. Sie wurde vor Gericht freigesprochen. Es gab nicht genug Beweise, um sie zu verurteilen. Allerdings war ihre Verwicklung in die Fälschungen unbestreitbar."

Penny machte sich Notizen. „Und wie sieht es mit ihrem aktuellen Aufenthaltsort aus?"

„Das wird etwas komplizierter. In den Akten gibt es keine aktuellen Informationen über sie. Nach dem Prozess verschwand sie einfach aus den Registern. Es scheint, als hätte sie sich unter einem neuen Namen versteckt."

„Das klingt genau nach dem, was Arthur gesagt hat", sagte Penny und schloss kurz die Augen, um die Informationen zu verarbeiten. „Wenn sie tatsächlich Fiona Hastings ist, könnte sie ihre Identität geändert haben."

"Wie Fiona Hastings?" fragte Jack etwas überrascht.

"Das ist etwas komplizierter. Es kann sein, dass Miss Hastings in Wirklichkeit jemand anderes ist. Ich habe gestern Abend einen Hinweis bekommen, dass Fiona Hastings eigentlich Anja McCanish ist", erklärte Penny.

„Das ist ja ein Ding." murmelte Jack am Ende der Leitung fassungslos "Von wem kam der Hinweis? seriös?"

"Absolut seriös, Jacky. Er hat als verdeckter Ermittler an dem Fall gearbeitet und kannte Anja. Ich vertraue darauf, dass er sich nicht irrt."

„Mom, ich werde alles durchsehen, was ich finden kann. Vor allem werde ich mit Chris sprechen und eine Abfrage beim British Museum machen. Nach eigenen Angaben war sie dort beschäftigt, bevor sie zu uns kam."

Penny bedankte sich und legte auf. Sie dachte eine Weile nach und sah dann unter den Tisch. Da war er ja: ihr Stift.

30

Bath, Gegenwart

Maggie

Maggie stand vor dem Eingang des Museums und rückte ihren eleganten weißen Hut zurecht. Der Hut war einer ihrer Lieblinge, perfekt abgestimmt auf ihren schneeweißen Mantel, der sie an diesem kühlen Morgen warm hielt. Ein Hauch von Stolz durchfuhr sie, als sie sich im Glas der Museumstür betrachtete. Der schicke Hut, der makellose Mantel, alles an ihr erinnerte an die Eleganz der alten Schule. In einem flüchtigen Moment fühlte sie sich beinahe königlich. Doch als sie genauer hinsah, erschrak sie leicht. Die Falten um ihre Augen, die schlaffer werdende Haut an ihrem Hals, das Spiegelbild zeigte ihr das Alter deutlicher, als sie es sich eingestehen wollte. Ein tiefer Atemzug half ihr, den Schrecken zu überwinden. „Man ist so alt, wie man sich fühlt", dachte sie und lächelte. Dann trat sie mit einer entschlossenen Bewegung in das Museum ein.

Es war wieder geöffnet.

Maggies Blick war nicht auf die Ausstellungen gerichtet. Sie hatte ein anderes Ziel. Die Kammer. Der geheimnisvolle Bereich des Museums, der vor einigen Tagen entdeckt worden war und für viel

Aufsehen gesorgt hatte. Obwohl der Raum noch gesperrt war, brannte Maggie darauf, einen Blick hineinzuwerfen.

Während sie durch die großen, hohen Räume des Museums schritt, spürte sie, wie der Boden leicht unter ihren Absätzen widerhallte. Die Luft war kühl, beinahe klösterlich, und der Geruch von altem Holz und polierten Vitrinen hing in der Luft. Hier und da standen Gruppen von Besuchern, die Gemälde bewunderten oder leise in Gespräche vertieft waren, doch Maggie achtete kaum auf sie.

Als sie eine weitere Halle durchquerte, bemerkte sie eine bekannte Gestalt. Alfred Gillingham. Ihr Kollege an der Universität. Damals, als sie noch lehrte und selbst an Ausgrabungen beteiligt war.

Er stand vor einer Skulptur und schien sie zu studieren. Wie immer war er tadellos gekleidet, in einem maßgeschneiderten Anzug, der ihm die Haltung eines Gentlemans verlieh. Sein silbergraues Haar war perfekt frisiert. Als sie näherkam, nahm sie den Duft seines Rasierwassers wahr. Alfred roch immer gut.

„Alfred", Maggie trat auf ihn zu. Er drehte sich um, lächelte und neigte leicht den Kopf, eine Geste, die Maggie schon immer entzückend fand.

„Maggie, wie schön, dich zu sehen. Was verschlägt dich hierher?"

Maggie lachte leise und machte eine ausladende Geste. „Das Museum hat wieder geöffnet. Ich konnte nicht widerstehen, einen Blick auf die Kammer zu werfen. Für uns Archäologen ist es eine unwahrscheinliche Sensation, einen solchen Fund in seiner Heimat zu haben, nicht wahr?"

Alfred zog die Augenbrauen hoch und sah sie amüsiert an. „Sicher, das ist es allemal. Ja, die Kammer. Die scheint alle zu faszinieren."

Maggie nickte energisch. „Natürlich tut sie das. Ein mysteriöser Fund mitten im Museum? Wer könnte da widerstehen?" Sie trat etwas näher zu ihm und senkte die Stimme. „Warst du schon drin?"

Alfred lächelte geheimnisvoll und ließ sich einen Moment Zeit, bevor er antwortete. „In der Tat. Ich habe bereits ein Gutachten darüber angefertigt."

Maggie sah ihn überrascht an, die Neugier in ihren Augen blitzte auf. „Und? Was ist drin?"

„Nun, ich kann dir nicht alle Details verraten. Aber es ist eine faszinierende Kammer. Alt. Sehr alt."

Maggies Herz klopfte schneller. Sie war begeistert. „Das musst du mir genauer erklären, Alfred. Was genau wurde gefunden?" Alfred schüttelte leicht den Kopf und lächelte milde. „Nichts."

Maggie verzog das Gesicht „Nichts?"

„Nichts, die Kammer war leer." bestätigte der Mann.

Maggie spürte, wie sich ihr Kopf mit Fragen füllte. „Und wann dürfen die Besucher einen Blick hineinwerfen?"

Alfred zuckte mit den Schultern. „Das hängt von der Direktorin ab. Für heute Abend ist im Museum eine Pressekonferenz angesetzt. Kommst du?"

Maggie nickte und sah sich in der Halle um "Natürlich komme ich!"

Mit einem Augenzwinkern verabschiedete sie sich von Alfred und setzte ihren Weg durch das Museum fort. Ihre Schritte waren leicht, doch ihr Kopf schwirrte vor Aufregung. Die Kammer blieb ein Rätsel. Nicht mehr lange, wenn es nach ihr ging.

Bath, Gegenwart

Jack saß am Fenster eines kleinen Bistros, welches er und Sarah oft besuchten und blickte auf die Straße hinaus. Die Mittagssonne warf ein warmes Licht auf die schmalen Gassen. Er rührte gedankenverloren in seinem Kaffee, während er auf Sarah wartete. Die Mittagspause war ihre Zeit, ein fester Bestandteil ihrer Woche, bei dem sie über alles Mögliche sprachen. Doch heute war Jack nicht ganz so entspannt wie sonst. Der Fall Barrow lag ihm schwer im Magen, und er wusste, dass er es seiner Freundin erzählen musste.

Ein paar Minuten später betrat Sarah das Bistro. Jack lächelte automatisch, als er sie sah. Sie war wie immer stilvoll gekleidet, in einer hellgrauen Bluse, die elegant in einer hoch taillierten schwarzen Hose steckte. Ihre schlichten, schwarzen Pumps ergänzten das Outfit perfekt. Ihr kastanienbraunes Haar war locker zurückgebunden, was ihr Gesicht sanft umrahmte und ihre leuchtenden, grünen Augen noch mehr zur Geltung brachte. Sie strahlte eine unbeschwerte Gelassenheit aus, die Jack immer wieder beeindruckte.

„Hey", sagte sie und beugte sich vor, um ihn zur Begrüßung leicht auf die Wange zu küssen. „Lange gewartet?"

„Nein, gar nicht. Gerade erst angekommen", antwortete Jack und stand auf, um ihr den Stuhl zurechtzurücken.

Sarah setzte sich und warf ihm einen prüfenden Blick zu. „Du siehst nachdenklich aus. Ist alles in Ordnung?" Sie schob ihre Tasche unter den Tisch und lächelte ihn an.

Jack seufzte und lehnte sich zurück. „Ja, alles gut. Ich hab nur eine Menge im Kopf."

Die Bedienung kam und nahm Sarahs Bestellung auf. Nachdem sie gegangen war, beugte sich Sarah ein Stück vor und sah Jack erwartungsvoll an. „Erzähl. Was geht dir durch den Kopf?"

Jack zögerte kurz, dann entschloss er sich, direkt zum Punkt zu kommen. „Es geht um den Fall."

Sarah zog eine Augenbraue hoch. „Habt ihr was Neues herausgefunden?"

Jack nickte langsam. „Ja. Chris hat eine Abfrage gemacht beim British Museum über Fiona Hastings. Es sieht so aus, als ob sie in der Vergangenheit eine andere Identität hatte." Er hielt kurz inne, um zu sehen, wie Sarah reagierte.

Sie runzelte leicht die Stirn. „Eine andere Identität? Wie meinst du das?"

„Fiona Hastings ist nicht ihr richtiger Name. Wir glauben, dass sie eigentlich Anja McCanish ist. Sie war früher in einen groß angelegten Kunstbetrug verwickelt, wurde aber vor Gericht freigesprochen. Und jetzt sieht es so aus, als könnte sie etwas mit dem Mord im Museum zu tun haben." Jacks Stimme war leise, aber er konnte die Anspannung in seinen Worten nicht verbergen.

Sarah lehnte sich zurück und schien die Information zu verarbeiten. „Anja McCanish ist also ihr richtiger Name? Und ihr denkt, dass sie den Mord begangen haben könnte?"

Jack fuhr sich mit der Hand durch die Haare und nickte. „Naja es ist ja schon sehr seltsam. Sie arbeitet in dem Museum, in dem der Mord passiert ist und war wahrscheinlich unter falschem Namen in einem internationalen Kunstbetrug verwickelt. Ihre Vergangenheit ist nicht gerade sauber, auch wenn sie nie verurteilt wurde. Und jetzt stellt sich die Frage, ob sie vielleicht wieder in etwas Kriminelles verwickelt ist."

„Das klingt nach einer ziemlich ernsten Sache", murmelte Sarah langsam und beobachtete Jack genau. „Aber was genau habt ihr herausgefunden? Gibt es irgendwelche Beweise?"

Jack zögerte. „Nein, noch keine Beweise. Wir warten erstmal ab."

Die Bedienung kam und stellte Sarahs Salat auf den Tisch. Sie bedankte sich.

„Das ist wirklich heftig, Jack. Was denkt deine Mum darüber?"

„Mom hat mich ja überhaupt erst auf solche Ideen gebracht. Sie hat einen Tipp bekommen und mich angerufen.", antwortete Jack und nahm einen Schluck von seinem Kaffee. „Sie will sich nicht zu früh festlegen, aber wir beide haben das Gefühl, dass wir auf der richtigen Spur sind."

„Und wie gehst du damit um? Das klingt ziemlich belastend."

Jack zuckte mit den Schultern. „Es ist anstrengend, das gebe ich zu. Aber es ist auch faszinierend. Ich meine, wir reden hier von einem Mordfall und einem riesigen Kunstbetrug."

Sarah zog eine Augenbraue nach oben.

"Darling, ich brauche deine Hilfe." knüpfte Jack vorsichtig an. „Du musst sie heute bei der Pressekonferenz richtig in die Enge treiben. Frag sie, warum sie neue Museumsdirektorin ist, was sie zuvor gemacht hat und frag sie besonders nach ihren Schwerpunkten im British Museum."

32

Bath, Gegenwart

Es lag eine feierliche Stimmung in der Luft. Fiona Hastings hatte sich, wie sie es bei wichtigen Anlässen immer tat, perfekt in Schale geschmissen. Sie trug ein elegantes, dunkelblaues Kleid. Neben ihr stand Marcus Lidell, ebenso schick gekleidet in einem maßgeschneiderten Anzug.

Die Presse war zahlreich erschienen, Kameras klickten, und Mikrofone wurden in Position gebracht. Auch einige neugierige Bürger hatten es sich nicht nehmen lassen, dem Ereignis beizuwohnen. Es geschah schließlich nicht jeden Tag, dass eine archäologische Sensation in der Stadt enthüllt wurde. Die Kammer im Museum, von der einer Woche gerüchteweise die Rede war, hatte die Vorstellungskraft der Menschen beflügelt.

In der zweiten Reihe saß Maggie in ihrem weißen Hut und dem dazu passenden Mantel. Penny hatte sich mit Jack und Chris in die dritte Reihe gesetzt. Jack wirkte, wie so oft, leicht angespannt, während Chris sich entspannt zurücklehnte und das Geschehen aufmerksam beobachtete. Eliza und Sarah hatten in der ersten Reihe Platz genommen, inmitten der anderen Pressevertreter.

Sarah blätterte durch ihre Notizen, während Eliza geduldig auf den Beginn der Konferenz wartete.

David stand in einer Ecke des Raumes, etwas abseits von den anderen. Er wirkte in seiner schlichten, dunklen Kleidung fast unscheinbar, doch sein Blick wanderte aufmerksam durch die Menge. Seine Hände waren in die Taschen gesteckt, und er schien förmlich in den Schatten des Raumes zu verschwinden, obwohl er mit scharfen Augen alles beobachtete.

Alfred hingegen fiel sofort ins Auge, wie er weiter vorn stand, perfekt in seiner Rolle als Gentleman. Er hatte sich in einen makellos gebügelten, hellgrauen Anzug, kombiniert mit einem dunkelroten Einstecktuch und glänzenden Lederschuhen geschmissen. Sein Haar war sauber nach hinten gekämmt. Ein Hauch von teurem Rasierwasser umgab ihn wie eine Wolke. Alfred wirkte ruhig, wie immer, mit einem charmanten Lächeln auf den Lippen, als ob ihn nichts aus der Ruhe bringen könnte.

Ganz hinten, fast unauffällig, standen Arthur und Graham. Arthur, mit seinem strengen Gesichtsausdruck, schien die Menge zu scannen. Graham stand neben ihm, die Hände in den Taschen seines Mantels, und pfiff leise eine Melodie, die nur er hören konnte.

Der Raum füllte sich rasch, das Murmeln der Menge wuchs, bis ein örtlicher Pressevertreter das Mikrofon betrat. Ein Mann mittleren Alters, mit randloser Brille und einem breiten Lächeln. Er hob die Hände, und das Gemurmel verebbte.

„Meine Damen und Herren, herzlich willkommen im Roman Baths Museum", begann er mit professionellem Tonfall. „Heute Abend erleben wir einen historischen Moment. Die Entdeckung der

Kammer ist ein beispielloser Fund für unser Museum und unsere Stadt."

Ein höflicher Applaus folgte, während Marcus und Fiona die Bühne betraten. Marcus wirkte sichtlich nervös aber dennoch bestimmt und nahm das Mikrofon mit der Selbstsicherheit eines Mannes, der genau wusste, dass er in diesem Moment im Mittelpunkt stand.

„Guten Abend, meine Damen und Herren", begann Marcus, seine Stimme tief und wohlklingend. „Mein Name ist Marcus Lidell, und dies ist meine Kollegin Fiona Hastings." Er deutete auf Fiona, die lächelnd nickte, obwohl in ihren Augen ein leichtes Flimmern von Nervosität aufblitzte. „Wir freuen uns, Ihnen heute einen Einblick in einen der bedeutendsten archäologischen Funde der letzten Jahrzehnte geben zu können – die römische Kammer."

Er machte eine Pause, während sein Blick durch den Raum wanderte. Maggie lehnte sich leicht nach vorne, gespannt auf jedes Wort. Penny warf einen Seitenblick zu Jack, der aufmerksam zuhörte. Sarah saß mit ihrem Notizblock auf dem Schoß, bereit, jede interessante Information festzuhalten.

Fiona trat nun ans Mikrofon, ihre Stimme fest, obwohl Penny ein leichtes Zittern bemerkte. „Die Entdeckung dieser Kammer ist nicht nur eine Sensation für unser Museum, sondern auch für die historische Forschung insgesamt", erklärte sie. „Wir werden nun eine Stunde Zeit für ihre Fragen haben. Mein Kollege Mister Lidell und ich werden uns bemühen, ihnen an allem, was wir wissen, teilhaben zu lassen. Anschließend werden wir gemeinsam zu der Kammer gehen und es wird die Möglichkeit geben, nacheinander einen Blick hineinzuwerfen. Bitte nehmen Sie Rücksicht darauf, dass wir keine Fotos zulassen können, da wir noch nicht wissen, wie sich Blitzlicht auf das Gestein verhält."

Sarah hob eine Hand, als das Mikrofon für Fragen freigegeben wurde. Fiona nickte ihr höflich zu. „Miss Hastings", begann Sarah, „können Sie uns etwas über Ihre frühere Tätigkeit im British Museum erzählen? Es ist bekannt, dass Sie dort in leitender Funktion tätig waren. Welche Erfahrungen haben Sie dort gemacht, die Ihnen jetzt hier nützlich sind?"

Fiona wirkte für einen Moment überrascht, als ob sie nicht mit einer so persönlichen Frage gerechnet hätte. Doch sie fing sich schnell und antwortete professionell: „Ja, ich war einige Jahre am British Museum tätig, vor allem im Bereich der antiken Kulturen. Diese Erfahrung hat mir geholfen, ein tieferes Verständnis für historische Funde zu entwickeln, und ich freue mich, dieses Wissen nun hier einbringen zu können."

Sarah lächelte, aber es war ein prüfender Blick, den sie Jack zuwarf, der die Augenbrauen leicht hob, als er den Blick erwiderte. Etwas in der Frage hatte Fionas Fassade kurz ins Wanken gebracht, aber sie hatte sich gefangen. Trotzdem, Penny spürte, dass da mehr war. "Sie dürfen mir selbstverständlich auch Fragen zu meiner Tätigkeit stellen. Sie sind aber auch herzlich eingeladen, ausschließlich Fragen zu dem Fund zu stellen." fügte Fiona lächelnd hinzu. Durch die Menge ging ein leises Kichern. Sarah verschränkte beleidigt die Arme vor der Brust.

Fiona fuhr fort, ihr Blick schweifte durch die Menge und blieb an einem Punkt haften. Ihr Lächeln erstarb, und die Farbe wich aus ihrem Gesicht. Penny folgte ihrem Blick.

Sie starrte Arthur an, der am Ende des Raumes stand, die Augen fest auf sie gerichtet. Es war, als ob die Zeit für einen Moment stehen blieb. Fiona erkannte ihn. Und das schien sie zutiefst zu erschüttern.

Ihre Hände umklammerten das Mikrofon, doch sie trat unruhig von einem Fuß auf den anderen. „Entschuldigen Sie mich, meine Damen und Herren", sagte sie abrupt, „ich muss mich kurz zurückziehen." Sie verließ die Bühne, fast fluchtartig, ohne auf Marcus oder die verwirrte Menge zu achten.

Graham legte Arthur eine Hand auf die Schulter. Ohne ein weiteres Wort zu verlieren, folgten beide Männer ihr.

33

Eburacum (heut. York), Vergangenheit

Gaius

Die Sonne war bereits tief hinter den Hügeln verschwunden, als Gaius und die wenigen Überlebenden der misslungenen Expedition in das Lager zurückkehrten. Ihre Schritte hallten schwer und monoton über den staubigen Boden, als die schmerzhaften Erinnerungen an den Kampf und die unzähligen Verluste ihnen mit jedem Schritt näher kamen. Ihre Rüstungen, verbeult und zerkratzt, hingen an ihren Körpern wie die Überreste eines gescheiterten Versuchs.

Das Lager empfing sie mit erschreckender Stille. Nur wenige Soldaten hatten sich versammelt, um das ungleiche Aufeinandertreffen zu beobachten. Ihre Blicke waren leer und unsicher, als ob der Verlust der Männer, den sie gerade erlitten, auch ihren eigenen Glauben an die Unbesiegbarkeit der Legion erschüttert hatte. Doch Gaius konnte sich auf nichts anderes konzentrieren als auf den leisen Zorn, der in ihm brodelte. Sie waren in eine Falle geraten. Eine Falle, die nicht von den Pikten selbst, sondern von jemandem innerhalb ihrer eigenen Reihen aufgestellt worden war.

Als er das Zelt des *Praefectus Castrorum* betrat, wurde er von einem Blick empfangen, der von kaltem Unverständnis durchzogen war. *Marcus Tiberius Aquila*, der grimmige und imposante Kommandeur der Legion, saß hinter einem massiven Schreibtisch, seine Arme verschränkt, als Gaius eintrat. Der Praefectus sah aus, als hätte er bereits mit einer anderen Nachricht gerechnet – als sei er nicht überrascht von dem, was sich in den letzten Tagen abgespielt hatte.

„Was ist passiert, Gaius?", fragte der Praefectus mit einer Stimme, die keinerlei Erbarmen zeigte.

Gaius schluckte, trat einen Schritt näher und verneigte sich leicht. „Praefectus, die Expedition war ein Fiasko. Die Pikten hatten uns erwartet. Es war eine Falle, und wir sind mit vielen Verlusten zurückgekehrt."

„Was meinst du mit ‚Falle'?", fragte Aquila scharf. „Hast du etwa versagt?"

Gaius' Magen zog sich zusammen, doch er hielt dem Blick des Praefectus stand. „Es war keine normale Schlacht. Die Pikten waren vorbereitet."

Aquila verzog das Gesicht und erhob sich aus seinem Stuhl. „Verrat? Willst du mir das sagen, Gaius?"

„Es gibt keinen anderen Grund, warum die Pikten uns so überlisten konnten. Informationen über unseren Marsch wurden weitergegeben. Jemand innerhalb des Lagers muss den Feind gewarnt haben."

Marcus schnaubte abfällig. „Das ist eine schwere Anschuldigung, Gaius. Du hast keinerlei Beweise."

Gaius' Herz raste, doch er hielt sich zurück. Er wusste, dass er keine Beweise hatte, aber die Ahnung, die sich wie eine kühle Hand um seinen Hals legte, war stärker als die Logik. „Ich weiß, dass es schwer zu beweisen ist", sagte er ruhig. „Aber ich bin sicher, dass es so war."

„Und du bist sicher, dass du nicht einfach nach einem Sündenbock suchst, um dein eigenes Versagen zu erklären?" Marcus Tiberius trat einen Schritt näher, und Gaius spürte die Schärfe des Blicks, den der Praefectus auf ihn richtete. „Wenn du hier Verleumdungen verbreitest, Centurio, ohne zu wissen, wer tatsächlich dahintersteckt, haben wir beide ein gewaltiges Problem! Wir haben einen kriegerischen Feind vor der Tür und wir müssen uns um die Pikten kümmern, nicht um Gezänk innerhalb unserer eigenen Reihen."

Gaius' Zorn stieg, doch er unterdrückte ihn, während er sich zu einer Antwort zwang. „Ich werde weiter nachforschen", knurrte er. „Aber ich werde nicht zulassen, dass meine Männer für etwas büßen, was sie nicht zu verantworten haben."

Der Praefectus Castrorum musterte ihn einen Moment lang, dann schüttelte er den Kopf. „Gut, Gaius. Aber denke daran: Du hast keine Beweise. Also sei vorsichtig mit deinen Worten und deinen Verdächtigungen." Mit einem scharfen Wink ließ er den Soldaten abtreten.

Im Lager herrschte eine gedrückte, fast verängstigte Atmosphäre. Die Männer sprachen wenig, und diejenigen, die sprachen, tuschelten miteinander und warfen ab und zu nervöse Blicke in Gaius' Richtung. Es war deutlich, dass der Verlust von so vielen

Kameraden und die Niederlage gegen die Pikten eine tiefe Narbe im Lager hinterlassen hatten.

In den folgenden Tagen versuchte Gaius, sich einen Überblick über die Geschehnisse zu verschaffen. Doch die Männer waren verschlossen, in sich gekehrt und von der Enttäuschung erdrückt. Niemand sprach offen über die misslungene Expedition oder die Möglichkeit eines Verrats. Die Legion war eine Einheit, aber diese Niederlage hatte etwas zerrissen – eine unsichtbare Wand, die zwischen den Männern stand.

Die Stille im Lager wurde nur durch das Klingeln von Schwertern und das Knacken von Feuerholz unterbrochen, als die Männer sich für den nächsten Marsch vorbereiteten. Gaius ging durch die Reihen, beobachtete die Mienen seiner Kameraden und suchte nach Anzeichen von Unehrlichkeit oder Ängstlichkeit.

34

Bath, Gegenwart

Fiona verließ das Museum in hastigen Schritten, als die Pressekonferenz noch in vollem Gange war. Der Abend hatte die Luft spürbar abgekühlt und der leichte Wind spielte mit den Blättern auf den Straßen, die von den letzten Sonnenstrahlen des Tages in ein goldenes Licht getaucht wurden. Die Sonne war dabei, hinter den Gebäuden der kleinen Stadt zu verschwinden und der Himmel wechselte von einem hellen Orange zu einem tiefen Blau. Fiona zog ihren Mantel enger um sich und ging mit schnellen, fast gehetzten Schritten die Straße hinunter.

Arthur und Graham folgten ihr in einigem Abstand, ohne direkt auf sie zuzustürmen. Sie hatten sich unauffällig hinter der Menschenmenge aus der hinteren Reihe der Pressekonferenz weggeschlichen, als Fiona plötzlich die Flucht ergriff. Beide Männer sprachen kein Wort, ihre Schritte fast lautlos auf dem Kopfsteinpflaster, das die Straßen der Altstadt säumte. Arthur beobachtete Fiona mit scharfem Blick, seine Hände tief in den Taschen seines Mantels vergraben, während Graham hin und wieder nervös über seine Schulter blickte, um sicherzustellen, dass niemand ihnen folgte.

„Wir sollten ihr noch etwas mehr Vorsprung lassen," flüsterte Graham nach einigen Minuten und warf Arthur einen Seitenblick zu. Arthur nickte nur knapp, sein Blick fest auf Fiona gerichtet, die inzwischen die Hauptstraße verlassen und in eine ruhigere Seitengasse eingebogen war. Ihre Schritte wirkten hektisch, fast panisch. Es war offensichtlich, dass sie sich unwohl fühlte.

Die Straßenlaternen begannen, ihr kaltes Licht zu werfen, das Fiona von den umliegenden Gebäuden trennte und sie wie eine gehetzte Gestalt in einem düsteren Film erscheinen ließ. Die Gassen wurden schmaler und das allmählich schwindende Tageslicht verwandelte die Umgebung in ein verworrenes Spiel aus Licht und Schatten. Die Stadt schien fast menschenleer, nur der entfernte Klang von Stimmen aus einem Pub am Ende der Straße ließ erahnen, dass das Leben in dieser Ecke noch nicht ganz zum Erliegen gekommen war.

Arthur und Graham folgten unermüdlich, hielten jedoch ihren Abstand. Sie beobachteten, wie Fiona nervös über die Schulter blickte und plötzlich ihr Telefon aus ihrer Tasche zog. Arthur hob leicht eine Augenbraue, während sie in zügigem Tempo weiterging und gleichzeitig hektisch auf ihrem Bildschirm herumtippte.

„Sie telefoniert," murmelte Graham, der dicht neben Arthur ging und die Situation mit wachsender Neugier verfolgte. Sie beide hielten sich noch weiter zurück, ließen Fiona die Illusion, unbeobachtet zu sein, während sie scheinbar versuchte, jemanden zu erreichen.

Fionas Schritte verlangsamten sich, als sie in ein Gespräch vertieft zu sein schien. Ihre Stimme war nur ein leises Flüstern in der dämmernden Abendluft, aber Arthur konnte sehen, dass sie unruhig war. Ihre freie Hand gestikulierte hektisch, während sie in das Telefon sprach, und sie blieb schließlich an einer Straßenecke stehen, wo sie sich umblickte, als würde sie darauf warten, dass jemand sie abholt oder ihr nachfolgt.

„Wen könnte sie anrufen?" fragte Graham und trat einen halben Schritt näher an Arthur heran. Seine Augen waren auf Fiona fixiert, die jetzt mit dem Rücken zu ihnen stand. Ihre Silhouette war deutlich zu erkennen, wie sie in einer schmalen Gasse zwischen zwei alten Häusern stand, umgeben von den Schatten der hohen Mauern.

„Vielleicht jemanden, der sie abholt?" spekulierte Arthur. „Oder jemanden, der in all dem mit drin steckt." Er verengte die Augen und versuchte, etwas von dem Gespräch zu erhaschen, aber sie war zu weit entfernt.

Fiona beendete abrupt das Gespräch, steckte das Telefon schnell in ihre Manteltasche und setzte ihren Weg fort, diesmal jedoch mit noch mehr Eile. Sie blickte sich immer wieder nervös um, als spüre sie die Anwesenheit der beiden Männer hinter ihr, obwohl sie sie nicht sehen konnte. Sie schien auf etwas oder jemanden zu warten, doch niemand schien in Sicht zu sein.

„Wir müssen herausfinden, was sie vorhat. Sie hat mich erkannt und sie weiß, dass ich sie kenne" flüsterte Arthur.

Fiona hatte inzwischen den Kopf gesenkt und sprintete auf eine Kreuzung zu, an der die Straßen noch dunkler wurden. Die Gebäude hier wirkten älter, fast verlassen, und das wenige Licht, das aus den Fenstern kam, war schwach und flackernd.

35

Kensington, Gegenwart

Gideon saß bequem zurückgelehnt in seinem großen, hellen Wohnzimmer, die Füße entspannt auf einen gepolsterten Fußschemel gelegt. Der Raum war warm und behaglich, die Heizung arbeitete leise im Hintergrund und sorgte dafür, dass die kühle Abendluft draußen blieb. In seinem weichen Bademantel fühlte sich Gideon fast wie ein König in seiner Burg. Der Stoff schmiegte sich sanft an seine Haut, und er genoss das seltene Gefühl völliger Entspannung. Vor ihm stand ein massiver, dunkler Couchtisch aus poliertem Holz, auf dem eine offene Flasche Rotwein thronte. Das Kristallglas in seiner Hand war halb gefüllt, und er schwenkte es langsam, als wäre es ein Ritual, während das tiefrote Getränk träge an den Seiten des Glases entlangglitt.

Im Fernseher flimmerte ein alter Schwarz-Weiß-Film, dessen Dialoge leise durch den Raum drangen. Es war einer dieser Agatha-Christie-Klassiker, die Amelia so gern sah. Sie hatte den Abend geplant. Eine kleine Flucht aus dem Alltag, weg von all den geschäftlichen Anrufen, den endlosen Problemen und den viel zu schnellen Tagen. Gideon war nicht wirklich bei der Sache. Der Film rauschte an ihm vorbei, ohne dass er der Handlung folgen konnte.

Irgendetwas mit einem Mord in einem noblen Anwesen, einem Kreis verdächtiger Gäste – der übliche Stoff.

Amelia saß neben ihm auf dem Sofa, in eine weiche Wolldecke gehüllt, die bis zu ihrem Kinn reichte. Sie war still und konzentriert, sah auf den Bildschirm und schien den Moment zu genießen. Ihr Haar fiel in sanften Wellen über ihre Schultern, und Gideon war sich sicher, dass sie diesen Abend als etwas Besonderes empfand. Er wusste, dass sie so viel Geduld mit ihm gehabt hatte in den letzten Monaten. So viele Abende hatte er verpasst oder war in Gedanken nicht bei ihr gewesen. Heute wollte er sich Mühe geben, auch wenn es ihm schwerfiel, seine Gedanken nicht wieder zu den Dingen wandern zu lassen, die ihn beschäftigten.

„Willst du noch ein Glas?" fragte Amelia plötzlich, ihre Stimme weich und geduldig, während sie zur Flasche auf dem Tisch deutete.

Gideon schaute sie an, lächelte leicht und schüttelte den Kopf. „Nein, danke, Liebes. Ich habe genug." Er zwinkerte ihr zu, in der Hoffnung, dass sie seine Unruhe nicht bemerkte. Doch er wusste, dass sie es längst bemerkt hatte. Amelia war klüger, als er ihr oft zugetraut hatte, und sie wusste genau, wann etwas in der Luft lag. Trotzdem sagte sie nichts. Sie war einfach nur da, genoss den Augenblick, den sie sich so sehr gewünscht hatte.

Für einen kurzen Moment konzentrierte sich Gideon wieder auf den Fernseher. Eine elegante Frau in einem prachtvollen Salon sprach mit einem Detektiv, wahrscheinlich über den Mord, der den Film ins Rollen brachte. Gideon hatte den Faden der Handlung längst verloren, aber es spielte keine Rolle. Der Wein in seiner Hand beruhigte ihn so gut er konnte.

Doch dann – ein leises Summen. Gideons Handy vibrierte auf dem Tisch, und die friedliche Stille des Abends wurde plötzlich durchbrochen. Das Geräusch war dezent, fast höflich. Sein Blick fiel auf das Gerät, das leicht auf dem Holztisch zitterte. Er hoffte einen Moment lang, dass es aufhören würde. Vielleicht war es nur eine belanglose Nachricht, irgendetwas, das nicht sofort beantwortet werden musste. Aber das Summen hielt an.

Amelia bemerkte seine Zögerlichkeit, ohne den Blick vom Fernseher zu nehmen. „Vielleicht solltest du rangehen," sagte sie leise. Sie wusste, dass das Handy oft die Grenze zwischen ihnen war. Ein unsichtbarer Feind, der immer dann kam, wenn sie ihn für sich haben wollte.

Gideon seufzte tief, stellte das Weinglas vorsichtig auf den Tisch und griff nach dem Handy. Er warf einen schnellen Blick auf das Display. Sofort veränderte sich seine Haltung. Der Name, der auf dem Bildschirm aufleuchtete, brachte eine Kälte mit sich, die sich langsam in seinem Magen ausbreitete.

Er starrte auf den Namen. Sekunden vergingen, in denen er überlegte, was ihn wohl erwarten würde, wenn er das Gespräch annahm. Er schluckte schwer. Nicht noch mehr Fehler, dachte er. Bitte nicht noch mehr Fehler.

36

Bath, Gegenwart

Chris saß an seinem Schreibtisch, den Blick auf den Computerbildschirm gerichtet, während das leise Summen des Büroalltags im Hintergrund für eine fast beruhigende Atmosphäre sorgte. Die Kaffeemaschine in der Ecke des Raumes gurgelte, jemand telefonierte gedämpft im Nebenzimmer, und hin und wieder hörte man das Rascheln von Papier. Auf dem Schreibtisch selbst herrschte jedoch die übliche, penible Ordnung. Ein Stapel sauber sortierter Akten, ein frisch aufgefüllter Notizblock, und neben der Tastatur eine dampfende Tasse Tee, deren Duft nach Bergamotte den Raum erfüllte.

Die Pressekonferenz am Abend zuvor ließ auch ihn nicht mehr los. Die Museumsdirektorin war auf einmal Hals über Kopf verschwunden und Marcus hatte gemeinsam mit Alfred, der sich sofort angeboten hatte, die Pressekonferenz fortgeführt. Alfred Gillingham, er hatte ihn währenddessen gegoogelt, war ein Professor in Bath und kannte sich bestens mit der Kammer und der Geschichte aus. Bei der Führung zu der Kammer hatte er ein paar Worte an die Besucher gerichtet und war paarmal von einer alten Frau ganz in weiß korrigiert worden. Offensichtlich auch Historikerin.

Als Chris seine E-Mails durchging, blieb sein Blick plötzlich an einer neuen Nachricht hängen. Der Absender: British Museum. Er hielt kurz inne und nahm einen Schluck Tee, um sich zu sammeln. Das war der Moment, auf den er und Jack gewartet hatten. Sie hatten gestern eine Anfrage an das Museum gestellt, in der Hoffnung, mehr über Fiona Hastings herauszufinden. Die mysteriöse Museumsleiterin, deren Verbindung zu dem Fall immer suspekter geworden war. Jetzt war die Antwort da.

Chris runzelte die Stirn, nahm einen tiefen Atemzug und griff nach seinem Telefon.

„Jack, komm bitte mal rüber. Ich habe da was für dich!" Seine Stimme klang ruhig, aber unter der Oberfläche lag eine Spannung, die er nicht ganz verbergen konnte.

Wenige Minuten später trat Jack ins Revier, die Hände in den Taschen seiner Jacke vergraben. „Was gibt's?" fragte er, als er den Raum betrat und sich auf die Tischkante lehnte.

Chris drehte den Bildschirm in Jacks Richtung und zeigte auf die Mail. „Da ist sie. Die Antwort auf unsere Nachfrage zu Fiona Hastings."

Jack zog die Augenbrauen hoch und beugte sich vor. „Na dann, lass uns mal sehen, was sie sagen."

Mit einem schnellen Doppelklick öffnete Chris die E-Mail. Die Nachricht war formell und knapp gehalten, aber ihre Bedeutung lag klar zwischen den Zeilen. Die Museumsdirektorin bedankte sich höflich für die Anfrage und erklärte, dass es sich dabei um eine offensichtliche Verwechslung handeln müsse. Es habe nie eine

Fiona Hastings als Museumsleiterin am British Museum gegeben, geschweige denn als Mitarbeiterin in irgendeiner Funktion.

„Verwechslung?" murmelte Jack leise und ließ die Worte auf sich wirken. Seine Stirn legte sich in Falten. „Das kann doch nicht sein. Wir haben gesehen, wie sie sich als ehemalige Leiterin des British Museum vorgestellt hat."

Chris nickte langsam, seine Augen fixierten die Zeilen auf dem Bildschirm, als würden sie vielleicht doch noch eine andere Bedeutung offenbaren, wenn er sie lange genug anstarrte. „Es steht hier schwarz auf weiß. Sie war nie dort. Keine Aufzeichnungen, keine Anstellung, nichts."

„Also hat sie gelogen," stellte Jack nüchtern fest, während er sich aufrichtete.

„Warum sollte sie das tun?"

„Gute Frage," antwortete Chris und klickte gedankenverloren durch die anderen E-Mails in seinem Posteingang. „Entweder ist Fiona Hastings nicht, wer sie vorgibt zu sein, oder sie spielt ein ziemlich gefährliches Spiel."

Sie schwiegen beide für einen Moment, während die Bedeutung der Nachricht auf sie wirkte. Jack schüttelte den Kopf, als ob er versuchte, die Puzzleteile in seinem Kopf zusammenzusetzen. „Wir schnappen sie uns und stellen sie zur Rede!"

Chris' Finger trommelten leicht auf die Tischplatte. „Wenn sie bis jetzt so gut ihre Spuren verwischt hat, wird sie nicht ohne weiteres die Karten auf den Tisch legen."

„Vielleicht nicht," sagte Jack und rieb sich das Kinn nachdenklich, „aber wir haben ja einen Beweis, dass sie uns nicht die Wahrheit gesagt hat."

37

Bath, Gegenwart

Eigentlich war er Nichtraucher. Aber heute war es anders. Heute fühlte sich alles auf eine eigentümliche Weise drängend an. Er griff in seine Manteltasche, holte die fast leere Zigarettenschachtel heraus und zündete sich eine an. Die Schachtel war zerknittert, die Ecken eingedrückt. Mit einem leisen Lachen erinnerte er sich daran, wie er sie vor Monaten von einem Kollegen „geliehen" hatte, für den Fall, dass es einen Tag wie diesen geben würde. Der erste Zug war wie ein kleiner Befreiungsschlag, auch wenn der Rauch unangenehm kratzte. Er inhalierte tief und spürte, wie die Nervosität in ihm leise brodelte. Eine Mischung aus Anspannung und einer seltsamen Vorfreude auf das, was kommen würde.

Die E-Mail aus dem British Museum war eindeutig. Fiona Hastings hatte dort nie gearbeitet. Das stand da schwarz auf weiß, von der Museumsleiterin selbst bestätigt. Keine Spur von einer Fiona Hastings. Keine Dokumente, kein Name in den Personalunterlagen. Sie hatte gelogen. Er nahm einen weiteren Zug von der Zigarette und ließ den Rauch langsam entweichen, während er den Kopf schüttelte. Das Gefühl, dass etwas nicht stimmte, hatte ihn von Anfang an nicht losgelassen, aber jetzt, jetzt hatten sie Gewissheit.

Er zog sein Handy aus der Tasche und suchte nach dem Kontakt, der ihm den Haftbefehl organisieren würde.

„Jack?" meldete sich Penny am Ende der Leitung, während er sich die Zigarette aus dem Mund nahm. "Hi Mom" erwiderte er. „Jack. Was ist los?" Penny war wie immer direkt, keine Zeit für Vorreden.

„Sie hat nie im British Museum gearbeitet. Die Museumsleiterin hat Chris heute Morgen geschrieben. Kein Eintrag. Keine Fiona Hastings." erzählte er, während er den letzten Rest der Zigarette ausdrückte. „Wir haben jetzt offiziell einen Grund, sie festzunehmen."

Einen Moment herrschte Stille am anderen Ende.

„Das bedeutet, sie hat nicht nur uns, sondern auch die Behörden belogen. Sie ist damit Hauptverdächtige in dem Fall. Das gibt uns mehr als genug, um einen Haftbefehl zu beantragen."

„Exakt. Ich dachte, wir hätten nichts Konkretes, aber das ist es. Wir sollten sie festnehmen, bevor sie etwas ahnt und am Ende vorher verschwindet und gar nicht mehr aufzufinden ist."

Penny zögerte nicht. „Ich werde sofort den Haftbefehl beantragen, das dürfte keine Schwierigkeiten machen. Wenn er durch ist, melde ich mich. Dann treffen wir uns vor dem Museum und holen sie. Sie könnte schon Verdacht geschöpft haben, nachdem sie Arthur gestern erkannt hat."

Jack konnte sich vorstellen, wie sie in ihrem Büro saß, wahrscheinlich bereits den Stift in der Hand, um die nächsten

Schritte zu planen. Ihre Stimme war immer so kontrolliert, so sicher, und das beruhigte ihn. „Ich weiß. Ich werde Chris Bescheid geben, und wir machen uns bereit."

„Gut. Ich ruf dich an, sobald der Haftbefehl durch ist. Eine Sache noch: Lass das mit dem Rauchen, Junge." Penny legte auf, und Jack steckte sein Handy wieder in die Tasche.

Er zündete sich noch eine Zigarette an.

Nach einer Weile zog Jack erneut sein Handy heraus und wählte Sarahs Nummer. Es dauerte nur wenige Sekunden, bis sie abnahm.

„Hey, Darling!" meldete sich Sarah, ihre Stimme klang beschäftigt. „Was gibt's?"

„Ich wollte dir nur sagen, dass deine Frage gestern auf der Pressekonferenz doch nicht ganz umsonst war." Jack lehnte sich an die Wand des Präsidiums und schaute auf die halb zerdrückte Zigarettenschachtel in seiner Hand.

„Oh? Was hast du rausgefunden?" Jetzt klang Sarah sofort interessiert.

„Fiona Hastings hat nie im British Museum gearbeitet. Sie war nicht mal eine Mitarbeiterin, geschweige denn Museumsleiterin." Jack spürte, wie die Worte ihm leichter über die Lippen kamen, als er erwartet hatte. Endlich, ein Fortschritt.

„Das kann doch nicht dein Ernst sein!", stotterte Sarah überrascht. „Wie ist sie hier Direktorin geworden? Ohne Referenzen?"

„Ja, das ist wirklich komisch. Aber Hochstapler und Betrüger gibt es viele."

Sarah hielt einen Moment inne. „Das heißt, sie war von Anfang an auf etwas aus. Aber was?" Sie klang nachdenklich.

„Genau das fragen wir uns auch. Es ist komisch, dass jemand mit einer komplett falschen Identität auftaucht, hier Direktorin eines Museums wird und kurz darauf wird ein Wachmann getötet. Sie war ja schon vorher in einen Kunstfälschungsring verwickelt, so viel wissen wir. Aber da muss noch mehr sein."

„Und was werdet ihr jetzt tun?" fragte Sarah.

„Mom beantragt gerade einen Haftbefehl. Wir werden so schnell wie möglich ins Museum fahren und sie festnehmen. Wenn sie noch da ist, wird sie keine Chance mehr haben, sich auszuwinden."

„Wow", stammelte sie verblüfft. „Das ist einfach unglaublich. Pass auf, ich muss diesen Artikel über die Kammer noch fertig schreiben, bevor Eliza mir den Kopf abreißt, aber bleib in Kontakt, okay?"

Jack grinste leicht. „Natürlich. Ich melde mich, wenn wir sie haben."

„Alles klar, pass auf dich auf," sagte Sarah und legte auf.

38

Bath, Gegenwart

Maggie

Maggie saß an ihrem Esstisch und legte letzte Hand an das Mittagessen. Die Küche duftete herrlich nach Zitronenhähnchen, das sie mit einer Prise Thymian und Rosmarin im Ofen knusprig gebacken hatte. Dazu gab es geschmortes Wurzelgemüse und einen einfachen, aber frischen Salat mit gerösteten Kürbiskernen. Der Tisch war liebevoll gedeckt. Sie hatte das gute Porzellan herausgeholt, und die Kerzen in der Mitte des Tisches warfen sanftes Licht auf die glänzenden Gläser. Es war ein seltener Moment, in dem sie solche Mühe auf ein Mittagessen legte, doch Alfred und Marcus waren besondere Gäste.

Gestern Abend, nach der Pressekonferenz im Museum, hatte Maggie die beiden spontan zu sich eingeladen. Marcus Lidell, einer ihrer ehemaligen Studenten, war inzwischen Museumsdirektor geworden. Er war immer ein heller Kopf gewesen, auch wenn er einen gewissen Hang zum Abenteuerlichen und manchmal sogar Unerlaubten entwickelt hatte. Maggie erinnerte sich gut daran, wie er während seiner Studienzeit oft nach Wegen gesucht hatte, die strengen archäologischen Regeln zu umgehen. Immer mit einem charmanten Lächeln, das ihm half, sich aus Schwierigkeiten zu winden.

Alfred Gillingham hingegen war nicht nur ein Kollege, sondern auch ein langjähriger Freund. Sie hatten jahrzehntelang Seite an Seite an der Universität gelehrt. Während Maggie inzwischen längst emeritiert war, hielt Alfred noch immer Vorlesungen, wenn auch weniger als früher. Mit gut 15 Jahren Altersunterschied war er jünger, energiegeladen und hatte immer noch diese unermüdliche Leidenschaft für die Archäologie, die sie an sich selbst erinnerte, als sie in seinem Alter gewesen war.

„Es ist schön, euch beide wieder hier zu haben," sagte Maggie, als sie die dampfenden Teller vor Alfred und Marcus platzierte. Sie hatten sich bereits an den Tisch gesetzt, beide Herren waren stilvoll, wenn auch leger gekleidet.

„Ich glaube, ich war das letzte Mal hier, als ich noch dein Student war, Maggie," verkündete Marcus und nahm den ersten Bissen vom Hähnchen. „Dein Zitronenhähnchen ist noch besser als damals."

Maggie lächelte über den Teller hinweg und erwiderte: „Es freut mich, dass du das sagst. Einige Dinge werden eben mit der Zeit besser, nicht wahr?"

Während sie die letzten Bissen vom Hauptgang genossen und sich bereits dem Dessert, einem zarten Zitronen Parfait, zuwandten, schien für einen Moment alles in entspanntem Schweigen zu verharren. Die Gemütlichkeit, die von dem Essen und den Gesprächen über alte Zeiten ausging, hüllte den Raum in eine angenehme Atmosphäre.

„So," begann Maggie ernst, „Ich möchte mit euch über die Kammer sprechen." Sie hielt inne und beobachtete, wie sich die Mienen von Marcus und Alfred leicht veränderten und wachsam wurden. „Was war darin?"

Marcus war der Erste, der antwortete, aber seine Antwort kam etwas zögerlich. „Es war nichts in der Kammer, Maggie. Sie war leer."

Maggie hob eine Augenbraue und schüttelte dann leicht den Kopf. „Ihr beiden wisst, dass ich keine Anfängerin bin. Jahrzehntelang war ich Professorin und Archäologin. Ich weiß ganz genau, dass solche kleinen Kammern, wie die, die ihr im Museum entdeckt habt, nie dazu gebaut wurden, um leer zu sein. Besonders die Römer haben solche Räume für wertvolle Artefakte oder besondere Objekte gebaut. Nicht für Rückzugsorte." Sie lehnte sich zurück, nippte an ihrem Wein und lächelte leicht. „Ich glaube euch nicht."

Alfred legte langsam das Besteck auf seinen Teller, wobei das leise Klirren der Gabel auf dem Porzellan die angespannte Stille durchbrach. Seine Augen wanderten zu Marcus, als suche er nach einem unausgesprochenen Einverständnis, bevor er tief durchatmete. Er lehnte sich leicht zurück, die Hände vor sich auf den Tisch gelegt, als hätte er sich mental auf die nächsten Worte vorbereiten müssen.

„Du hast recht, Maggie," begann er schließlich mit ruhiger, fast bedächtiger Stimme, die den Ernst der Situation widerspiegelte. „Von dem Moment an, als wir die Kammer betreten haben, war uns klar, dass sie nicht einfach leer und bedeutungslos sein konnte." Er hielt kurz inne, als ob er überlegte, wie viel er tatsächlich sagen wollte. „Aber offiziell wurde das nie kommuniziert."

Alfred hob die Hände, als wollte er die Last von sich abstreifen. „Du weißt, wie das in unserer Branche läuft. Manchmal ist es besser, still zu bleiben. Die Archäologie - vor allem, wenn es um solche Entdeckungen geht – zieht schnell die falschen Leute an. Schatzsucher, Diebe, die mit einem Riecher für wertvolle Artefakte auftauchen. Und wenn sie einmal auf den Plan treten, dann wird es gefährlich."

Seine Stimme wurde leiser, fast verschwörerisch, als er fortfuhr: „Das Geschäft mit antiken Artefakten ist oft schmutzig, Maggie. Illegaler Handel, skrupellose Sammler, Leute, die keine Rücksicht auf das kulturelle Erbe nehmen, sondern nur den Wert in Gold oder Geld sehen. Wenn die Nachricht durchdringt, dass wir hier etwas von Bedeutung gefunden haben könnten, dann haben wir schnell kriminelle Organisationen vor unserer Tür. Und das kann niemand wollen."

Marcus, der bisher schweigend zugehört hatte, nickte zustimmend, und sein Blick wurde für einen Moment ernst, während er die Worte seines alten Professors reflektierte. Dann räusperte er sich und nahm das Gespräch wieder auf, wie um Alfreds Gedanken weiterzuführen. „Alfred hat recht," begann er und wischte sich mit der Serviette über die Lippen, bevor er sie neben seinen Teller legte. „Als ich die Kammer zum ersten Mal betrat, war mir sofort klar, dass sie nicht dafür gedacht war, leer zu bleiben. Der Raum selbst, die Art, wie er gestaltet war, die perfekte Symmetrie – das deutet auf etwas Spezielles hin, etwas Kostbares. Solche Räume werden nicht ohne Grund geschaffen. Aber wir stehen vor einem Dilemma."

Er lehnte sich leicht nach vorne, als ob er Maggie in ein Geheimnis einweihen wollte. Seine Stimme nahm einen ernsteren, fast resignierten Ton an. „Wir haben keine Wahl. Wenn wir zugeben, dass sich in dieser Kammer wertvolle Gegenstände befunden haben könnten, dann wird das die falschen Leute anziehen, die danach suchen werden."

Maggie schob ihren Stuhl leicht zurück und betrachtete die beiden Männer lange und nachdenklich. Es war offensichtlich, dass sie nicht zufrieden mit diesen Antworten war, aber sie respektierte die Ernsthaftigkeit der Lage. „Das verstehe ich alles," sagte sie schließlich, „aber denkt ihr wirklich, dass es die richtige Entscheidung ist, das zu verschweigen? Solche Entdeckungen gehören nicht uns, sie gehören der Geschichte."

Alfred nickte langsam. „Ja, natürlich. Aber wir müssen vorsichtig sein. Es gibt einen schmalen Grat zwischen wissenschaftlicher Ehrlichkeit und dem Schutz solcher Funde. Und momentan, Maggie, ist es einfach zu riskant. Wir wissen nicht, wer noch davon weiß, dass diese Kammern nie leer sind."

Marcus hob beschwichtigend die Hand. „Es ist nicht so, dass wir das für immer verschweigen wollen. Aber wir müssen uns auch unserer Verantwortung bewusst sein. Das Museum trägt nicht nur die Last, solche Artefakte zu bewahren, sondern auch zu schützen. Und nicht nur vor Verfall, sondern vor gierigen Händen."

„Was war denn nun in der Kammer?" fragte sie schließlich, wobei ihre Stimme ruhig blieb.

Marcus sah zu Alfred, dann wieder zu Maggie. Er zögerte einen Moment, bevor er antwortete. „Wir haben sie leer gefunden."

„Leer," wiederholte Maggie und lehnte sich leicht vor. „Und das glaubt ihr selbst?"

Alfred schüttelte langsam den Kopf. „Natürlich nicht. Die Kammer war schon einmal geöffnet worden. Das konnte ich deutlich sehen. Spuren an der Tür, minimale Verschiebungen im Stein. Die Luft, die Art und Weise, wie der Staub auf dem Boden lag. Das war nicht natürlich, Maggie. Jemand war vor uns da."

Maggie legte die Stirn in Falten. „Also geht es nicht um die Kammer selbst. Es geht um das, was einmal darin war und jetzt verschwunden ist."

Marcus nickte langsam, als bestätigte er die unausgesprochene Wahrheit, die sich über ihnen allen zusammenbraute. „Das ist es, was uns Sorgen macht. Die Kammer ist nicht das Problem. Das Problem ist, dass wir nicht wissen, wer bereits davon wusste und was sie daraus gemacht haben."

„Und was war es?" fragte Maggie mit einer Spur von Verzweiflung in der Stimme. „Was könnte in dieser Kammer gewesen sein?"

Maggie schloss die Augen und atmete tief durch. Sie hatte die Antwort, die sie gebraucht hatte. Es ging also nicht um die Kammer selbst, sondern um das, was einst darin gewesen war – was jetzt fehlte.

39

Bath, Gegenwart

Penny, Jack und Chris saßen in einem Polizeiwagen, der leise über die asphaltierten Straßen der Stadt rollte. Der Mann vom Schlüsseldienst, ein kräftiger Typ mit einem kurzen Bart und einer abgewetzten Mütze, saß nervös auf der Rückbank. Die Atmosphäre im Wagen war allgemein angespannt, durchdrungen von einer drückenden Stille, die nur durch das gelegentliche Klicken von Chris' Stoppuhr und das gedämpfte Rauschen des Verkehrs unterbrochen wurde.

„Im Museum war sie nicht", stellte Penny fest. Sie hatte ihren Blick auf die vorbeiziehenden Gebäude gerichtet. „Das hatten wir schon vermutet."

Jack nickte. Er starrte aus dem Fenster, als könnte er so die Antwort auf ihre Fragen finden. „Wenn sie dort nicht ist, muss sie hier sein, oder ganz weg"

Penny schüttelte den Kopf, während sie sich an die Anspannung der letzten Stunden erinnerte. Der Haftbefehl war, nachdem sie ordentlich Druck gemacht hatte, in einem Eilverfahren ausgestellt worden. Ein rechtliches Meisterwerk, das sie für notwendig gehalten hatte, nachdem sie von Grahams Worten über Fionas hastiges Telefonat gehört hatte. Es war klar, dass die Zeit gegen sie arbeitete.

Der Wagen bog um eine Ecke, und die Umgebung veränderte sich allmählich. Die schlichten Gebäude wichen mehrstöckigen Wohnblöcken, die mit ihren grauen Fassaden und schmutzigen Fenstern eher trist wirkten.

Der Wagen hielt vor einem großen, heruntergekommenen Wohnblock, der aus den 70er Jahren zu stammen schien. Der Putz bröckelte an den Ecken, und der Eingang war von einer vergitterten Tür gesichert, die den Anschein erweckte, dass sie mehr Schutz vor Unberechenbarem bot, als sie tatsächlich konnte. Um den Block herum lag eine schmale, vernachlässigte Grünfläche mit vereinzelt abgestellten Fahrrädern.

Penny öffnete die Tür und trat als Erste aus dem Fahrzeug. Der Geruch von nassem Beton und verrostetem Metall lag in der Luft. Jack und Chris folgten ihr, während der Mann vom Schlüsseldienst mit einem schweren Schlüsselbund in der Hand zur Eingangstür trat. Er schloss die Gittertür auf, die mit einem widerwilligen Quietschen aufschwang.

Die Treppen waren schmal und mit einem abblätternden Teppich ausgelegt, der viele Jahre der Abnutzung hinter sich hatte. An den Wänden hingen verblasste Bilder, die mehr versprachen, als sie hielten. „Ist ja nicht besonders viel Prunk für die Direktorin des Roman Baths Museums", murmelte Chris, als sie die Treppen hochstiegen. „Verdient man da nicht gut?"

„Ich bin auch etwas irritiert.", fügte Penny hinzu. „Wahrscheinlich wollte sie kein Aufsehen um ihre Person machen. Aus berechtigten Gründen."

Oben angekommen, standen sie vor der Wohnungstür. „Hastings" stand in schwarzen Lettern an der Tür. Chris klopfte an die Tür, doch es blieb still. „Miss Fiona Hastings! Polizei! Öffnen Sie die Tür!"

Kein Geräusch.

„Ich werde ein Ultimatum stellen", mahnte Chris und stellte sich aufrecht hin. „Wir werden die Tür aufbrechen, wenn Sie nicht innerhalb von zehn Sekunden öffnen!"

Er zählte bis zehn, dann warf der Mann vom Schlüsseldienst einen kurzen Blick auf Penny, die ihm mit einem knappen Nicken seine unausgesprochene Frage beantwortete.

Er trat einen Schritt nach vorne und steckte den Schlüssel ins Schloss. Mit einem Ruck öffnete sich die Tür und das Trio stürmte ins Innere. Die Wohnung war spärlich möbliert. Die Wände waren in einem blassen Beige gestrichen.

„Fiona!", rief Penny. Ihre Stimme hallte in der Stille des Raumes wider. Ein unbehagliches Gefühl breitete sich in ihrem Magen aus.

Im Wohnzimmer entdeckten sie Fiona, die am Tisch saß. Der Tisch war aufgeräumt, bis auf eine Tasse, die vor ihr stand. Plötzlich kam es Penny vor, als würde die Zeit stillstehen. Der Raum war in eine eisige Stille gehüllt.

Fiona saß regungslos auf ihrem Stuhl. Die kalten, leblosen Züge ihres Gesichts und die leeren Augen, die ins Nichts starrten, ließen keinen Zweifel an der grausamen Realität.

Penny trat an den Tisch heran und fühlte Fionas Plus, um zu überprüfen, ob sie noch lebte.

Doch es war zu spät. Fiona war tot.

DRITTER
TEIL

40

Zwischen Bath und London, Gegenwart

Arthur

Arthur saß im Zug von Bath nach London, die schmale Bahnstrecke schlängelte sich durch das neblige Tal. Draußen verwischten die vorbeiziehenden Felder und Bäume zu einem grünen, unscharfen Band, durch das sich die rostbraunen Flecken des herbstlichen Laubs zogen. Der Himmel war bedeckt, ein gleichmäßiges Grau, das sich endlos über die Landschaft spannte. Der Regen, der gegen die Fensterscheiben trommelte, vermischte sich mit dem rhythmischen Klappern des Zuges über die Schienen. Es war die Art von Herbsttag, an dem sich Arthur am liebsten in die Wärme seines Hauses verkrochen hätte, doch die Unruhe in ihm ließ das nicht zu.

Er saß in einem dieser gemütlichen Abteile, die er immer bevorzugt hatte, mit einem Tisch vor sich und einem kleinen Becher schwarzen Kaffees, aus dem der aufsteigende Dampf sich träge in der kühlen Luft des Zuges verlor. Arthur war niemand, der oft reiste, und erst recht nicht nach London, doch der Drang, seine Frau zu besuchen, hatte ihn in letzter Zeit immer stärker in die Stadt gezogen. Es war mehr als nur Nostalgie; es war eine Art

Pflichtgefühl. Immer wieder ließ er den Blick über das verregnete Panorama schweifen, versuchte, sich von den Gedanken abzulenken, die ihn seit Tagen begleiteten, doch ohne Erfolg.

Während der Fahrt zog er das Handy aus seiner Tasche und überflog die Nachrichten, die sich in seinem Posteingang angesammelt hatten. Eine Nachricht von Graham stach ihm ins Auge, ein kurzes Update über den Stand der Ermittlungen. Arthur musste zugeben, dass er sich in den letzten Tagen oft mit Graham getroffen hatte. Sie hatten lange Spaziergänge durch Bath unternommen, die kühle Luft genossen und dabei über das Leben, den Fall und ihre Erinnerungen gesprochen. Graham war ein guter Gesprächspartner, geduldig, ruhig und mit einem feinen Gespür für die Zwischentöne, die das Leben so oft mit sich brachte. Sie hatten stundenlang in Grahams kleinem, behaglichen Wohnzimmer gesessen, Tee getrunken und alte Geschichten ausgetauscht – Erinnerungen an vergangene Zeiten, an ihre Karrieren, an Freunde und Kollegen, die sie verloren hatten. Es tat Arthur gut, Zeit mit ihm zu verbringen. Es war, als würde er nach all den Jahren der Einsamkeit langsam wieder einen Platz in der Welt finden, einen Platz, der nicht mehr nur von Verlust geprägt war.

Trotz dieser neuen Freundschaft und der vertrauten Gespräche, die sie geführt hatten, spürte Arthur immer wieder den Stich des Alleinseins. Die Abwesenheit seiner Frau war in jeder stillen Minute zu spüren. Manchmal, wenn er in Grahams Gegenwart lachte, fühlte er sich fast schuldig. Er hatte nie wirklich gelernt, mit dem Verlust umzugehen.

Als der Zug sich langsam dem Londoner Stadtrand näherte, wechselten die Felder und Wälder in eine graue Masse aus Gebäuden, Industrieanlagen und belebten Straßen.

Der Zug hielt mit einem leichten Ruck am Bahnhof Paddington. Arthur erhob sich, nahm seine alte Lederreisetasche aus der Gepäckablage und machte sich auf den Weg durch die engen Gänge des Zuges. Die Menschen drängten sich in der Bahnhofshalle. Arthur war diese Hektik nicht mehr gewohnt. Er trat hinaus auf die regennassen Straßen und holte tief Luft. Die kühle Feuchtigkeit der Stadt umfing ihn wie eine alte Bekannte. Der Friedhof, Kensal Green Cemetery, war nicht weit entfernt.

Der Weg zum Friedhof führte ihn durch die Straßen von Kensington, vorbei an eleganten, viktorianischen Häusern mit ihren kunstvollen Fassaden und den breiten, von Bäumen gesäumten Alleen. Das Taxi hielt schließlich am Eingang des Friedhofs. Arthur stieg aus, zog seinen Mantel enger um sich und sah zu den alten, ehrwürdigen Toren des Friedhofs hinauf. Der Eingang war von hohen, schmiedeeisernen Gittern flankiert, die im Laufe der Jahre von Efeu und Moos überwuchert waren. Die Gräber, die sich dahinter erstreckten, wirkten wie ein Meer aus Steinen, manche in einfachen, bescheidenen Formen, andere prunkvoll und verziert.

Arthur schritt langsam über den Kiesweg, seine Schritte knirschten leise im Regen. Die Bäume standen dicht beieinander, ihre Äste schwer vom Wasser. Er kannte den Weg zu ihrem Grab gut, auch wenn er ihn lange nicht gegangen war. Als er schließlich vor dem Grabstein stand, spürte er, wie sich ein Kloß in seinem Hals bildete. Der Stein war schlicht, mit ihrem Namen und den Daten ihres Lebens eingraviert.

Er blieb einen Moment schweigend stehen, blickte auf den Stein und fühlte, wie die Jahre des Schmerzes in ihm hochkrochen.

„Ich bin hier", flüsterte er leise, als ob sie ihn hören könnte. „Ich weiß, ich hätte öfter kommen sollen."

Er setzte sich auf die niedrige Bank neben dem Grab und erzählte ihr, was in der letzten Zeit geschehen war. Von dem Mord an Fiona Hastings, von den Gesprächen mit Graham und wie sehr er sie noch immer vermisste.

Später würde er einen alten Freund treffen, den er lange nicht gesehen hatte. Bevor seine Frau gestorben war, hatten sie sich regelmäßig getroffen. Doch nach ihrem Tod war dieser Kontakt, wie so viele andere, abgebrochen. Heute würde er einen Schritt zurück ins Leben wagen.

41

Eburacum (heut. York), Vergangenheit

Gaius

Der Tag war grau und trüb, als Gaius das Zelt des Optio Decimus betrat. Es war am Rand des Lagers aufgeschlagen worden, weit ab von den übrigen Zelten der Legion. Die Luft im Inneren roch nach Verbandszeug und Desinfektionsmitteln, doch nichts konnte den stechenden, metallischen Geruch des Blutes überdecken. Gaius blieb für einen Moment an der Schwelle stehen, die Augen auf den verwundeten Mann gerichtet, der im Feldbett lag.

Decimus Aelius Rufus, der ihm während der Schlacht beigestanden hatte, lag blass und schweißgebadet da. Seine Augen waren geschlossen. Seine Atmung war unregelmäßig und keuchend. Gaius konnte sehen, wie seine Brust sich bei jedem Atemzug schwer hob und fiel, als ob der Körper gegen das Unvermeidliche kämpfte. Die Wunden, die er im Kampf erlitten hatte – ein tiefer Schnitt am Oberschenkel und eine Speerschlinge, die sich durch seinen Arm gebohrt hatte, hatten ihn stark gezeichnet.

„Decimus", sagte Gaius leise, während er sich neben das Bett kniete. „Hörst du mich?"

Der Optio blinzelte, sein Blick war verschwommen. Es dauerte einen Moment, bis seine Augen Gaius' Gesicht erkannten, und ein schwaches Lächeln zog sich über seine Lippen. „Gaius...", murmelte er, seine Stimme kaum mehr als ein Hauch. „Es tut mir leid..."

„Was tut dir leid, Decimus?", fragte Gaius. Er spürte, wie sein Herz schwer wurde, während er den Mann betrachtete.

Decimus' Augen glitten für einen Moment von Gaius' Gesicht zu den Wänden des Zeltes, dann wieder zurück. „Ich... ich konnte die Männer nicht halten... die Formation... sie sind gefallen...", sagte er mit einem Hauch von Verzweiflung in seiner Stimme. Ein Zittern durchlief seinen Körper, als er sich bemühte, klarer zu sprechen. „Es war... eine Falle. Ich wusste es, Gaius. Ich wusste es..."

Gaius fühlte einen stechenden Schmerz in der Brust, als er diese Worte hörte.

„Du hast alles getan, was du konntest", sagte Gaius ruhig und legte seine Hand auf den Arm des verwundeten Mannes. „Du hast dich tapfer geschlagen. Aber wir sind alle... nun, wir sind alle in diese Falle geraten."

„Verrat...", flüsterte Decimus plötzlich, und seine Augen weiteten sich vor Schmerz und Erschöpfung. „Es gab einen Verräter... Ich... ich hörte..."

Gaius' Herz schlug schneller, als der Optio erneut versuchte zu sprechen. Doch Decimus schien plötzlich in seinen eigenen Gedanken gefangen, seine Worte zerfielen zu wirren Lauten. „Verräter... im Lager... Lucius..."

Gaius hatte die ganze Zeit über schon mit Übelkeit zu kämpfen gehabt. Die Bilder des Kampfes, das Blut, der Tod und jetzt, da der Optio diese letzten Worte sprach, wurde der Druck in seiner Brust unerträglich.

Sein Magen zog sich zusammen. Für einen Moment musste er sich krampfhaft beherrschen, um nicht vor dem Bett des verwundeten Mannes zusammenzubrechen. Die warme, stickige Luft, der Geruch von Blut und Fäulnis, die Worte, die gerade noch im Raum verhallten – sie alle schienen ihn zu erdrücken. Sein Kopf schien zu explodieren, und er presste die Lippen zusammen, um sich zu zwingen, sich nicht zu übergeben.

Er nahm einen tiefen Atemzug und schloss für einen Moment die Augen, um sich zu sammeln. Als er sie wieder öffnete, sah er Decimus mit einer Mischung aus Bedauern und Wut an. Dieser Mann, der so tapfer gekämpft hatte, war jetzt in einem Zustand, der ihn vollständig entmenschlichte.

„Lucius...", wiederholte Gaius mit gedämpfter Stimme, als er sich aus dem Zelt zurückzog. Doch was konnte er mit dieser Information anfangen, solange er keine konkreten Beweise hatte? Was hatte der Optio tatsächlich gehört und was war Fieberfantasie?

Als Gaius das Zelt verließ, spürte er, wie der kalte Wind seine Stirn kühlte und den schweren Nebel in seinem Geist vertrieb. Doch trotz des frischen Luftstroms blieb der widerliche Geschmack der Übelkeit in seinem Mund, während er das nächste Ziel in seinem Kopf verfolgte: Lucius.

42

Bath, Gegenwart

Penny

Penny ließ die Haustür hinter sich ins Schloss fallen und atmete tief durch. Ein warmer Duft von Rosmarin und gebratenem Hähnchen lag in der Luft, als hätte ihr Zuhause sie mit offenen Armen empfangen. Es war ein Duft, der Vertrautheit und Geborgenheit versprach, und sie spürte, wie der Stress des Tages langsam von ihr abfiel. Sie hängte ihren Mantel sorgfältig an den Haken neben der Tür und stellte ihre Tasche behutsam auf die kleine Bank im Flur. In diesem Augenblick war alles, wie es sein sollte – friedlich, geordnet, als wäre das Chaos des Tages mit einem Mal außen vor geblieben.

Aus der Küche drang das leise Geräusch klappernder Töpfe, das rhythmische Brutzeln von etwas, das in heißem Fett gebraten wurde. Penny lächelte bei der Vorstellung, wie Graham am Herd stand. Sie schlüpfte aus ihren Schuhen und folgte dem köstlichen Duft, der sie wie ein unsichtbarer Faden in die Küche zog.

Graham war, wie erwartet, am Herd beschäftigt. Er trug seine vertrauten Jeans und ein Hemd, das er wie immer an den Ärmeln hochgekrempelt hatte. Sein Haar war mittlerweile grau, doch er wirkte immer noch aufrecht und souverän, seine Bewegungen ruhig und präzise. Penny betrachtete ihn einen Moment lang und wurde an die Zeit erinnert, als sie ihn das erste Mal gesehen hatte – vor über 35 Jahren.

Es war im Gericht gewesen, zu einer Zeit, als ihr Leben noch von Aufstieg und Ehrgeiz geprägt war. Penny war eine junge Staatsanwältin, die mit Energie und Leidenschaft in jede Verhandlung ging. Graham hingegen war Polizist, ein stiller Beobachter im Saal, der mit seiner ruhigen Art auffiel. Schon damals war er schlank und athletisch gewesen. Es hatte etwas Beruhigendes, ja fast Anziehendes, wie er sich durch nichts aus der Ruhe bringen ließ. Ihre Blicke hatten sich immer wieder im Vorbeigehen getroffen, bis aus einem flüchtigen Lächeln irgendwann mehr wurde. Sie erinnerte sich noch gut an ihren ersten Kaffee in der Verhandlungspause – der Beginn von etwas, das sie beide damals noch nicht ganz greifen konnten.

Jetzt, all die Jahre später, war er noch immer derselbe verlässliche und ausgeglichene Mann, der sie damals so fasziniert hatte. Sie setzte sich auf den hohen Stuhl am Tresen und ließ ihren Blick auf ihm ruhen.

„Perfektes Timing", sagte Graham, ohne sich umzudrehen. Er hob die Pfanne leicht an und ließ die goldbraunen Kartoffeln in der heißen Butter schwenken. „Das Hähnchen ist gleich fertig."

„Es riecht fantastisch", sagte Penny, während sie die Hände in den Schoß legte. Das Essen war schlicht, aber genau das, was sie jetzt brauchte: Brathähnchen mit Rosmarin, dazu knusprige Kartoffeln und grüne Bohnen, die ihren knackigen Biss bewahrt hatten. Die Aromen erfüllten den Raum, und Penny merkte, wie ihr Magen leise knurrte. Der Tag war lang gewesen, und die Arbeit hatte jede Mahlzeit in den Hintergrund gedrängt.

Graham stellte zwei Teller auf den Tisch, holte eine Schüssel mit Bohnen und eine Karaffe Wasser. „Du siehst erschöpft aus. War es so schlimm heute?"

Penny seufzte und ließ sich an den Tisch sinken. „Es war... anstrengend", Sie nahm einen Bissen vom Hähnchen, schloss kurz die Augen und spürte, wie der perfekte Geschmack ihrer Müdigkeit etwas entgegensetzte. „Danke", sagte sie leise und lächelte Graham dankbar an.

Graham beobachtete sie für einen Moment, bevor er fragte: „Hast du heute von Arthur gehört?"

Penny schüttelte den Kopf und spießte eine Bohne auf. „Nein, du?"

„Er ist nach London gefahren", antwortete Graham. „Er besucht seine Frau und einen alten Freund."

Penny legte ihr Besteck zur Seite und blickte nachdenklich auf den Teller. „Meinst du, ihm geht es nicht gut?" fragte sie leise.

Graham nickte, während er eine Kartoffel zerteilte. „Ich glaube, er hat ein schlechtes Gewissen, weil er wieder in Fälle verwickelt ist – jetzt, wo sie nicht mehr da ist.

„Hattet ihr heute Kontakt?" Penny nahm einen weiteren Bissen und sah Graham erwartungsvoll an.

„Ich habe ihm geschrieben, ihm eine gute Fahrt gewünscht und angeboten, ihn vom Bahnhof abzuholen, wenn er zurückkommt", sagte Graham und nahm einen Schluck Wasser. „Er hat aber noch nicht geantwortet."

„Das ist nett von dir", sagte Penny und legte ihre Gabel zur Seite. „Ihr versteht euch wirklich gut, oder?"

„Ja", sagte Graham, nachdenklich. „Es tut gut, jemanden zu haben, der ähnliche Dinge erlebt hat. Besonders bei diesem Fall mit Fiona Hastings."

Penny hob den Kopf. „Ahja, sie wurde vergiftet."

Graham sah sie aufmerksam an. „Gift? Jemand hat sie vergiftet? Könnte es Selbstmord gewesen sein?"

Penny schüttelte den Kopf. „Unwahrscheinlich. Das Gift war *Batrachotoxin*. Es wirkt langsam, indem es die Atemmuskulatur lähmt, bis man schließlich erstickt. Wenn sie sich hätte umbringen wollen, hätte sie einen schnelleren und weniger qualvollen Weg gewählt. Nein, wir gehen nicht von einem Suizid aus."

Graham nickte, nachdenklich. „Also wieder ein Mord…"

„Wieder ein Mord", bestätigte Penny leise. Sie nahm einen Schluck Wasser und sah ihn nachdenklich an.

„Was hast du heute gemacht?"

Graham zögerte kurz, doch dann erschien ein leichtes Lächeln auf seinem Gesicht. „Ich war fotografieren", sagte er und schob seinen Teller zur Seite. „Stell dir vor, ich habe einen Adler und einen Karmingimpel in der Nähe von Castle Combe fotografiert."

Penny hob eine Augenbraue. „Einen Karmingimpel?"

„Ja," fuhr er fort, „sein rotes Gefieder war in der Abendsonne kaum zu übersehen. Der Adler war natürlich imposant, aber der Karmingimpel war das Highlight. Die Sonne war schon tief, das Licht war perfekt – alles wirkte ruhig und friedlich. Die Wiesen dort sind um diese Jahreszeit besonders schön."

Castle Combe, dachte Penny, dieser malerische Ort nicht weit von Bath, mit seinen sanften Hügeln und den alten Steinhäusern. Sie konnte sich gut vorstellen, wie die Abendsonne die Landschaft in ein warmes Licht tauchte. Ein Ort, an dem die Zeit stehengeblieben zu sein schien.

„Willst du die Bilder sehen?" fragte Graham schließlich.

Penny lächelte „Ja, unbedingt."

43

Bath, Gegenwart

Maggie

Maggie saß tief in ihrem vertrauten Sessel, der über die Jahre schon ein wenig durchgesessen war, aber immer noch ihren Rücken auf eine Art stützte, die sie angenehm fand. Die Beine hatte sie, wie jeden Abend, auf dem Hocker vor sich ausgestreckt. Ihre Füße steckten in bequemen Hausschuhen, die sie niemals jemandem zeigen würde, außer vielleicht ihrer Tochter. Über ihren Schoß war eine weiche Wolldecke drapiert und auf dem kleinen Beistelltisch neben ihr stand eine Tasse Tee, aus der der Dampf mittlerweile kaum noch aufstieg.

Auf dem Fernseher lief eine Folge von Love Island, diese leicht zu konsumierende Sendung, bei der junge Menschen sich gegenseitig in übertriebenen Flirts und künstlichen Dramen verstrickten. Maggie hatte sich nie erklären können, warum sie so eine Freude daran hatte, doch es war eine der wenigen Ablenkungen, die sie abends noch gern in Anspruch nahm. Sie schaute auf den Bildschirm, wo ein junger Mann verzweifelt versuchte, eine Liebeserklärung zu stammeln, während die Kamera gekonnt auf sein zögerliches Gesicht zoomte. Maggie schüttelte den Kopf und grinste ein wenig. Es war fast wie Theater – nur mit schlechteren Schauspielern.

Gerade als sie einen Schluck von ihrem inzwischen lauwarmen Tee nehmen wollte, summte ihr Handy leise auf dem Tisch neben ihr. Sie seufzte, stellte die Tasse wieder ab und griff nach dem Gerät. Die Anzeige blinkte auf – Eliza. Ihre Tochter rief selten zu so später Stunde an, was Maggie sofort dazu veranlasste, das Gespräch anzunehmen.

„Hallo, Darling", sagte sie ruhig, die Decke ein wenig fester um sich ziehend.

„Mum, du wirst es nicht glauben", kam Elizas Stimme aufgeregt aus dem Hörer, direkt, ohne Umschweife. Es klang, als hätte sie es kaum erwarten können, die Neuigkeiten zu teilen. „Fiona Hastings wurde vergiftet!"

Maggie erstarrte für einen Moment, überrascht von der Nachricht. „Vergiftet?" wiederholte sie langsam, während sie sich etwas aufrichtete. „Wie um alles in der Welt... Woher weißt du das?"

„Einer der Angestellten vom Gericht hat geplaudert", sagte Eliza schnell, als ob sie diese Information unbedingt sofort loswerden wollte. „Es ist noch nicht offiziell, aber morgen wird es in allen Zeitungen stehen. Ich hab den Artikel schon fertig. Es wird ein Riesen-Ding, Mum."

Maggie zog die Augenbrauen hoch.

„Gift...", sagte sie nachdenklich und ließ das Wort eine Weile im Raum stehen. „Und du sagst, das kommt morgen in die Zeitung?"

„Ja", bestätigte Eliza. „Das Gift war in ihrer Teetasse, Mum. Stell dir das mal vor – jemand muss es ihr untergeschoben haben in ihrer Wohnung. Und das war kein Zufall. Der Gerichtsangestellte hat erzählt, dass es ein Gift war, das langsam in der Lunge wirkt. Sie ist qualvoll erstickt. Ich meine, wer macht sowas?"

Maggie lehnte sich zurück, die Decke fest um sich gezogen, und blickte in den dunklen Raum, während sie Elizas Worte verarbeitete. „Jemand muss es auf sie abgesehen haben", sagte sie leise, mehr zu sich selbst als zu ihrer Tochter.

„Und der Artikel ist schon fertig?" fragte Maggie schließlich, um sich wieder in das Gespräch zurückzuholen. Sie konnte die Energie in Elizas Stimme spüren, die ungeduldige Aufregung, die von einer Sensationsgeschichte ausging.

„Ja, Mum. Alles vorbereitet. Es wird morgen der Aufmacher sein. Du kannst sicher sein, dass die Leute darüber reden werden." Eliza klang stolz, wie immer, wenn sie eine große Geschichte in den Händen hielt.

Maggie schwieg einen Moment. „Fiona Hastings... vergiftet." Sie schüttelte langsam den Kopf.

„Niemand hätte das gedacht", stimmte Eliza zu. „Aber sei vorsichtig, Mum. Du kennst doch die Leute. Jeder wird irgendwas dazu sagen, und du weißt, wie schnell Gerüchte entstehen."

Maggie lächelte leicht in sich hinein. „Keine Sorge, Darling. Ich halte mich da raus. Aber ein Giftmord? Das wird die Leute sicher noch eine Weile beschäftigen."

„Das wird es", sagte Eliza, diesmal etwas ernster. „Ich melde mich morgen nochmal, wenn die Geschichte raus ist. Mach's gut, Mum."

„Mach's gut, Eliza", antwortete Maggie und legte auf.

Sie starrte auf das dunkler werdende Display des Handys, ließ es dann neben sich auf den Tisch sinken und griff wieder nach ihrer Teetasse. Der Tee war nun völlig kalt, aber das störte sie nicht weiter. Ihre Gedanken kreisten weiter um das, was Eliza erzählt hatte.

Maggie nahm einen kleinen Schluck von dem kalten Tee und stellte die Tasse ab. Sie spürte eine eigenartige Ruhe, fast als hätte sie die Welt um sich herum für einen Moment ausgeblendet. Auf dem Bildschirm liefen die letzten Minuten von Love Island, doch sie beachtete es nicht mehr.

„Vergiftet", murmelte sie leise zu sich selbst. „Was hat Fiona mit Ted zutun?"

44

Bath, Gegenwart

Sarah lag auf ihrer Seite, den Blick auf die leise tickende Uhr auf dem Nachttisch gerichtet. Das Mondlicht, welches durch die halb geöffneten Vorhänge fiel, zeichnete blasse Streifen auf das Bettlaken. Sie hatte versucht, sich in den Schlaf zu atmen, tief ein und aus, doch es half nichts. Neben ihr lag Jack, auf dem Rücken, das Gesicht vom Handylicht beleuchtet, während er durch Nachrichten und Artikel scrollte.

Sarah zog die Decke näher an sich, dann ließ sie sie wieder los. Sie fühlte sich zunehmend unruhiger. Jede Minute, die verstrich, machte das Einschlafen schwieriger. Ihre Gedanken kreisten. Er wird die Nacht durchmachen, wenn das so weitergeht, dachte sie. Sie hatte sich den Abend anders vorgestellt – ein bisschen Ruhe, etwas Nähe. Stattdessen war Jack, wie so oft, mit seiner Arbeit beschäftigt. Gedanklich weit weg, in irgendeiner Untersuchung, die sie nur am Rande verstand.

Nach einer weiteren unruhigen Minute drehte sie sich schließlich auf den Rücken und setzte sich mit einem Seufzen auf. Die Matratze gab unter ihrer Bewegung leicht nach. „Jack, du kannst den Tag nicht verlängern", flüsterte sie gereizt.

„Auch wenn du jetzt noch Stunden am Handy verbringst, wird er nicht besser."

Jack hielt kurz inne, ließ den Daumen auf dem Bildschirm ruhen, dann blickte er auf. Er sah müde aus. Seine Augen funkelten vor Aufregung, so als hätte er eine Energiequelle gefunden, die Sarah gerade nicht nachvollziehen konnte. „Ich weiß", antwortete er, drehte sich zu ihr und legte das Handy auf seinen Bauch. „Aber dieser Fall… Sarah, das wird richtig groß."

Sarah starrte ihn einen Moment lang an und versuchte seinen Enthusiasmus nachzuvollziehen, aber sie konnte es nicht. „Es ist fast Mitternacht", sagte sie ruhig. „Und du musst morgen früh raus. Du kannst doch jetzt nicht alles lösen."

Jack schüttelte leicht den Kopf, fast so, als könnte er ihre Worte nicht richtig an sich heranlassen. „Es ist nicht nur ein Mord, Sarah. Es ist ein Doppelmord. Ich habe noch nie in einem solchen Fall ermittelt."

Sarah zog die Knie an und stützte ihre Arme darauf. „Und das ist Grund genug, jetzt noch wach zu bleiben?" fragte sie mit einem Hauch Sarkasmus, aber auch Besorgnis.

„Es ist nicht nur das", sagte er ernst. „Die ganze Stadt wird darüber reden. Es wird Druck von oben geben, die Medien werden sich auf den Fall stürzen. Jeder wird Informationen haben wollen, jeder wird so tun, als hätte er etwas Wichtiges beizutragen. Die Leute rufen schon jetzt an, behaupten, sie hätten gesehen, wie jemand um die Tatzeit in der Nähe war."

Sarah seufzte und rieb sich die Augen, die Müdigkeit hing schwer auf ihren Schultern, aber die Unruhe in ihr ließ sie nicht los. „Und was genau suchst du dann jetzt auf deinem Handy?" fragte sie leise, diesmal ohne Vorwurf, mehr aus echtem Interesse.

Jack zuckte mit den Schultern. „Ich versuche zu verstehen, wie sich das entwickeln wird. Jeder redet schon darüber, Gerüchte verbreiten sich wie ein Lauffeuer, und ich will vorbereitet sein. Es gibt so viele Unbekannte. In so einem Fall kann alles kippen, wenn wir nicht schnell genug handeln."

„Aber du musst doch irgendwann auch mal abschalten", sagte Sarah und sah ihn eindringlich an. „Du kannst nicht jeden Abend so weitermachen. Du weißt doch, wie sehr dich das sonst aufreibt."

Jack nickte langsam, seine Augen glitten für einen Moment zu Boden. „Ich weiß", murmelte er. „Ich habe noch nie in so einem komplizierten Fall gearbeitet. Zwei Morde, so eng beieinander..."

Sarah seufzte erneut, legte eine Hand auf seine Schulter und drückte sanft zu. „Du wirst das schon herausfinden", sagte sie leise. „Aber das wird nicht heute Nacht passieren. Du musst schlafen, Jack. Wenn du morgen mit klarem Kopf da rangehst, wird dir alles viel besser gelingen."

Er sah sie an, als wolle er widersprechen, dann ließ er sich langsam zurücksinken und griff erneut nach seinem Handy. Diesmal allerdings legte er es zur Seite und zog die Decke über sich. „Vielleicht hast du recht", gab er schließlich zu, seine Stimme leiser und weniger angespannt.

Sarah nickte, erleichtert, und legte sich ebenfalls wieder hin, den Kopf auf das Kissen gebettet. „Es wird immer etwas geben, das dich wach hält", murmelte sie. „Aber jetzt gerade musst du es einfach loslassen."

Jack schwieg, doch sie spürte, wie seine Atmung sich nach und nach beruhigte. Die Stille im Raum füllte sich wieder, und das leise Ticken der Uhr war das einzige Geräusch. Sarah schloss die Augen, auch wenn der Schlaf noch weit entfernt schien.

45

Kensington, Gegenwart

Arthur

Arthur stand vor dem Haus seines alten Freundes. Die schmale Eingangstür, mit einem schlichten Muster verziert, wirkte noch immer gepflegt, leicht abgenutzt vielleicht, aber ohne den Glanz vergangener Jahre verloren zu haben. Ein kleines Vordach fing den Regen ab, der leise auf den sauber gefegten Pflasterweg tropfte. Die Straßenlaternen warfen ein mildes Licht auf den Garten, der offensichtlich gut in Schuss gehalten wurde. Die Hecken waren akkurat gestutzt, die Beete ordentlich geharkt und selbst der Kiesweg, der bis zur Tür führte, war frei von Laub.

Früher hatten sie hier unzählige Abende verbracht, voller vertrauter Gespräche und gemütlicher Stunden, in denen die Zeit einfach dahinzufließen schien. Doch jetzt, wo er nach so vielen Jahren wieder vor dem Haus stand, fühlte sich Arthur fremd in dieser Umgebung. Es war, als hätte die Welt sich ohne ihn weitergedreht, als wäre er nur noch ein Beobachter einer Vergangenheit, die ihm entglitten war. Unsicherheit überkam ihn. Ob er noch in diese Welt passte, in der so vieles gleich geblieben war und doch alles anders schien?

Seine Hand schwebte vor der Klingel, zögernd, fast wie gelähmt. Sollte er wirklich klingeln? Wäre es nicht einfacher, einfach umzukehren, sich in die Anonymität der Stadt zu flüchten und so zu tun, als hätte er es einfach vergessen? War er je wirklich extrovertiert gewesen? Oder war das alles nur ein Spiel gewesen, eine Rolle, die er über die Jahre perfekt gelernt hatte? Er erinnerte sich, wie er früher auf Partys die Aufmerksamkeit mühelos auf sich gezogen hatte, wie er immer wusste, was er sagen musste, um die Leute zum Lachen zu bringen. Aber jetzt? Jetzt fühlte sich diese Seite von ihm fern und unerreichbar an, wie ein altes Buch, das lange ungelesen im Regal gestanden hatte und dessen Seiten langsam vergilben.

Arthur fragte sich, ob er sich wirklich so verändert hatte oder ob die Jahre und der Verlust nur das hervorgeholt hatten, was immer schon da gewesen war: Eine tiefe Unsicherheit, die er durch seine lockere Art immer überdeckt hatte. Er konnte sich kaum noch erinnern, wie er früher mit seinem Freund gesprochen hatte. War er immer so sicher gewesen in seiner Rolle als Freund? Oder hatte er auch damals oft gezögert, die richtigen Worte zu finden? Diese Erinnerungen verschwammen wie die Regentropfen, die langsam die Fensterscheiben hinunterliefen.

Während Arthur noch überlegte, ob er klingeln sollte, hörte er plötzlich Schritte hinter der Tür. Ehe er sich weiter in seinen Gedanken verlieren konnte, wurde die Tür schwungvoll geöffnet, und er blickte direkt in das freundliche Gesicht der Frau seines Freundes.

„Arthur!" rief sie. Bevor er etwas sagen konnte, trat sie einen Schritt auf ihn zu und nahm ihn fest in die Arme. Arthur spürte für einen kurzen Moment, wie all die Jahre und all die Veränderungen von ihm abfielen. Es war, als wäre er nie wirklich fort gewesen.

„Amalia...", murmelte er leise. Er wollte mehr sagen, aber die Worte schienen irgendwo in seinem Hals stecken zu bleiben. Es war so lange her, dass er jemanden so herzlich umarmt hatte, und für einen Moment war er sich nicht sicher, ob er weinen oder lachen sollte.

Amalia ließ ihn langsam los und musterte ihn mit einem prüfenden Blick, als wolle sie herausfinden, ob er sich in all den Jahren verändert hatte. „Es ist so schön, dich mal wieder bei uns zu haben", sagte sie schließlich und lächelte.

Er räusperte sich, als ob er den Kloß in seinem Hals loswerden wollte. „Ja... es ist schon eine ganze Weile her", brachte er schließlich hervor und trat über die Türschwelle, die er so gut kannte.

Der vertraute Duft des Hauses umfing ihn sofort. Es war ein Geruch, der ihn an die unzähligen Abende erinnerte, die sie hier verbracht hatten, mit Rotwein und langen Gesprächen über Politik, Kunst und das Leben im Allgemeinen. Arthur spürte, wie sich eine seltsame Ruhe in ihm ausbreitete. Die Jahre der Distanz, der Unsicherheiten, schienen für einen Moment nicht mehr wichtig zu sein.

„Komm rein, Gideon freut sich schon wie ein Kind auf dich", sagte Amalia und deutete mit einer sanften Geste in Richtung des Wohnzimmers.

46

Eburacum (heut. York), Vergangenheit

Gaius

Gaius stand in seinem Zelt, den Blick auf die Berichte gerichtet, die ihm auf einem hölzernen Brett vorgelegt wurden. Der Zeltboden war mit einem groben Teppich ausgelegt und der schwache Lichtschein einer Öllampe erhellte den Raum. Der Bericht vor ihm stammte von Decimus, seinem Optio, der, obwohl er noch immer von seinen schweren Verletzungen gezeichnet war, wieder etwas von seiner früheren Wachsamkeit zurückgewonnen hatte.

Decimus hatte den Bericht nicht selbst verfassen können. Die tiefe Schnittwunde an seinem Oberschenkel und die noch nicht ganz verheilte Narbe in seinem Arm hatten es ihm unmöglich gemacht, den Stift zu führen. Stattdessen hatte er sich mit letzter Kraft im Feldbett aufgerichtet und den Bericht diktiert, während seine Männer ihm mit müden Augen zuhörten. Es war ein stiller Moment, in dem der Optio, inmitten seines schmerzhaften Heilungsprozesses, versuchte, das Geschehen zu ordnen und zu dokumentieren, was er von der Schlacht noch in Erinnerung hatte.

„Hör gut zu", murmelte Gaius leise zu sich selbst und ließ seinen Blick erneut auf den Bericht fallen. Decimus hatte immer schon präzise und sachlich dokumentiert, was die Legion betraf. Aber in diesem Bericht gab es Momente, in denen die Details zu vage wurden – als ob der Optio Informationen bewusst ausließ oder verschob. Eine seltsame Inkonsequenz, die wie ein Flimmern zwischen den klaren Sätzen hervortrat.

„Der Angriff war unerwartet", hatte Decimus in seinem Bericht festgehalten. „Die Formation brach schnell zusammen. Ich war nicht in der Lage, den Kontakt zu halten, als der Angriff begann. Die Männer wurden überrannt."

„Nicht in der Lage, den Kontakt zu halten?" Gaius runzelte die Stirn.

Am nächsten Morgen fand sich Gaius wieder im Zelt des Optio ein. Es war ein merkwürdiger Moment, als er den erhobenen Kopf des verwundeten Mannes erblickte. Decimus, dessen Zustand sich allmählich besserte, saß jetzt aufrecht im Bett, seine Wunden verbunden, aber er hatte noch immer Schwierigkeiten, vollständig auf seinen Beinen zu stehen. „Ich habe den Bericht noch einmal überdacht", begann Gaius. „Und mir sind einige Punkte aufgefallen, die mich stutzig machen."

Decimus' Augen weiteten sich leicht, als er Gaius' ernsten Blick traf. „Was meinst du, Gaius?"

„Du hast in deinem Bericht beschrieben, dass du den Kontakt nicht halten konntest, als der Angriff begann", fuhr Gaius fort. „Mit wem konntest du den Kontakt nicht halten, Decimus?"

„Ich…", Decimus begann zu sprechen, doch sein Blick wich aus. Gaius bemerkte, wie seine Hand unruhig das Laken berührte, als wollte er sich an der Erinnerung festhalten. „Es war nicht einfach, Gaius. Der Schmerz, der…"

„Mit wem wolltest du Kontakt halten?", unterbrach Gaius ihn scharf.

47

Bath, Gegenwart

David

David spülte das letzte Glas ab und stellte es mit einem leisen Klirren in das Regal hinter der Theke. Der Abend im Pub war ruhig verlaufen. Die letzten Gäste hatten sich vor etwa einer halben Stunde verabschiedet und waren wankend und gut gelaunt in die Nacht verschwunden. Nur das leichte Tropfen des Wasserhahns und das gelegentliche Knarren der Holzböden füllten jetzt die Stille. Charlie stand neben ihm und trocknete Gläser ab, ganz in das gleichmäßige Schwingen der Routine vertieft, die das Ende eines langen Arbeitstags markierte. Das war die Zeit des Abends, in der alles seinen Platz fand und die letzten Geräusche des Pubs sich beruhigend wie weiße Rauschen anfühlten.

Plötzlich hörten sie das leise Knarren der Eingangstür. Beide hielten inne und sahen einander überrascht an. Der Pub war eigentlich abgeschlossen.

Charlie hob fragend eine Augenbraue. „Hast du nicht abgeschlossen?"

David runzelte die Stirn und überlegte. „Eigentlich schon. Vielleicht hab ich's vergessen. Lass mich mal nachsehen."

Noch bevor er zur Tür gehen konnte, nahm er gedämpfte Stimmen wahr, eine Mischung aus Gelächter und einer flapsigen Unterhaltung, die unverkennbar von mehr als einer Person kam.

Charlie und David sahen zur Theke, wo jetzt drei Männer standen, die sich ohne Scheu in das leere Pub bewegt hatten. Ihr Auftreten war fordernd, wie das von Leuten, die von sich selbst überzeugt waren und davon, dass ihnen keine Tür verschlossen bleiben sollte – schon gar nicht eine des Pubs.

Charlie zögerte einen Moment, dann ging er mit festen Schritten auf die Männer zu. Die Neuankömmlinge schauten ihm mit dem selbstsicheren Blick entgegen, den Großstädter oft an sich haben, wenn sie sich außerhalb ihrer gewohnten Umgebung bewegen. Der Mann, der offenbar das Wort führte, hatte einen Londoner Akzent.

„Guten Abend, meine Herren," sagte Charlie ruhig. Er deutete mit einem Kopfnicken auf das Schild an der Wand, das die Öffnungszeiten anzeigte. „Wir haben bereits geschlossen."

Die Männer sahen sich kurz an, ein leises Kichern wanderte zwischen ihnen hin und her, als ob Charlies Hinweis sie eher amüsierte als beeindruckte. Der Anführer der Gruppe verzog kurz den Mund, dann wandte er sich wieder an Charlie und nickte in Richtung Theke.

„Ach, komm schon. Ein Bier geht doch noch, oder?" Er zwinkerte seinen Begleitern zu. Einer von ihnen nickte begeistert. „Das dauert doch nicht lange. Ihr solltet doch froh sein, dass wir hier noch vorbeikommen."

David, der inzwischen auch nach vorn getreten war, ließ seinen Blick ruhig über die drei Männer gleiten. Einer von ihnen spielte mit einem Bierdeckel und ließ ihn immer wieder gegen den Tresen knallen. Die anderen standen leichtfüßig, als ob sie sich entweder auf ein Bier oder eine kleine Auseinandersetzung freuen würden. Beides schien ihnen gleichermaßen recht zu sein.

Charlie warf David einen kurzen, beinahe belustigten Blick zu. Das Pub hier draußen, an der Ecke einer ruhigen Ortschaft, war nicht dafür bekannt, dass es nachts von Fremden aufgesucht wurde. Die Bewohner, die hier verkehrten, kannten sich, hatten ihre festen Zeiten und wenn das Pub dicht machte, dann war das so. Charlies festes Nicken in Richtung des „Closed"-Schilds war also nicht bloß eine Geste, sondern ein Ausdruck dieser Regel.

Der Hauptmann der kleinen Gruppe lehnte sich an die Theke, sein Gesicht nah an Charlies, die Stimme leiser, aber bestimmter. „Nur drei Bier, Mann, das wird schon nicht so schwer sein. Was meinst du?" Seine Augen glitzerten und sein Blick glitt kurz zu David, als wollte er sicherstellen, dass beide verstanden, dass dies weniger eine Frage war, sondern eher eine Aufforderung, der er erwartete, dass man folgte.

48

Bath, Gegenwart

Alfred Gillingham saß spätabends allein in seinem Arbeitszimmer, das nur von der warmen Glühbirne einer alten Tischlampe beleuchtet wurde. Die Wände waren dicht an dicht mit Bücherregalen gesäumt, die an manchen Stellen bis zur Decke reichten. Über Jahrzehnte hatte Alfred hier wissenschaftliche Werke, Manuskripte und Schriften gesammelt, die er oft mit Hingabe in seine Vorlesungen einfließen ließ. Auf seinem schweren massiven Eichenholz-Schreibtisch, der einst seinem Großvater gehört hatte, lagen vergilbte Notizblöcke und ein paar angefangene Aufsätze. Doch heute fehlte ihm der Elan, weiterzuarbeiten. Seine Gedanken kreisten um das Gespräch, das er und Marcus bei Maggie geführt hatten.

Er zog eine der Schubladen auf und holte ein kleines Notizbuch hervor. Es war das gleiche Buch, das er seit Jahren bei jeder wichtigen archäologischen Expedition bei sich trug, mit handschriftlichen Notizen zu jeder Entdeckung und Begegnung, die für ihn von Bedeutung gewesen war. Er blätterte langsam durch die Seiten, auf der Suche nach Hinweisen, Erinnerungen, die er vielleicht längst vergessen hatte. Seine Finger streiften über die

Einträge von alten Expeditionen, von verlorenen Tempeln und Funden, die für die wissenschaftliche Welt von unschätzbarem Wert gewesen waren.

Doch heute Abend schienen diese früheren Entdeckungen merkwürdig belanglos. Seine Gedanken kehrten immer wieder zur Kammer zurück. Eine Kammer, die nicht leer gewesen sein konnte. Maggie hatte das Gleiche gespürt und Marcus wusste es auch. Es war ein ungeschriebenes Gesetz unter Archäologen, dass diese kleinen, versteckten Kammern, wie die, die gefunden wurde, niemals leer gelassen wurden. Besonders nicht von den Römern, die mit ihrer Liebe zu Geheimnissen und Symbolik solche Räume errichteten, um Kostbarkeiten, heilige Artefakte oder machtvolle Objekte zu verwahren.

„Warum mussten Fiona und Ted sterben?" murmelte Alfred in die Stille des Zimmers, während er gedankenverloren auf das leere Blatt vor sich starrte. Fiona Hastings war keine beliebige Museumsdirektorin gewesen. Es konnte kein Zufall sein. Nein, das war ausgeschlossen. Diese Tode waren mit Sicherheit keine zufälligen Ereignisse, kein bedauerlicher Unfall.

Alfred konnte das Bild, das sich ihm in Gedanken formte, kaum fassen. Und mittendrin stand Marcus. Der junge Museumsdirektor hatte seit kurzem mehr Verantwortung auf sich geladen, als er vielleicht realisierte. Alfred spürte eine wachsende Besorgnis um den ehemaligen Schüler, den er als einen hellen, aber auch risikofreudigen Geist kannte.

Alfred erhob sich von seinem Schreibtisch und trat zu einem der Regale. Seine Hand glitt über die Buchrücken, bis sie bei einem alten, verstaubten Band verweilte: *Die Römer in Britannien –* eine umfassende, historische Abhandlung über die römische Besatzungszeit in England und die mystischen Artefakte, die angeblich in Britannien zurückgeblieben waren. Die Römer hatten eine Vielzahl solcher Kammern errichtet, jede davon einzigartig, geschaffen als Schutzräume für Gegenstände, die über die Jahrhunderte hinweg als heilig oder gefährlich galten. Alfred erinnerte sich an die Legenden, die besagten, dass einige dieser Artefakte mit Wissen ausgestattet waren, das weit über das hinausging, was die moderne Wissenschaft erklären konnte. Konnte es wirklich sein, dass das, was in der Kammer gelegen hatte, solch ein Artefakt gewesen war?

Er öffnete das Buch und begann, die brüchigen Seiten zu durchblättern, wobei er auf die Kapitel achtete, die von religiösen Kultgegenständen und besonderen römischen Schätzen berichteten, die in den besetzten Gebieten versteckt worden waren. Seine Augen glitten über die detaillierten Beschreibungen römischer Reliquien und mythischer Gegenstände: goldene Statuetten, geheimnisvolle Ringe, antike Pergamente, die angeblich verbotene Weisheiten enthielten.

Seine Gedanken drehten sich weiter, während er die Worte von Marcus bei Maggie erneut im Gedächtnis durchging: „Wenn wir zugeben, dass sich in dieser Kammer wertvolle Gegenstände befunden haben könnten, dann wird das die falschen Leute anziehen." Alfred spürte, wie sich ein beklemmendes Gefühl in seiner Brust breit machte. Es war klar, dass sie über etwas sehr Heikles gestolpert waren, etwas, das nicht nur wissenschaftliches Interesse weckte, sondern eine dunkle Anziehungskraft ausübte, die die falschen Leute in Scharen anlocken konnte.

„Marcus könnte der Nächste sein," flüsterte Alfred leise. Die Morde an Fiona Hastings und dem Wachmann waren eindeutig Warnungen, gezielte Schläge, um sicherzustellen, dass niemand die Wahrheit über die Kammer und deren Inhalt ans Licht bringen würde. Wenn er doch nur eine Ahnung davon hätte, wer oder was hinter diesen Verbrechen steckte, könnte er vielleicht Marcus schützen und möglicherweise das Geheimnis bewahren.

Alfred warf dem Buch in seinen Händen einen entschlossenen Blick zu und nickte sich selbst leicht zu. Am besten, er würde Marcus morgen früh aufsuchen, dachte er. Bis dahin würde er sich durch seine alten Schriften wühlen, vielleicht irgendwo eine Spur finden. Schließlich musste es etwas wirklich Besonderes gewesen sein, was die Römer dort versteckt hatten und was nun von irgendwelchen Fremden gestohlen worden war.

49

Bath, Gegenwart

Alfred saß im dichten Berufsverkehr und dachte darüber nach, was für ein Fehler es gewesen war, zur morgendlichen Rushhour loszufahren. Umgeben von hupenden Kleinwagen, einem viel zu nah heranrollenden Bus und einem Lieferwagen, der sich kaum an die Spur hielt, rieb sich Alfred die Schläfen.

Es war einer dieser Morgen, an denen die Luft dampfte und Bath mit all ihren Pendlern, Fahrradfahrern und Bussen wie eine überfüllte Blechdose wirkte.

Er hatte sich am Vorabend, als der Jaguar verlockend und mit blass glänzenden Scheiben in der Abendsonne vor dem Haus stand vorgestellt, dass er am frühen Morgen mühelos zu Marcus gelangen würde. Doch die Realität war weniger idyllisch, wie so oft.

Der gestrige Abend hatte ihn nachdenklich gestimmt – nein, fast besessen. Stundenlang war er über seine Bücher gebeugt gesessen, mit Lesebrille und einem Whiskyglas, um die Theorien über die Römer und ihre verschollenen Schätze zu entwirren. Irgendetwas musste es doch sein, dachte er, was in dieser Kammer versteckt gewesen war. Alfreds Gedanken schweiften zurück zum Dinner bei Maggie, zu ihren bohrenden Fragen, und zum Mord, der jetzt über allem hing wie ein unsichtbarer Schatten.

Diese Kammer war nicht einfach irgendein leerer Raum. Irgendjemand hatte sich zu viel Mühe gemacht, um sie wieder leer erscheinen zu lassen. Da war Marcus, der das alles vermutlich lieber verdrängen würde, jetzt, da er Museumsdirektor geworden war. Eine Beförderung durch Mord – nicht das übliche Verfahren.

Als der Verkehr sich endlich lichtete, bog Alfred in die schmale Straße ein, in der Marcus wohnte. Es war ein ruhigeres Viertel, mit Stadthäusern aus viktorianischer Zeit, die mit einer Mischung aus Stolz und Verwahrlosung die Jahrzehnte überstanden hatten. Marcus' Haus lag mittendrin, mit einer gepflegten Hecke und einem kleinen Garten. Alfred parkte den Jaguar unter einem alten Baum, der Schatten auf das glänzende Dach warf und den Wagen kühl hielt. Er nahm sich einen Moment, sah zum Haus und atmete tief durch.

Er stieg aus, strich sich den Mantel glatt, und schritt entschlossen die Stufen zum Eingang hinauf. Das Klingelschild glänzte dezent und zeigte keinen Namen, nur eine Nummer – typisch Marcus. Wahrscheinlich wollte er keinen unnötigen Ärger, keine Fragen von neugieriger Presse oder Leuten, die seine neue Rolle im Museum bereits mit Klatsch und Gerede bedacht hatten. Alfred drückte auf den Klingelknopf und hörte das leise Summen, das sich irgendwo in den Tiefen des Hauses verlor.

Er verschränkte die Hände hinter dem Rücken und sah zur Tür, die noch geschlossen blieb. Der Morgen war angenehm kühl, und die

Stille der Straße schien ihm zuzurufen, dass hier ein schwerwiegendes Gespräch auf ihn wartete.

50

Bath, Gegenwart

Jack rollte mit einem müden Ruck auf den Parkplatz vor dem Revier. Es war früh, der Himmel klar und der Berufsverkehr hatte ihm wieder einmal den letzten Nerv geraubt. Der Kampf mit den ständigen Stop-and-Go-Staus, dem Hupen und den drängelnden Fahrern war nicht gerade der sanfteste Start in den Tag. Für einen Moment blieb er einfach sitzen, die Hände noch fest um das Lenkrad geklammert und atmete tief ein, als wollte er die hektische Fahrt aus seinen Lungen verbannen. Die Stille des leeren Parkplatzes war wie ein kleiner Hafen der Ruhe inmitten des Chaos, das er hinter sich gelassen hatte.

Er bemerkte Chris, der mit seiner Sonnenbrille auf der Nase ganz ruhig vor seinem Auto stand, als wäre er der Einzige, der die Sonne tatsächlich genießen konnte.

„Ist bei dir schon Sommer?", rief Jack, der selbst nie sonderlich ein Freund von Sonnenbrillen gewesen war, außer an den wenigen wirklich sonnigen Tagen, und selbst dann nur widerwillig.

Chris drehte sich langsam um, die Brille immer noch auf der Nase. „Immer!", sagte er und lachte.

„Du siehst verdammt gut aus, hat dir das mal jemand gesagt?" Jack schnaubte und ging näher an ihn heran, während er Chris' Erscheinung prüfend betrachtete. Die Brille saß tatsächlich perfekt, als wäre sie für ihn gemacht. „Gibt's irgendeinen Grund, warum du die da trägst? Ist das ein Statement?"

Chris zuckte mit den Schultern. „Es ist ein Statement, Jack. Es sagt 'Ich bin cool und du kannst mir das glauben. '" Er zog die Brille mit einer eleganten Geste ab, um Jack dabei direkt in die Augen zu sehen.

„Ja aber richtig cool!", erwiderte Jack und lachte. „Du kannst dir absolut sicher sein, dass du den ganzen Tag die Aufmerksamkeit auf dich ziehst."

Die beiden sahen sich einen Moment lang an und schüttelten dann beide den Kopf, als wüssten sie, dass es noch viel zu erledigen gab, auch wenn der Tag erst so ruhig begann.

Im Revier war es still. Jack und Chris gingen den Flur entlang und erreichten den Wartebereich. Dort saßen ein paar Leute. Sie nahmen an, es wären die üblichen frühen Vögel, die brav auf ihre Anzeige warteten. Doch schon im nächsten Moment fiel ihnen auf, dass hier etwas nicht stimmte: Drei Männer saßen dort, die definitiv nicht in die Kategorie "durchschnittlicher Zeuge" passten. Kein nervöses Geflüster, kein unruhiges Scharren mit den Füßen – stattdessen eine fast schon lässige Selbstverständlichkeit, die sofort die Aufmerksamkeit auf sich zog. Jack zog die Augenbrauen hoch. Etwas stimmte hier nicht.

„Guten Morgen, meine Herren", sagte Jack und trat vor. Er war der Erste, der die Männer anschaute, und er kam nicht drum rum, ihre Haltung zu bemerken. Die Art, wie sie sich auf den Stühlen zurücklehnten, wie sie einander mit flüchtigen, fast schon fordernden Blicken musterten, war nicht die eines gewöhnlichen Zeugen. Jack warf einen Blick auf Chris, der ebenfalls eine Spur von Misstrauen in den Augen hatte.

„Wollen Sie eine Anzeige machen?", fragte Jack.

Der Mann in der Mitte stand sofort auf, so schnell, dass die anderen fast erschrocken aufblickten. „Superintendent Dawes", sagte er mit einer leichten Verbeugung und einem viel zu selbstbewussten Lächeln, das Jack sofort missfiel. „Und das sind meine Kollegen, DCI Merton und DCI Smith. Wir kommen vom Scotland Yard, Bath ist jetzt unser Bereich."

Die Vorstellung war so kalkuliert, dass sie Jack beinahe den Magen umdrehen ließ. Er nickte höflich, seine Augen allerdings so scharf wie ein Messer. „Detective Sergeant Jack Carter, und das ist Detective Inspector Chris Marsden", stellte er sich und Chris vor. Die Spannung zwischen den beiden Parteien war greifbar. Chris verkniff sich ein spöttisches Lächeln, als er die Männer musterte.

„Was führt Sie in unsere beschauliche Stadt?", fragte Chris und setzte seinen ruhigsten Ton auf, als wäre nichts ungewöhnlich an der Situation. Superintendent Dawes lachte kurz und kalt. „Oh, ich werde ab jetzt die Fragen stellen, Detective Inspector", sagte er.

„Wo ist mein Schreibtisch?" fragte der Superintendent weiter, als er sich mit seiner imposanten Gestalt durch das Büro bewegte. Die Frage kam nicht wie eine Bitte, sondern eher wie ein Statement – als würde er erwarten, dass jeder Raum sofort seinen Wünschen angepasst wird.

Jack hob langsam eine Augenbraue und verschränkte dabei die Arme vor der Brust. Es war eine Geste, die für „Ich bin nicht beeindruckt" stand. „Und an welchen Platz haben Sie gedacht, Sir?".

Dawes zuckte kaum merklich mit den Schultern. Ein dünnes, fast mitleidiges Lächeln verzog sich über sein Gesicht. Es war das Lächeln eines Mannes, der wusste, dass er die Kontrolle hatte. „Mein Platz? Ganz einfach: Dein Platz ist jetzt mein Platz, Detective Sergeant", sagte er, als wäre es das natürlichste der Welt. „Also, zeig uns, wo wir uns setzen können."

Jack ließ sich keine Sekunde aus der Ruhe bringen. Er musterte den Superintendenten für einen Moment, als würde er jedes Detail in ihm aufnehmen, vom Heben der Augenbrauen bis hin zu den kleinen, selbstsicheren Bewegungen, die seine Dominanz zur Schau stellten. Doch statt sofort zu reagieren, schien er die Luft zwischen ihnen noch einen Moment lang zu dehnen, bevor er sich langsam umdrehte.

„Kommen Sie", sagte er schließlich, mit einem Ton, der so ruhig war, dass er fast unverschämt wirkte.

Chris blickte geradeaus, die Frage lag ihm auf der Zunge. „Warum interessiert sich Scotland Yard plötzlich für die Museumsmorde?"

Dawes' Gesicht verhärtete sich sofort. Er wirbelte herum und trat so nah an Chris heran, dass Chris den Geruch von Zigarettenrauch auf seiner Haut spürte. „Weil ich es sage, und das reicht, Inspector", fauchte Dawes, seine Stimme gefährlich leise.

Bath, Gegenwart

Maggie

Vor dem Museum herrschte das übliche Chaos einer Schulklasse auf Ausflug. Kinder in bunten Jacken drängelten, die Rufe und Lacher so laut, dass man kaum glauben konnte, sie hätten vorher eine Busfahrt hinter sich. Die Lehrerin, eine Frau mit strenger Frisur und dem angespannten Gesichtsausdruck eines Menschen, der an diesem Tag bereits zehnmal „Reißt euch zusammen!" gesagt hatte, hielt die Hand hoch wie ein Verkehrspolizist. Die Kinder ignorierten sie, doch sie hielt durch, entschlossen, die Lage in den Griff zu bekommen.

Maggie nahm von alldem kaum Notiz. Ohne den Kindern einen Blick zu schenken, ging sie zielsicher an der chaotischen Szene vorbei durch die schwere Glastür ins Museum.

Drinnen herrschte eine wohltuende Ruhe. Schritte hallten leise auf den Steinfliesen, doch der Empfangsbereich war ansonsten fast leer. Maggie hielt sich nicht lange auf. Sie bog nach links ab, auf einen schmalen Gang, der mit einem großen Schild „Nur für Personal" gekennzeichnet war.

Hinter ihr kam Bewegung auf. Eine junge Frau mit einer auffällig großen Nickelbrille war von der Rezeption aufgestanden und kam mit eiligen Schritten auf Maggie zu. Ihr Gesichtsausdruck schwankte zwischen Skepsis und Entschlossenheit, wie bei jemandem, der sich auf eine unangenehme Auseinandersetzung vorbereitete.

„Entschuldigung, wohin möchten Sie?" fragte die Frau, während sie ihren Schritt beschleunigte. Sie streckte eine Hand aus.

Maggie hielt inne, drehte sich mit einer Bewegung um, die deutlich machte, dass sie keine Eile hatte. „Ich bin hier, um Mr. Lidell zu sehen," sagte sie ruhig und entschlossen.

Die Frau öffnete den Mund, offenbar bereit, einen Vortrag darüber zu halten, wer sich wo aufhalten durfte und wer warum nicht. Doch sie kam nicht dazu.

„Maggie!" rief eine Stimme aus dem Gang.

Am anderen Ende des Korridors stand Marcus Lidell, einen großen Karton in den Armen balancierend. Seine Miene war erschöpft, aber er hatte ein Lächeln für Maggie übrig. „Komm her!" rief er, wobei der Karton bedrohlich in seinen Armen wackelte.

Die Frau mit der Nickelbrille blieb stehen, verwirrt. Maggie schenkte ihr ein höfliches Lächeln. Dann schritt sie an ihr vorbei in Richtung Marcus, der bereits mit einer Kopfbewegung andeutete, dass sie ihm folgen sollte.

„Bin seit sechs Uhr hier," murmelte Marcus, während er den Karton in ein Büro trug. „Die halbe Nacht wach gewesen und jetzt schleppe ich Kisten. Nicht mehr viel übrig, aber ich spüre es schon im Rücken."

Vor der Tür blieb Maggie kurz stehen. Ein kleines Namensschild hing noch an der Seite, „Fiona Hastings" in schlichten Buchstaben. Sie runzelte die Stirn. „Du ziehst wirklich in Fiona Hastings Büro?" fragte sie.

Marcus nickte, öffnete die Tür mit einem Stoß der Hüfte und stellte den Karton ab. „Traurigerweise ja. Ich brauche den Platz, und mein altes Büro wird jetzt neu vergeben. Außerdem..." Er ließ den Blick durch den Raum schweifen. „Es ist nicht so schlecht. Große Couch, schöner Blick. Ist auch nicht so, als hätte ich die Wahl."

Das Büro war beeindruckend, das musste Maggie zugeben. Die Fenster gaben den Blick auf die Stadt frei und der Schreibtisch in der Mitte des Raumes hätte genauso gut aus einem Präsidentenfilm stammen können. Es war der Inbegriff von Autorität, wenn auch ein bisschen übertrieben.

Maggie ließ sich auf die Couch fallen, die sich genauso bequem anfühlte, wie sie aussah. „Die Couch ist hübsch. Perfekt für Besucher. Vor allem für die Polizei, nehme ich an," sagte sie trocken.

Marcus seufzte und ließ sich auf den Schreibtischstuhl fallen. „Du bist witzig heute. Also, was führt dich her?"

Maggie musterte ihn einen Moment lang. „Marcus, wie gut hast du Fiona gekannt?"

Er lehnte sich zurück, die Hände hinter dem Kopf verschränkt. „Nicht besonders gut, um ehrlich zu sein. Sie war meine Vorgesetzte. Höflich, professionell, aber nicht viel mehr. Wir haben nie wirklich privat gesprochen."

Maggie nickte. „Und der Mord?"

Er verzog das Gesicht. „Grauenhaft. Und die Presse... unbeschreiblich. Sie belagern mich jeden Tag. Heute Morgen eine Anfrage aus Irland. Kannst du dir das vorstellen? Aber ich habe keine Antworten für sie. Ich wünschte, ich wüsste mehr."

Maggie ließ ihre Worte mit Bedacht fallen. „Ich hoffe, du hast nichts damit zu tun."

Marcus hob die Augenbrauen, wirkte überrascht, aber nur kurz. Dann nickte er. „Natürlich nicht, Maggie."

Bevor Maggie antworten konnte, öffnete sich die Tür. Drei Männer traten ein, dunkel gekleidet, mit ernsten Gesichtern. Der erste musterte Maggie nur flüchtig, bevor er Marcus ins Visier nahm. „Mr. Lidell. Scotland Yard. Wir müssen mit Ihnen reden."

Maggie versuchte, sich aus der tiefen Couch zu erheben, aber das Möbelstück machte es ihr nicht leicht. Die drei Männer beobachteten sie steif, ohne Anstalten zu machen, ihr zu helfen. Schließlich stand Marcus auf, ging zu ihr und griff unter ihren Arm, um sie hochzuziehen.

„Danke mein Lieber!" sagte Maggie, als sie endlich stand. Sie hielt inne, sah ihn einen Moment lang eindringlich an, dann verließ sie das Büro, ohne ein weiteres Wort zu sagen. Scotland Yard?

52

Eburacum (heut. York), Vergangenheit

Gaius

Es war ein eher unscheinbarer Mann, der in das Lager trat, ein bisschen aus der Puste, wie jemand, der lieber zu lange wartete, um dann etwas eiliger zu gehen. Er war nicht der erste Bote, der diesen Abend ankam. Boten kamen und gingen wie die Gespräche der Offiziere, immer fließend, immer ein wenig wie Hintergrundgeräusche. Gaius hatte sich gerade bei dem Praefectus eingefunden, um mit ihm das weitere Vorgehen zu besprechen.

„Ein gewisser Hesperius", sagte der Wachposten, der ihm den Weg durch das Lager gewiesen hatte, als er den Boten an das Zelt des Praefectus brachte. „Er hat mir gesagt, er hätte eine Nachricht für Sie, Praefectus Castrorum"

„Und, woher kommt er?" Marcus' Stimme war ruhig. Hesperius war kein Name, den man täglich hörte.

„Vom Osten", sagte der Wachmann. Gaius sah ihm an, dass dieser selbst nicht mehr wusste.

Der Praefectus nickte und der Bote trat ein, seinen Staub von den Sandalen klopfend. Hesperius war kein großer Mann, eher schmal und von einer Art Nervosität, die man normalerweise bei jemandem fand, der zu lange auf einem Pferd gesessen hatte. Er reichte dem Praefectus das Pergament, das in einem grob gewickelten Tuch verstaut war, die Ecken vom langen Transport zerknittert.

„Ich habe es von einem Pikten am Rande des Waldes erhalten", sagte Hesperius, während er sich bemühte nicht zu nervös zu wirken. Marcus ließ seine Augen über das Pergament wandern. Die Nachricht war kurz.

„Sie greifen an. Sie wollen den *Aquila*", las Marcus laut vor. Der *Aquila* – der römische Adler, das unantastbare Symbol ihrer Legion.

Es war, als ob das ganze Zelt plötzlich ein Stück kleiner wurde. Lucius, der sich normalerweise in den offiziellen Diskussionen zurückhielt, trat einen Schritt vor. „Und was machen wir jetzt?" fragte er, seine Stimme war ruhig, aber man konnte die Spannung hören.

„Sie fordern den Adler", sagte Gaius mit einem halben Lächeln in seine Richtung, das eher wie ein schiefes Zucken wirkte. „Und wie es aussieht, bekommen wir nicht einfach die Wahl, ob wir ihn ihnen überlassen oder nicht."

Ein Murmeln ging durch die Reihen der Offiziere, doch Gaius behielt einen kühlen Kopf. Er hatte gewusst, dass es irgendwann so weit kommen würde. Doch dass es gerade jetzt, in diesem Moment, so plötzlich und fast beiläufig über sie hinwegrollte – das hatte er nicht erwartet.

Hesperius wartete still. Gaius bedeutete ihm, sich zu setzen. „Hast du noch etwas anderes gehört? Etwas, das uns weiterhelfen könnte?"

Der Bote räusperte sich, bevor er antwortete. „Nicht viel, außer dass sie sich vorbereiten. Es gibt einen Angriff, das steht fest. Und sie sind sicher, dass der Verlust des *Aquila* euch Römer brechen würde. Vielleicht wird es schon in den nächsten Tagen geschehen."

Gaius' Blick verfinsterte sich.

Die Dämmerung war bereits hereingebrochen, als sie sich auf den Weg machten. Der Adler, das goldene Symbol ihrer Macht und Ehre, war noch immer an seinem gewohnten Platz – doch das durfte nicht so bleiben.

Mit jeder Fackel, die sie trugen, schien die Dunkelheit um sie dichter zu werden. Decimus, immer noch verletzt, ging langsam voran. Sein Schritt war schwer, aber entschlossen. Das Versteck war nicht groß. Ein Raum unter dem Zeltbereich, verborgen durch Schichten von Erde und alten Trümmern.

„Das ist unsere letzte Chance", sagte Marcus, seine Miene ernst, als er in die Dunkelheit starrte. „Wenn es hier jemanden gibt, der mehr weiß als er zugeben will, dann wissen wir es bald. Männer, nur wir drei wissen, wo sich der Aquila befindet. Wir sprechen mit niemandem."

Gaius nickte und nahm den *Aquila* behutsam in seine Hände. Die goldene Statue glänzte im schwachen Licht der Fackeln, fast lebendig in seiner Hand.

53

Bath, Gegenwart

Eliza starrte auf den Bildschirm, den blinkenden Cursor, der sie beinahe höhnisch daran erinnerte, dass der Artikel noch nicht geschrieben war. Es ging um eine Ausstellung über historische Teekannen. Ein solides, wenn auch nicht gerade aufregendes Thema, aber es musste bis heute Abend fertig werden. Leider schrieb sich der Artikel nicht von selbst, sondern fühlte sich eher an, als müsste sie jedes Wort mühsam aus einer fast leeren Zahnpastatube herausdrücken.

Sie hob den Blick. Sarah saß ihr gegenüber, den Kopf über ihr Handy gebeugt, die Finger flogen nur so über ihrem Display. Eliza konnte nur raten, was sie da tat – Social Media, Nachrichten, vielleicht ein besonders kompliziertes Spiel? Was auch immer es war, es hatte mit Sicherheit nichts mit Arbeit zu tun.

Eliza seufzte. Es hatte keinen Zweck, weiter hier zu sitzen und auf das leere Dokument zu starren. Sie musste den Kopf freibekommen. Eine Runde um den Block würde helfen. Sie stand auf, griff nach ihrer Jacke und zog sie an, laut genug, dass Sarah es hätte bemerken können. Aber Sarah hob nicht einmal den Kopf. Typisch.

Eliza steckte die Hände in die Taschen und trat hinaus auf die Straße. Die kühle, klare Vormittagsluft war eine willkommene Abwechslung. Es war stiller, als sie gedacht hatte. Nur ein paar Autos fuhren vorbei.

Während sie langsam die Straße hinunterging, wanderten ihre Gedanken, wie so oft in letzter Zeit, zu den Morden, die Bath erschüttert hatten. Alles hatte mit Ted Barrow angefangen. Er war Nachtwächter im Museum gewesen, ein ruhiger Mann, der seinen Job machte und niemandem auffiel. Bis er tot war. Ermordet mit einem Messer oder Dolch. Es war ein brutaler Mord gewesen, der alle schockiert hatte.

Und dann war da Fiona Hastings, die Direktorin des Museums. Eliza erinnerte sich an die merkwürdige Pressekonferenz kurz nach dem Mord an Ted. Fiona hatte dabei keine besonders gute Figur gemacht, das war Eliza sofort aufgefallen. Vor allem, als jemand sie nach ihrer Zeit im British Museum fragte. Sie hatte sichtbar gezögert, bevor sie antwortete. Eliza hatte sich damals gefragt, warum.

Nicht lange nach dieser Pressekonferenz war auch Fiona tot. Vergiftet. Ein langsames, schwer nachweisbares Gift, das die Ermittler zunächst verwirrt hatte. Zwei Morde, zwei verschiedene Methoden, aber beide irgendwie mit dem Museum verbunden. Und dann war da noch diese Kammer.

Die Kammer im Museums war angeblich leer gewesen. Aber Gerüchte sagten etwas anderes. Manche behaupteten, dort wäre etwas gefunden worden. Ein Schatz, ein seltenes Artefakt, oder vielleicht etwas, das besser hätte verborgen bleiben sollen.

Niemand wusste es genau, aber irgendwie schien diese Kammer im Zentrum der ganzen Sache zu stehen.

Eliza blieb an einer Straßenecke stehen und sah sich um. Die Stadt wirkte so ruhig, so normal. Aber es war, als hätte sich etwas verändert, unsichtbar, aber spürbar. Zwei Morde in so kurzer Zeit. Das war kein Zufall. Oder? Sie schüttelte den Kopf und setzte ihren Weg fort.

54

Kensington, Gegenwart

Arthur

Arthur lag ausgestreckt in dem breiten Gästezimmerbett, die Sonne stahl sich durch die Fensterläden und traf sein Gesicht gerade im richtigen Winkel, um ihm langsam die Augen zu öffnen. Ein bisschen verwirrt blinzelte er zur Uhr auf dem Nachttisch. Zwölf Uhr. Zwölf! Arthur richtete sich leicht auf und schüttelte ungläubig den Kopf. Er konnte sich nicht erinnern, wann er das letzte Mal so lange geschlafen hatte. Ein Zeichen, dass er sich wirklich entspannte, seit langem zum ersten Mal.

Seine Gedanken schweiften zurück zu der Nacht. Ein feiner Abend, das musste er zugeben.

Arthur hatte am Anfang etwas zurückhaltend gewirkt, schließlich hatte er Gideon und Amalia seit Jahren nicht gesehen. Doch nach einer Weile hatte er begonnen, langsam aufzutauen. Amalia und Gideon waren auf eine charmante, fast mühelos herzliche Weise ganz die Alten geblieben. Der Abend war bald mit Geschichten ihrer Reise nach Namibia und Südafrika gefüllt gewesen, als wären sie längst nicht zurück in England, sondern noch immer irgendwo zwischen der Kalahari und den weiten Savannen von Etosha unterwegs.

Amalia hatte das Erzählen übernommen: „Es war ein Spektakel, Arthur. Stell dir eine Elefantenherde vor, keine zehn Meter entfernt am Wasserloch und dazwischen? Nur wir in einem Jeep!" Sie hatte innegehalten und zu ihrem Mann geschaut, der ein Bild nach dem anderen auf die moderne Leinwand projiziert hatte, die er vor ein paar Monaten für Amalia im Wohnzimmer installieren ließ. Arthur, der eigentlich ein alter Fan von Fotoalben und wenig für technische Spielereien übriggehabt hatte, musste zugeben, dass die Bilder auf dieser Leinwand beeindruckend wirkten. Da standen sie, Gideon und Amalia, mit weit aufgerissenen Augen und einem Lächeln, das zugleich staunend und ehrfürchtig wirkte, neben einem Jeep mit Löwen im Hintergrund und endlosem Himmel darüber.

Der Wein war erstklassig gewesen. Fast schon zu gut für Arthurs Geschmack. Ein tiefdunkler Bordeaux mit Noten von Cassis und schwarzem Pfeffer. Arthur war bei britischem Bier geblieben, das ihm sympathischer gewesen war, aber Gideon und Amalia hatten ihre Gläser wie Kenner genossen. Zum Essen hatte es ein Menü gegeben, das ein Fine-Dining-Restaurant aus der Stadt geliefert hatte: Makrelen-Tatar, Wildpastete und zum Abschluss ein süßes Törtchen mit Schokolade und Meersalz.

„Das ist ja fast zu viel," hatte Arthur amüsiert kommentiert, „kommt das hier jeden Abend so?" Amalia hatte gelacht, und trocken gemeint: „Kochen überlasse ich gerne denjenigen, die es richtig gut können."

Nach einer Weile hatten sie das Gespräch zu Arthur und seiner Zeit in Bath gewechselt. Er hatte zuerst nur in kurzen, wortkargen Sätzen gesprochen und ein paar Leute erwähnt, die ihm begegnet waren. Nach einer Weile hatte Amalia die Serviette beiseitegelegt und Arthur interessiert angesehen. „Ich habe gelesen, dass es dort Morde gegeben hat? Stimmt das?"

Arthur hatte kurz gestutzt. Er hatte nicht erwartet, dass die beiden davon wussten. Doch dann hatte er genickt und begonnen zu erzählen. Langsam und mit wachsender Aufregung hatte er die rätselhaften Todesfälle beschrieben, die Bath erschüttert hatten: zuerst der arme Ted Barrow. Dann Fiona Hastings.

„Ein Mord, erstochen und dann noch einer mit Gift?" Gideon hatte sich vorgebeugt und die Stirn in Falten gelegt.

Arthur hatte den Kopf geschüttelt und geseufzt. „Das ist ja das Merkwürdige, Gideon. Zwei Morde, ganz unterschiedliche Methoden, und doch sind sie irgendwie verbunden. Es gibt dieses alte Gemäuer, die Kammer im Museum. Angeblich war sie leer, doch manche glauben, dass dort etwas versteckt war."

Amalia hatte ihre Hand auf den Arm ihres Mannes gelegt und Arthur ernst angesehen. „Und du bist sicher, dass das Museum oder die Kammer nicht mehr mit diesen Morden zu tun haben könnte?"

„Sicher bin ich nicht. Es ist schon merkwürdig."

Amalia hatte sich zurückgelehnt und Arthur prüfend angesehen.

Als es spät geworden war, hatten sie sich verabschiedet und Arthur hatte sich in das Gästezimmer zurückgezogen. Mit einer Ruhe, die ihn selbst überrascht hatte, war er rasch eingeschlafen.

Und nun saß er im Bett, das Licht fiel durch die Fensterläden und ein Gefühl der Zufriedenheit überkam ihn. Ein Wochenende bei alten Freunden. Das hatte ihm gefehlt. Es war gut, alte Freunde um sich zu haben.

55

Bath, Gegenwart

Jack und Chris saßen allein an einem Tisch am Fenster des Pubs, das spätnachmittägliche Licht schimmerte matt durch die Scheiben. Die zwei hatten bereits das dritte Bier vor sich, in einer Art stillem Einklang – sie sprachen kaum, jeder hing seinen eigenen Gedanken nach. Es war ruhig, als hätten sie den Raum ganz für sich allein.

David kam von der Bar herüber, drehte einen Stuhl quer vor sich und setzte sich mit einem schiefen Grinsen zu den beiden. „Nichts für ungut, Jungs, aber dürft ihr in eurer Dienstzeit überhaupt saufen?" fragte er und zog dabei eine Augenbraue hoch.

Jack schnaubte und schob sein Glas leicht von sich weg. „Wir sind nicht mehr im Dienst," murmelte er und betrachtete die feinen Schlieren, die das Glas auf dem Holztisch hinterließ.

Chris, der das ganze Thema noch ein bisschen bitterer zu nehmen schien, schüttelte den Kopf. „Streng genommen sind wir schon noch im Dienst, Kumpel. Nur eben nicht mehr an dem Fall dran." Er nahm einen Schluck und zog eine Grimasse.

„Was bleibt uns denn jetzt? Verkehrskontrollen, verwirrte Katzen von Bäumen retten, mal ein verlorenes Fahrrad suchen, wenn's hochkommt. So ungefähr läuft's jetzt bei uns."

David zog fragend die Stirn in Falten. „Ihr seid also runter vom Fall? Was ist denn passiert?"

Jack und Chris tauschten einen Blick. „Scotland Yard übernimmt jetzt die Ermittlungen an den Morden. Offenbar sind wir kleinen Lichter da überfordert."

Davids Augen weiteten sich leicht. „Ach, die waren auch hier im Pub," meinte er. „Haben auf ein Bier bestanden, obwohl eigentlich schon Sperrstunde war."

Jack und Chris schwiegen einen Moment und schauten sich dann wieder an, diesmal nachdenklicher. Es war tatsächlich seltsam, dass sich Scotland Yard für diesen Fall interessierte. Zwei Morde in einer kleinen Stadt wie Bath waren tragisch, aber in London kam das doch öfter vor. Dass die Ermittler aus der Hauptstadt ausgerechnet jetzt hier auftauchten, konnte kein Zufall sein.

David lehnte sich leicht vor, als wäre ihm noch ein Gedanke gekommen. „Vielleicht hat's was mit dieser Kammer zu tun?".

Diese merkwürdige Kammer, die plötzlich gefunden worden war und das Museum seitdem nicht mehr aus den Schlagzeilen ließ. Angeblich war sie leer gewesen, zumindest hatte das Museum das behauptet. Doch die Gerüchte, dass irgendetwas darin entdeckt worden war, wollten einfach nicht verstummen.

„Hmm" murmelte Jack „Warum sollte Scotland Yard ein derartiges Interesse an zwei Morden hier in Bath haben? Wegen der Kammer?"

Chris tippte mit dem Finger ans Glas. „Schon komisch, oder? Zwei Morde, und dann ist plötzlich die große Stadtpolizei hier."

Chris zuckte die Schultern. „Oder sie haben Angst, dass etwas in die falschen Hände gerät. Vielleicht geht's ja gar nicht um Geld oder Wertvolles, sondern um Wissen, das besser niemand erfährt."

David schüttelte den Kopf und grinste leicht. „Ihr denkt doch nicht, dass da irgend so ein alter Schatz oder ein finsteres Geheimnis drin war, oder? Ich meine, das klingt wie aus einem Krimi."

Jack blieb ernst. „Vielleicht klingt's abenteuerlich, aber wir haben zwei Tote."

56

Bath, Gegenwart

Es war ein ungewohnter Abend, ein spontanes Zusammentreffen, das keiner so wirklich erwartet hatte. Zum zweiten Mal in kürzester Zeit hatte sich der Kern von Bath, der auch bei der Pressekonferenz im Museum anwesend gewesen war, erneut versammelt. Doch diesmal war die Kulisse eine andere, die Gastgeber ebenso: Scotland Yard.

Eliza konnte den Adrenalinschub förmlich spüren, der sie durchströmte, als sie zusammen mit Sarah in der ersten Reihe Platz nahm. Es war einer dieser Momente, in denen sie sich lebendig fühlte, als ob der Tag endlich wieder etwas Schwung bekam. Sie konnte es kaum erwarten, mehr zu erfahren.

Als die Tür aufging, trat das Trio ein. Die ersten beiden Männer, in makellosen Anzügen, schritten selbstbewusst und ruhig an den Tisch. Der dritte, mit scharfem Blick, folgte, und Eliza musste sich ein leises Lächeln verkneifen. Sie war ein wenig fasziniert von der starken Präsenz, die dieser Mann ausstrahlte. Wie alt mochte er sein? Knapp über 40?

Die Tische waren lang und aus dunklem Holz, das in schlichten, eleganten Pressekonferenz-Räumen üblich war, mit mikrofonbestückten Stellplätzen, die für Journalisten und Fotografen vorgesehen waren. Gegenüber dem Podium saßen die Polizisten nun an einem der Tische, die Mikrofone vor sich, während das Licht der Scheinwerfer auf sie fiel. Eliza warf einen kurzen Blick auf die versammelten Gesichter, die gleichermaßen gespannt wie kritisch blickten, bevor sie ihren Blick wieder auf die drei Männer richtete, die nun Platz nahmen.

„Guten Abend", begann einer der Polizisten, ein groß gewachsener Mann und einer tiefen, ruhigen Stimme. „Mein Name ist SI Dawes, und dies hier sind meine Kollegen, DCI Merton und DCI Smith. Wir haben die Ermittlungen in Bezug auf die Morde an Ted Barrow und Fiona Hastings übernommen."

Er hielt inne und ließ die Namen der beiden Opfer in der Luft hängen. Eliza spürte, wie der Raum fast unmerklich zu einem tieferen Atemzug ansetzte, als ob jeder in Erwartung von etwas Großem war. Sie wusste es besser. In dieser Stadt war noch nichts geklärt.

„Die Ermittlungen werden nun von Scotland Yard koordiniert", fuhr Dawes fort. „Und wir möchten betonen, dass alle Informationen künftig nicht mehr an die lokale Polizei weitergegeben werden, sondern direkt an uns."

Die Worte, die er wählte, waren scharf und unmissverständlich. Es war kein subtiler Hinweis auf Inkompetenz. Es war eine klare Feststellung, dass die Polizei vor Ort ihrer Aufgabe nicht gerecht geworden war.

Sarah und Eliza tauschten einen Blick.

Plötzlich meldete sich ein Mann aus der letztem Reihe, der seine Frage laut und bestimmt in den Raum stellte. Er warf einen Blick auf die Kamera und dann direkt auf Dawes. „Könnte es sich bei diesen Morden möglicherweise auch um etwas anderes handeln? Ein Zusammenhang mit der Kammer im Museum, zum Beispiel?"

Eine gute Frage. Ein aufgeregtes Murmeln ging durch den Raum. Dawes Gesicht blieb dabei ausdruckslos, als er den Blick des Mannes aufnahm. „Nun, was die Kammer betrifft", begann er langsam, „Ich denke nicht, dass wir uns in Spekulationen verlieren sollten."

Ein weiterer Reporter erhob die Hand, diesmal ein junger Mann vom lokalen Abendblatt, der sich einen Stift zurechtrückte, während er fragte: „Haben Sie bereits mit den Ermittlungen begonnen? Wenn ja, wo stehen Sie?"

Die Antwort kam prompt und ohne Zögern. „Wir haben bereits einen Termin für ein Gespräch mit dem neuen Museumsdirektor vereinbart", sagte Dawes. „Das wird in den nächsten Tagen stattfinden. Weitere Details gibt es noch nicht."

Es war die Art von Antwort, die wenig Informationen preisgab, aber auf der anderen Seite auch keine Fragen aufwarf. Kein Fortschritt, keine Verdächtigen, nur allgemeine Floskeln. Eliza konnte sehen, wie die Journalisten ihre Notizen machten, einige schienen enttäuscht, andere wiederum fasziniert.

„Das war's von unserer Seite", schloss Dawes schließlich. „Danke für Ihre Aufmerksamkeit. Bei weiteren Fragen wenden Sie sich bitte direkt an uns."

57

Bath, Gegenwart

Maggie

Der Dampf des Tees, der langsam aus der Tasse emporstieg, vermischte sich mit der leichten Kühle des Raums. Maggie ließ ihren Blick über die Seiten eines schweren Buches gleiten, das auf ihrem Tisch lag. Es war eines dieser historischen Werke, das sich mit der römischen Geschichte beschäftigte.

Sie warf einen Blick auf die Karte, die auf der gegenüberliegenden Seite abgebildet war, wo das alte Rom mit seinen weitläufigen Straßen und prunkvollen Bauwerken zu einer Zeit existiert hatte, als das Leben in Bath noch nicht einmal im vagen Schatten dieser Blütezeit stand. Ihr Finger strich über die Linien, die das Imperium markierten. Sie dachte an die Vielzahl an Kriegen, Schlachten und dem stetigen Aufeinandertreffen von Macht und Zerfall, die den Verlauf dieser Ära geprägt hatten.

Ein leises Summen unterbrach ihre Gedanken. Sie hatte das Handy auf dem Tisch liegen. Maggie griff nach der Tasse, nahm einen Schluck und warf einen Blick auf den Display. Es war eine Nachricht von Marcus. Sie blinzelte ein paar Mal, bevor sie es wirklich begriff, dann stellte sie das Handy auf den Tisch und legte die Brille ab, die sie beim Lesen auf der Nase getragen hatte.

„Kannst du dich noch an meine Schwester erinnern, die 1999 verstorben ist?" lautete die Nachricht.

Maggie starrte auf den Bildschirm, als ob die Worte sich in etwas anderes verwandelten, das sie nicht ganz verstehen konnte. Ihr Blick wanderte zum Fenster.

Draußen war es tiefdunkel, die Nacht hatte sich längst über die Stadt gelegt, und der Himmel war schwer von Wolken. Kein Mond, keine Sterne, nur Schwärze, die sich wie ein dichter Vorhang über alles zog. Die Straßen waren leer, die wenigen Lichter, die noch brannten, warfen blasse Reflexionen auf das feuchte Asphalt, als ob sie die Dunkelheit nicht ganz vertreiben konnten. Ein letzter Blick auf das Handy, dann tippte sie zögerlich ihre Antwort: „Beth, oder?"

Der Bildschirm blieb dunkel.

58

Bath, Gegenwart

Arthur

Arthur und Graham standen an einem der Tische im Pub. Der Raum war nur schwach erleuchtet, die Lampen über den Tischen warfen warmes Licht auf die grünen Tücher, auf denen die weißen Kugeln in geordneten Reihen lagen. Das Geräusch der Billardkugeln, die aufeinanderprallten und in die Taschen rollten, mischte sich mit dem gedämpften Stimmengewirr der wenigen Stammgäste, die den Abend noch im Pub verbrachten.

Arthur hatte sich bereits an den Tisch begeben und betrachtete die Kugeln mit einem leicht konzentrierten Blick, als würde er den perfekten Moment abwarten. Er nahm den Queue in die Hand, fühlte das kühle Holz, das angenehm in seinen Fingern lag und visierte die weiße Kugel an. Einen Augenblick lang blieb er ruhig, dann schlug er zu, die weiße Kugel rollte, traf die rote und versenkte sie geschickt in einer der Taschen. „Das war Glück", murmelte er und grinste, als er sich wieder aufrichtete. „Aber das nehme ich mit."

Graham trat einen Schritt zurück und verschränkte die Arme, während er Arthur aufmerksam zusah. „Du hast wohl wirklich das

Talent dazu, alte Schwächen zu verbergen", sagte er und ließ seinen Blick auf die Kugeln gleiten, die noch immer in einer perfekten Aufstellung auf dem Tisch lagen. Dann ging er um den Tisch herum, um sich die nächste Kugel genau anzusehen.

David, der an der Bar stand und den beiden zusah, stieß sich leicht mit den Händen ab und schaute aufmerksam auf die Szene. „Ihr macht das wirklich gut", rief er, als Arthur einen weiteren Schlag aus der Entfernung versenkte.

Graham wartete einen Moment, bevor er nachfragte: „Wie war es am Grab deiner Frau?"

Arthur starrte einen Moment auf den Tisch, als ob die Frage eine unsichtbare Wand in ihm aufgeworfen hatte. Er sah Graham an, ein kurzes Zucken in seinem Blick, bevor er wieder zu Boden blickte. „Ich denke gut", sagte er ruhig und winkte leicht ab, als wolle er die Frage wegschieben.

Graham nickte, als würde er verstehen. Arthur verschob das Gespräch: „Es stimmt also, dass Scotland Yard jetzt den Fall übernommen hat?"

Graham stieß einen leisen Seufzer aus, als er mit einem gezielten Schlag die nächste Kugel versenkte. „Ja", murmelte er. „Sarah hat es mir und Penny gestern erzählt. Sie war bei der Pressekonferenz am Abend. Und dann wurde es offiziell. Scotland Yard übernimmt."

David, der während des Gesprächs aufmerksam zugehört hatte, trat nun etwas näher. „Du hast ganz schön viel verpasst, Art. Glaubst du, du kennst die Polizisten, die übernehmen? Vielleicht ehemalige Kollegen?" fragte er.

Arthur schüttelte den Kopf. „Nein, ich denke nicht. Auch Scotland Yard ist dynamisch, man glaubt es kaum." antwortete er und zwinkerte.

In diesem Moment klingelte Graham's Handy, er zog es aus der Tasche, ohne dabei den Blick von den Kugeln zu lösen. Er ging ein paar Schritte zur Seite und nahm ab. „Hallo? Penny?", hörte man ihn sagen, während er die Hand ans Ohr hielt. Es war eine Weile ruhig, aber dann veränderte sich sein Gesichtsausdruck. Die Farbe verließ seine Wangen und er hielt das Handy fester.

Arthur und David tauschten einen schnellen Blick. Graham legte das Handy langsam weg und drehte sich zu ihnen um. „Marcus Lidell ist tot."

VIERTER TEIL

59

Eburacum (heut. York), Vergangenheit

Gaius

Gaius saß an einem groben Holztisch, umgeben von den anderen Offizieren der Legion. Die Nachricht von Hesperius über die Pikten und ihrem drohenden Angriff verbreiteten sich rasch, doch hier, inmitten des Lagers, war es stiller als erwartet.

Heute war das Mahl etwas üppiger als gewöhnlich. Marcus, der an seiner Seite saß, hatte darauf bestanden, dass sie sich wenigstens für einen Moment der harten Realität entziehen sollten. Es gab gebratenes Schweinefleisch, das mit Rosmarin und Knoblauch gewürzt war, und frisch gebackenes Brot, das von den Frauen aus dem nahegelegenen Dorf geliefert worden war. Dazu servierte man in einfachen Krügen starken Wein, der den harten Tag ein wenig erträglicher machte.

„Gaius, probier das hier", rief Marcus, während er sich ein großes Stück Fleisch auf den Teller schob. „Es ist besser, als der krude Eintopf von gestern."

Gaius lächelte knapp und nahm einen Bissen. Das Fleisch war zart, das Aroma von Rosmarin stieg ihm in die Nase. Tatsächlich hatte

Marcus recht – es war ein Festmahl, wie es selten in diesen tristen Zeiten serviert wurde.

Am Tisch saßen auch Lucius und Decimus. Der Optio hatte sich selbst in einen Sitzkissenhaufen im hinteren Teil des Zeltes gesetzt. Auch er griff dankbar nach dem saftigen Fleisch. Seine Bewegungen waren langsam, aber er hatte in den letzten Tagen deutlich Fortschritte gemacht.

„Du hast den ganzen Tag mit den Karten und Berichten verbracht, Gaius", stellte der Tribunus fest. „Ein wenig Entspannung kann nicht schaden."

„Du hast recht", antwortete Gaius kurz, aber seine Augen verweilten weiter auf dem Tisch, als er einen weiteren Bissen nahm.

Die anderen Offiziere lachten leise, während das Gespräch immer wieder auf unterschiedliche Themen abschweifte. Gaius konnte nicht abschalten. Der Gedanke an den bevorstehenden Angriff der Pikten ließ ihn keine Ruhe.

„Ich habe mit den Spähern gesprochen", sagte Gaius und blickte von seinem Teller auf. „Der Angriff könnte jeden Moment kommen. Wir sollten uns auf das Schlimmste vorbereiten."

„Nun, das ist ja nichts Neues", murmelte Marcus und goss sich etwas Wein ein. „Das sagen sie schon seit Tagen."

Bath, Gegenwart

Die Menge hatte sich dicht um das frische Grab versammelt, eine Mischung aus Freunden, Bekannten und all den Menschen, die scheinbar immer bei solchen Anlässen auftauchten. Einige hatten ernste Gesichter, andere ein Hauch von Neugierde in ihren Blicken, fast so, als wäre die Beerdigung mehr Spektakel denn Abschied. Aber in der Mitte dieses Trauerkreises stand das Herz des Geschehens: die junge Witwe von Marcus Lidell, mit ihrem tiefschwarzen Mantel, der sie nicht gegen die schneidende Kälte zu schützen vermochte, und den beiden kleinen Mädchen an ihrer Seite.

Die Kinder hielten fest an selbstgemalten Bildern, die ihre farbigen Kritzeleien auf dem Papier leuchten ließen wie ein unerwarteter Lichtpunkt in der grauen Szenerie. Marcus' Frau, den Tränen nahe, dass ihre Schultern zitterten, klammerte sich an den Arm einer Freundin, die vergeblich versuchte, ihr etwas Trost zu spenden. Ein bitteres Schluchzen brach schließlich aus der Witwe hervor, laut genug, dass selbst die weiter hinten stehenden Anwesenden es hörten. Jack und Sarah tauschten einen raschen Blick. Beide hatten die Hände tief in den Manteltaschen vergraben, die Köpfe leicht gesenkt.

Arthur stand etwas abseits, fast so, als wollte er vermeiden, zu sehr in den Sog des Geschehens hineingezogen zu werden. Neben ihm lehnte David. Er schob die Hände in seine Jackentaschen und folgte mit den Augen der Szene. „Traurig, oder?" murmelte er, ohne Arthur anzusehen. Arthur nickte knapp.

Auf der anderen Seite des Friedhofs stand Maggie mit Eliza und Alfred. Alfred hatte sich in einen geschmackvollen Designeranzug geworfen, dessen marineblaue Wolle nicht eine einzige Falte zeigte. Maggie sah zu ihm hinüber und konnte sich ein Schmunzeln nicht verkneifen. Er hatte es wirklich geschafft, wie immer, absolut makellos auszusehen, sogar inmitten dieser trostlosen Kulisse. Eliza dagegen hatte einen dunklen Mantel gewählt, ihre Hände steckten fest in dicken Handschuhen. Sie betrachtete das Bild der Kinder, die ihre Bilder jetzt zaghaft neben den Sarg legten, und biss sich auf die Lippe. „Das ist das Schlimmste, oder?" flüsterte sie, eher zu sich selbst als zu jemand anderem.

Der Pastor sprach mit gedämpfter, warmer Stimme, seine Worte. „Wir verabschieden uns von Marcus Lidell, einem Mann, Ehemann und Vater, der geliebt wurde, dessen Verlust uns alle tief trifft." Die Witwe schluchzte erneut, und die Freundin zog sie näher an sich heran.

„Ziemlich viele Leute hier," sagte David, der immer noch neben Arthur stand. „Ich dachte nicht, dass er so bekannt war." Arthur schüttelte leicht den Kopf. „Manchmal sagt die Menge mehr über den Schock aus als über die Person."

Als der Pastor seine Ansprache beendete, begann sich die Menge langsam aufzulösen, wie Wasser, das über den Rand eines Glases schwappt. Einige traten an die Witwe heran, um ihr Beileid auszusprechen, andere machten sich gleich auf den Weg zurück zu ihren Autos, froh, die Kälte hinter sich zu lassen.

Graham, der mit Penny gestanden hatte, rieb sich die Hände, die rot von der Kälte waren, und ging zu Sarah und Jack hinüber. „Ich hätte nicht gedacht, dass es mich so mitnimmt," sagte er leise, seine Stimme ein wenig rau. Sarah nickte, blickte hinüber zu den Kindern, die jetzt dicht an ihre Mutter gedrängt standen.

Die Witwe wurde von ihrer Freundin zum Ausgang des Friedhofs geführt, die beiden Mädchen an ihrer Seite, die ihre kleinen Hände schützend umklammerten. Die Bilder, die sie gemalt hatten, lagen nun still und farbenfroh auf dem dunklen Grab, ein letzter kindlicher Gruß inmitten der kalten, schweren Erde.

Sarah, Jack, Penny und Graham folgten der Menge langsam in Richtung der Friedhofstore, ihre Schritte vorsichtig, als hätten sie Angst, den Moment durch Eile zu entweihen. Maggie und Eliza gingen zusammen mit Alfred.

Arthur schob die Hände in die Taschen seines Mantels und machte sich schließlich mit David ebenfalls auf den Weg. Der Wind wurde stärker, trieb den letzten Rest Nebel über die Gräber hinweg. Bevor er den Friedhof verließ, warf er noch einen letzten Blick zurück. Das Grab war nun von allen verlassen, bis auf die Bilder der Mädchen, die sich trotzig gegen die hereinbrechende Dämmerung leuchtend behaupteten.

61

Bath, Gegenwart

Maggie

Alfred griff nach einer Serviette und strich sich damit über die Fingerspitzen, obwohl sie nicht wirklich schmutzig waren. „Warum gibt es in Cafés eigentlich immer diese winzigen Zuckertütchen? Man braucht mindestens drei, um den Kaffee trinkbar zu machen."

Das Café war klein und ein wenig chaotisch, als hätte jemand gerade erst versucht, es für den Tag herzurichten, aber dann mitten im Prozess aufgegeben. Die Tische waren aus dunklem Holz, ein wenig abgestoßen an den Kanten und das Geschirr ein Sammelsurium von Mustern und Farben. Es roch nach frisch gebrühtem Kaffee, und von der kleinen Theke drang das leise Klappern von Tassen und Löffeln herüber.

Vor Alfred stand ein schwarzer Kaffee, der inzwischen halb leer war, daneben ein Scone, den er nur angeknabbert hatte. Maggie hatte sich für einen Latte entschieden und stocherte mit ihrer Gabel in einem Zitronenkuchen herum, den sie eigentlich ziemlich lecker fand, der aber eher als Beschäftigung diente.

„Lass uns über die Kammer reden. Ich habe nachgeforscht."

„Natürlich hast du das," sagte Maggie trocken und setzte ihre Gabel ab. „Und was hast du herausgefunden?"

„Dass sie nicht leer gewesen sein kann." Alfred lehnte sich vor und sprach leise, als ob jemand mithören könnte. „Es passt einfach nicht. Die Römer haben nichts einfach so gebaut. Diese Kammer, das war keine Laune. Sie hatten einen Grund, sie zu errichten, und wenn wir über die *Legio X Hispana* sprechen, dann reden wir über die Elite."

„Die Legion, die gegen die Pikten verlor," murmelte Maggie, während sie einen weiteren Bissen von ihrem Kuchen nahm.

„Wenn sie überhaupt gegen die Pikten verloren haben," korrigierte Alfred. „Wir wissen nicht, was mit ihnen passiert ist. Sie waren eine der besten Einheiten, und dann – zack – weg. Aber eins ist klar: Wenn sie unterwegs waren, hatten sie immer Wertgegenstände dabei. Gold, Münzen, Schmuck. Die Römer haben Reichtümer mit sich geführt, um ihre Macht zu demonstrieren."

Maggie nickte langsam. „120 nach Christus, richtig? Das war, als die Römer Britannien endgültig sichern wollten. Die *Legio X Hispana* war eine von mehreren, die hier stationiert waren, aber sie haben sich weiter nach Norden gewagt, als jede andere Einheit. Das war ihr Fehler."

„Vielleicht war es kein Fehler," sagte Alfred. „Vielleicht war es etwas anderes. Vielleicht haben sie etwas gefunden."

Maggie sah ihn an, ihre Stirn in Falten gelegt. „Was meinst du?"

Alfred zog ein kleines Notizbuch aus seiner Tasche und blätterte durch die Seiten. „Schau mal hier. Es gibt Berichte über ein Lager in der Nähe von Bath. Und diese Kammer könnte dazu gehört haben. Vielleicht war sie ein Versteck. Vielleicht lag dort etwas, das so wertvoll war, dass es versteckt werden musste."

„Und jetzt ist es weg," sagte Maggie.

„Genau." Alfred klappte das Notizbuch zu und schob es wieder in seine Tasche. „Die Frage ist: Wer wusste davon? Und wer wollte es haben?"

Maggie nahm ihre Tasse und wärmte ihre Hände daran. „Denkst du, Marcus wusste etwas darüber?"

„Ja." Alfred sprach mit einem Nachdruck, der sie überraschte. „Ich wollte ihn an dem Morgen warnen, Maggie. Ich habe recherchiert und wollte ihm sagen, dass er aufpassen soll. Es gibt Leute, die würden über Leichen gehen, um solche Schätze zu bekommen."

„Das ist ihnen ja offenbar gelungen," sagte Maggie leise.

Alfred nickte. „Und ich glaube nicht, dass es das letzte Mal war."

Maggies Handy vibrierte auf dem Tisch. Beide sahen gleichzeitig hin.

Bath, Gegenwart

Chris hatte den Tisch im Wohnzimmer mit mehr Sorgfalt gedeckt, als man es ihm zugetraut hätte. Es gab Tee und Kekse. Die Guten, mit Schokolade und sogar kleine Schälchen mit Nüssen und Trockenfrüchten.

„Es war trostlos," sagte Jack und lehnte sich zurück. „Wie soll man es sonst beschreiben? Die Witwe war völlig am Ende. Zwei kleine Mädchen, die ihrem Vater zum Abschied Bilder gemalt haben. Das war der Moment, an dem ich fast selbst losgeheult hätte."

„Ich auch," fügte Sarah hinzu. „Das ist das Schlimme an Kindern. Sobald sie weinen, wirst du mitgezogen, ob du willst oder nicht."

Chris rührte Zucker in seinen Tee, obwohl er ihn selten süß trank. Es war eine Art Angewohnheit, um Zeit zu gewinnen, wenn er nachdenken musste. „Und von unseren Freunden von Scotland Yard war niemand da?" fragte er schließlich.

„Zumindest nicht offiziell," sagte Jack. „Keiner von ihnen hat sich blicken lassen. Nicht mal eine kleine Rede, ein offizielles Beileidsschreiben, nichts. Nicht besonders clever, oder? Wenn du die Leitung einer Ermittlung übernimmst, dann zeigst du wenigstens ein bisschen Mitgefühl. PR ist schließlich auch Polizeiarbeit."

Sarah lehnte sich zurück und seufzte. „Nicht ganz richtig. Dawes war da. Stand ganz hinten, hat eine Zigarette nach der anderen geraucht."

Chris hob überrascht eine Augenbraue. „Dawes? Der war da? Und was hat er gemacht?"

„Nichts," antwortete Sarah knapp. „Er stand nur da, so weit abseits wie möglich, hat gequalmt und auf den Boden gestarrt. Mitgefühl sieht anders aus."

„Warum bin ich nicht überrascht?" murmelte Chris. „Und seine zwei Tanzbären?"

Sarah lachte. „Die waren nicht da. Keine Spur von den beiden."

„Vielleicht sind sie ja keine echten Polizisten." Sarah sagte es im Scherz, aber es folgte eine kurze Stille.

„Wie meinst du das?" fragte Jack und legte den Keks, den er gerade in der Hand hatte, zurück auf den Teller.

„Ja, warum denn nicht?" Chris setzte sich aufrecht hin und wirkte plötzlich sehr wach. „Fiona Hastings hat auch so getan, als wäre sie eine Museumsdirektorin gewesen."

Jack kratzte sich am Kopf. „Na ja, aber es gibt doch Papiere, Dienstmarken, Zeug, das man nicht so einfach fälschen kann."

„Genau wie es Papiere und Zeug für Museumsdirektoren gibt," sagte Sarah trocken. „Und da hat auch niemand nachgeforscht."

Chris nickte langsam. „Es wäre zumindest eine Erklärung für ihr Verhalten. Keine echten Polizisten, keine Ahnung von Polizeiarbeit, aber irgendwie in die Sache verstrickt."

Chris lehnte sich wieder zurück und trank einen Schluck Tee. „Weißt du was, Jack? Ich glaube, nächste Woche schauen wir mal bei denen auf dem Präsidium vorbei. Nicht, dass ich ihnen nicht traue, aber ein bisschen nachforschen kann ja nicht schaden. Namen, Hintergrund, das volle Programm. Mal sehen, ob sie sich in die Karten schauen lassen."

Sarah nickte zustimmend. „Ja, und wenn sie sich querstellen, dann könnt ihr immer noch den Fall selbst in die Hand nehmen. Irgendwie scheint das hier niemand richtig zu machen."

Jack lehnte sich vor und griff wieder nach dem Keks. „Dann ist das ein Plan."

Chris grinste. „Ein Plan, bei dem wir am Ende nicht tot in einer Kammer enden, wäre mir lieber."

„Immerhin setzen wir uns nicht mitten in den Nebel und rauchen," sagte Sarah trocken.

„Ein Schritt in die richtige Richtung," stimmte Jack zu und biss in den Keks.

63

Bath, Gegenwart

Penny

Das Wohnzimmer war gemütlich wie immer, mit dem warmen Schein der Stehlampe, die auf dem Beistelltisch neben Penny stand. Ein Stapel Bücher, zwei volle Teetassen und ein Teller mit Kekskrümeln erzählten von einem entspannten Abend. Graham saß in seinem Lieblingssessel, die Hände locker über der Lehne, während Penny neben ihm auf dem Sofa Platz genommen hatte. Arthur hatte es sich auf dem alten Sessel am Fenster bequem gemacht.

„Weißt du noch," begann Graham, „als du uns das erste Mal besucht hast? Der Abend, an dem du über Fiona Hastings geredet hast? Damals klang das alles so... na ja, ein bisschen nach Verschwörungstheorie, wenn ich ehrlich bin." Er grinste entschuldigend in Arthurs Richtung.

Arthur lächelte nur leicht. „Es klang nach einer Verschwörung, weil es genau das war. Fiona Hastings hat mich von Anfang an, an jemanden erinnert, den ich einmal in einem anderen Fall gesehen habe. Am Ende hatte ich ja Recht."

Penny zog eine Augenbraue hoch und lehnte sich interessiert nach vorne. „Kannst du mir mal mehr über diesen Fall erzählen? Das würde mich total interessieren."

Arthur nahm einen Schluck von seinem Tee, ließ die Tasse sinken und sah die beiden ernst an. „Ich war damals Polizist, wie ihr wisst. Es war einer dieser Fälle, die nie vollständig gelöst wurden. Ein internationaler Kunstraub, eine Bande von Hochstaplern, die unter falschen Identitäten auftraten und Museen um unersetzliche Stücke erleichterten. Ich habe nie alle Täter fassen können, aber die Frau, die ich damals sah – sie hatte diese Präsenz, diese Art zu sprechen, die ich sofort wieder erkannt habe bei Fiona Hastings. Ich habe sofort gewusst, dass sie es ist."

Penny nickte langsam, ihre Finger spielten mit der Teetasse. „Und dann kam raus, dass Fiona Hastings tatsächlich keine Museumsdirektorin war. Hat dich das noch weiter beschäftigt?"

„Mehr als das." Arthur setzte sich aufrecht hin und verzog das Gesicht, als ein Ziehen in seinem Rücken ihn daran erinnerte, dass er in seinem Alter vorsichtiger sein musste. „Es hat mich darin bestätigt, dass sie eine Betrügerin ist. Aber nicht irgendeine. Sie ist clever, das muss man ihr lassen. Und wenn jemand wie sie in diese Geschichte verwickelt ist, dann glaube ich nicht an Zufälle. Es muss etwas Größeres dahinterstecken."

Graham legte die Hände hinter den Kopf und ließ die Worte wirken. „Also meinst du, diese ganze Sache – die Kammer, die Morde, jetzt auch noch Scotland Yard – das ist alles irgendwie miteinander verbunden?"

„Das wäre meine Vermutung, ja." Arthur zog die Brauen zusammen und rührte erneut in seinem Tee, diesmal ganz in

Gedanken. „Dass Scotland Yard jetzt da ist, finde ich besonders merkwürdig. Es wirkt fast so, als ob sie das Ganze an sich reißen wollen. Und warum? Weil es ein paar Morde gab? Oder steckt etwas dahinter, das wir nicht sehen? Vielleicht ist es ja Teil eines groß angelegten Betrugs."

Penny tauschte einen vielsagenden Blick mit Graham. „Ein Betrug also? Glaubst du, Fiona Hastings könnte das alles eingefädelt haben?"

„Oder sie ist nur ein kleines Rädchen in der ganzen Sache gewesen, das man loshaben wollte." Arthur sah die beiden an, seine Augen schmal vor Nachdenklichkeit. „Aber etwas sagt mir, dass wir nicht alles erfahren werden, zumindest nicht, solange wir uns nur auf das verlassen, was offiziell veröffentlicht wird."

Eine kurze Stille breitete sich aus, nur unterbrochen vom Ticken der alten Standuhr in der Ecke. Penny nahm schließlich ihre Tasse, lehnte sich zurück und sagte: „Dann sollten wir vielleicht nicht alles der Polizei überlassen. Wer weiß, wie viel die wirklich wissen – oder wie wenig."

Graham schmunzelte und klopfte Arthur leicht auf die Schulter. „Du hörst es, Arthur. Wir zählen auf dich. Kein Druck, natürlich."

Arthur verzog den Mund zu einem Lächeln, aber seine Augen blieben ernst. „Ich werde dranbleiben. Das verspreche ich euch."

Bath, Gegenwart

David

David fuhr mit einem feuchten Tuch über die polierte Holzoberfläche, obwohl diese längst sauber war. Es war eine Art Ritual, das ihm half, seine Gedanken zu ordnen. Der Pub war still, nur das leise Summen des Kühlschranks in der Ecke durchbrach die Ruhe. Die Tür war noch verschlossen, der Pub öffnete erst in einer Stunde.

Charlie war für ein verlängertes Wochenende zu seiner Lebensgefährtin nach Edinburgh geflogen und die Verantwortung für den Laden lag allein bei David. „Es ist ja nicht so, als ob du viel zu tun hättest", hatte Charlie gesagt, bevor er ging. David hatte es mit einem Lächeln abgetan, aber jetzt, wo er hier stand, fühlte er sich fast ein bisschen einsam.

Er lehnte sich auf den Tresen und ließ seinen Blick durch den Raum schweifen. Die Beerdigung war erst vor wenigen Stunden gewesen, doch die Bilder davon spukten ihm immer noch im Kopf herum. Der kalte Wind, die feuchte Erde, die Trauer in den Gesichtern der Menschen.

Ted Barrow. Mit ihm hatte alles begonnen.

David legte das Tuch beiseite und verschränkte die Arme. Er hatte Ted einmal getroffen, vielleicht ein halbes Jahr vor dessen Tod. Es war eine zufällige Begegnung gewesen. Ein Paket, dass er ihm auslieferte. Es gab Menschen, die auf natürliche Weise Aufmerksamkeit auf sich zogen – Ted gehörte nicht dazu. Er war einer dieser Menschen, die man in einer Menschenmenge übersah. Kurze Haare, unauffällige Kleidung, keine besondere Ausstrahlung. Doch etwas an ihm hatte David trotzdem fasziniert. Vielleicht war es die Art, wie er sich bewegte, als ob er nicht wollte, dass man ihn zu lange ansah. Oder vielleicht war es das Wohnzimmer, das David kurz durch die offene Tür hatte sehen können.

Er erinnerte sich deutlich an die Wand mit den Bildern. Es waren Dutzende, und sie hingen in einer fast schon obsessiven Symmetrie. Schwarz-weiße Fotografien, sorgfältig gerahmt, mit einem Abstand, der wie mit einem Lineal ausgemessen wirkte. Die Motive waren schwer zu erkennen, aber sie hatten etwas Historisches, da war sich David sicher. Gebäude, Statuen, vielleicht sogar Grabstätten.

David legte das Tuch ab und runzelte die Stirn. Etwas Historisches. Ted Barrow, dieser unscheinbare Mann, der kaum Spuren hinterließ, hatte eine Wohnung voller sorgfältig ausgewählter Bilder, die offenbar eine Geschichte erzählten.

Hatte jemand sich eigentlich wirklich Teds Wohnung angesehen? Richtig angesehen? Nicht nur nach offensichtlichen Hinweisen gesucht, sondern wirklich versucht, die Geschichte zu entschlüsseln, die dieser Mann hinterlassen hatte?

David griff in seine Hosentasche und zog sein Handy hervor. Er starrte einen Moment auf das Display, dann scrollte er durch seine Kontakte. Seine Finger zögerten kurz, bevor er die Nummer wählte.

Das Freizeichen erklang, während David nervös mit dem Fuß wippte. Er wusste nicht, ob das, was er dachte, irgendeinen Sinn ergab. Aber Ted Barrow hatte etwas hinterlassen, davon war er überzeugt. Vielleicht war es nichts. Aber vielleicht war es auch alles.

65

Eburacum (heut. York), Vergangenheit

Gaius

Der erste Angriff kam in der Dämmerung, als der Himmel noch in blassen Blautönen schimmerte und die Legionäre, von Müdigkeit und den endlosen Wachschichten gezeichnet, nur halb auf ihre Stellung bedacht waren. Doch es war der laute Ruf des Wächters, der die Atmosphäre des Lagers plötzlich zerriss. Ein schriller Schrei, gefolgt von den ersten Dutzenden von Pfeilen, die mit einem unangenehm durchdringenden Zischen in die Luft schnitten, als wären sie der Vorbote von etwas weit Schrecklicherem.

„Pikten!" brüllte ein Soldat, während der Staub von den Erschütterungen der ersten Treffer aufwirbelte.

Gaius sprang auf, seine Hand schloss sich um das Schwert, das er schon zu oft in die Hand genommen hatte. Die Legionäre, die noch unter der Decke lagen, sprangen ebenfalls auf und griffen nach ihren Waffen. Das Lager war ein Ort des Chaos, das Geräusch der Rüstungen und das Kreischen der ersten Angriffe verschmolzen zu einer einzigen, eindrucksvollen Symphonie der Gefahr.

„Verteidigt die Zelte!", brüllte Marcus, seine Stimme wie ein Fels in der Brandung. „Haltet sie ab!"

Die Legionäre begannen, sich in Formationen aufzustellen, ihre Schilde vor sich, die Schwerter gezückt. Doch während der Kampf tobte und der Lärm sich um sie herum verdichtete, bemerkte Gaius etwas, das ihm im ersten Moment wie eine Kleinigkeit vorkam – eine Lücke in der Formation. Ein Mann, der nicht mehr dort war, wo er sein sollte.

„Decimus!" Gaius' Stimme war scharf, als er in die Richtung sah, in welcher der Optio stehen sollte. Der Optio, der bis dahin nie eine Unachtsamkeit gezeigt hatte, der immer das Rückgrat der Formation gewesen war, war auf einmal nicht mehr da.

Ohne nachzudenken, zog Gaius sich aus der Formation zurück und begab sich heimlich auf den Weg, den er ahnte, den Decimus eingeschlagen haben könnte. Sein Herz klopfte schneller, und in seinem Kopf brodelten die Gedanken. Hatte er sich zu den Pikten geschlagen, oder war er... Der Gedanke, dass der Mann, dem er vertraut hatte, ein Verräter sein könnte, ließ seine Zähne aufeinanderbeißen.

Er schlich zwischen den Zelten hindurch, achtete darauf, keinen Laut zu verursachen, als er sich von dem Schlachtplatz entfernte. Er schlich zu dem Ort, an der er Tage zuvor mit dem Optio und dem dem Praefectus Castrorum den Adler in Sicherheit gebracht hatte.

„Du hast also den Adler verraten", fauchte Gaius, als er sich aus dem Schatten löste.

Decimus drehte sich erschrocken um, den Aquila in beiden Händen, doch es war keine Überraschung in seinen Augen, nur eine erschöpfte Resignation. „Gaius...", murmelte er. „Du solltest nicht hier sein."

Decimus seufzte und senkte den Blick. „Es war nicht meine Wahl", sagte er schließlich mit rauer Stimme, als würde ihm das Geständnis körperliche Schmerz bereiten. „Ich musste. Sie haben mich gezwungen."

„Wer?" Gaius' Frage klang mehr wie ein Befehl. „Wer hat dich gezwungen?"

„Wenn ich das sage, sterbe ich", antwortete Decimus.

„Oh ich sage dir, du wirst sterben, wenn du es mir nicht sagst!" brüllte Gaius seinen Optio an.

Bath, Gegenwart

Ein Mann namens Brian. Er stand in seiner Jogginghose und einem alten Pulli in der Tür, mit einem Ausdruck, der irgendwo zwischen Verwirrung und Misstrauen schwankte. „Am Sonntag? Eine Wohnung besichtigen?" Er kratzte sich am Kopf und sah die drei Gestalten vor ihm an.

Maggie lächelte „Ja, es tut uns leid, dass wir Sie stören. Ich bin Margarete Barrow, Teds Tante. Und das hier ist mein Mann Alfred und unser Sohn David. Wir sind extra aus Newcastle gekommen." Sie sprach langsam und mit einem leicht übertriebenen nordenglischen Akzent, der, wie sie hoffte, Authentizität ausstrahlte.

Alfred nickte eifrig und legte einen Arm um David, der sich sichtlich zusammenreißen musste. „Ja, wir wollten uns die Wohnung anschauen, bevor wir entscheiden, was wir mit den Sachen von Ted machen. Sie wissen schon, alles etwas emotional."

„Hm," machte Brian und musterte die drei. „Nach Teds Tod war aber schon mal jemand hier. Eine Dame. Hatte sich den Schlüssel ausgeliehen."

David hob eine Augenbraue. „Hätte ich von Penny auch nicht anders erwartet," murmelte er. „Was sie nicht findet, werden wir wohl auch nicht finden." Maggie schenkte ihm einen warnenden Blick.

„Na gut," sagte Brian schließlich und zog einen großen Schlüsselbund aus seiner Hosentasche. „Ich bring Sie hoch. Aber ich hab noch Fußball im Fernsehen laufen, also machen Sie nicht zu lang, ja?" Er drehte sich um, und die drei folgten ihm die Treppe hinauf.

Maggie fiel ein wenig zurück und raunte Alfred und David zu: „Ohne diese kleine Familiengeschichte wären wir nie hier reingekommen." Alfred nickte mit gespielter Demut, während David ein amüsiertes Lächeln nicht unterdrücken konnte.

Oben angekommen, sperrte Brian die Tür zu Teds Wohnung auf und reichte Maggie den Schlüssel. „Bringen Sie den später runter, ja? Die Tür fällt von alleine ins Schloss."

„Natürlich, vielen Dank," sagte Maggie und nickte höflich. Sie schob die Tür auf und trat ein, dicht gefolgt von Alfred und David.

Die Wohnung roch abgestanden, als ob seit Wochen keiner ein Fenster geöffnet hätte.

Die Wände waren voll mit Regalen, die bis unter die Decke reichten, gefüllt mit Büchern, Statuetten und Repliken aus der Zeit des Römischen Reiches. Über dem Sofa hing eine riesige Karte des antiken Europas, mit roten Linien, die offenbar die Ausbreitung römischer Legionen markierten. Auf einem kleinen Tisch lagen sorgfältig arrangierte Münzen. Daneben stand eine antike

Öllampe, die aussah, als hätte sie tatsächlich einst in einem römischen Haus gebrannt.

„Sehr ... römisch," murmelte Alfred und hob eine bronzene Nachbildung einer Legionärsmaske an. Er drehte sie in den Händen und setzte sie dann zögernd wieder ab. „Man könnte fast meinen, er hat hier einen römischen Schrein gebaut."

„Sieht ganz so aus!" sagte Maggie und betrachtete die Karte genauer. Sie zeigte nicht nur das römische Imperium, sondern war auch mit kleinen Stecknadeln versehen, die bestimmte Orte markierten.

David stützte sich mit beiden Händen auf die Rückenlehne eines Stuhls. Sein Blick wanderte durch den Raum. „Was, wenn Ted schon von der Kammer wusste und von dem, was darin war? Bevor irgendjemand sonst überhaupt davon wusste?"

Maggie drehte sich langsam zu ihm um. Alfred hielt inne, die Maske noch halb in der Hand.

„Darum musste Ted sterben," flüsterte Maggie. „Genau das ist es. Aber wo ist der Inhalt jetzt?"

67

Autobahn, Gegenwart

Gideon lenkte den Wagen mit einer fließenden Bewegung von der Schnellstraße ab und fuhr in die ruhigen, windschiefen Straßen eines kleinen britischen Städtchens.

Im Radio lief das vertraute Knistern einer britischen Morgensendung – *„Today's Roundtable"*. Die Stimmen der Moderatoren klangen gleichmütig, fast gelangweilt, als sie sich über die jüngsten politischen Skandale austauschten. Eine der Stimmen gehörte zu einem Mann mit einem ausgesprochen akademischen Tonfall, der gerade versuchte, die Auswirkungen der neuesten Regierungserklärung zu erklären, während eine Dame in einem leicht scharfen, aber humorvollen Tonfall einwarf, dass es in Wahrheit nichts anderes als ein Ablenkungsmanöver sei, das nichts lösen würde.

Gideon konnte die Worte nur halb hören. Sie waren nicht wichtig. Nicht jetzt.

Sein Wagen rollte über das Pflaster und erreichte schließlich den Parkplatz vor dem Hotel, das er für seinen Aufenthalt gewählt hatte. Gideon zog die Tür auf, stieg aus und ließ die kühle Luft des späten Nachmittags an seinem Gesicht vorbeiziehen.

„Hier also," dachte er. „Hier werde ich also bleiben, bis sich der Fall endlich gelöst hat."

Er zog die Tasche aus dem Kofferraum und schloss den Wagen ab. Während er das Gebäude betrat, ließ er noch einmal den Blick über den Parkplatz gleiten.

„Wenn nur einer die richtigen Fragen gestellt hätte…" Er wusste, dass er sich jetzt nicht in Selbstvorwürfen verlieren durfte, aber der Gedanke an all die falschen Entscheidungen, die den Fall von Anfang an entgleiten ließen, nagte an ihm. Und die jüngste Wendung, die der Fall genommen hatte, war ebenso gefährlich wie überraschend. Es war keine einfache Kriminalgeschichte mehr. Die Lage war komplex. Bedrohlich. Und derjenige, der hinter allem steckte, war noch immer frei.

Er schloss die Tür hinter sich und trat in die elegante Hotellobby, deren Wände in warmes, goldenes Licht getaucht waren. Ein unauffälliger Empfangstresen stand direkt gegenüber der Eingangstür, und der Concierge, ein alter Mann mit schlichtem Anzug und Brille nickte Gideon zu.

Bath, Gegenwart

Gideon schob die schweren Vorhänge zur Seite und starrte hinaus auf den noch immer grauen Morgen von Bath. Die Stadt lag unter einem dünnen Schleier aus Nebel, der wie ein sanfter Vorhang zwischen ihm und der Realität hing. Die Nacht war unruhig gewesen. Das Hotelbett hatte sich wie ein schlecht gepolsterter Sarg angefühlt und das Versprechen, man werde "wie auf Wolken schlafen", war nichts weiter als ein Wahlversprechen.

Er schnappte sich seinen Mantel, strich ihn glatt und verließ das Hotel mit einem klaren Ziel. Wenn die Ermittlungen hier nicht bald Fortschritte machten, könnte sich die Lage von „schlecht" zu „absolut katastrophal" entwickeln und zwar schneller, als ihm lieb war.

Gideon parkte seinen Wagen auf einem Platz, der vermutlich für einen der ranghöheren Ermittler vorgesehen war, aber das kümmerte ihn nicht.

Als er in den Hauptraum trat, wurde es auf einmal stiller und ehrfürchtiger im Raum. Polizisten schauten auf, tuschelten miteinander oder taten hastig so, als wären sie tief in ihre Akten vertieft. Gideon ignorierte sie und ließ seinen Blick schweifen, bis er drei bekannte Gesichter erspähte:

Superintendent Dawes, DCI Merton und DCI Smith.

Die drei standen in einer Ecke des Raumes, eine Mischung aus Respekt und Überraschung in ihren Gesichtern, als sie Gideon erblickten. Dawes, normalerweise ein Mann, der vor Selbstbewusstsein und Arroganz nur so strotzte, schien plötzlich kleiner zu wirken, als er Gideon entgegenging.

„Sir", sagte Dawes mit einem angedeuteten Nicken. „Wir hatten nicht erwartet, Sie hier zu sehen."

Gideon erwiderte seinen Blick kühl. „Ich hätte auch nicht erwartet, hier sein zu müssen. Aber offensichtlich haben die Dinge eine Wendung genommen, die meine Anwesenheit erforderlich machen. Ich bin sicher, das ist Ihnen bewusst!"

Dawes nickte, ohne die Augen von Gideon abzuwenden. Hinter ihm standen Merton und Smith, die versuchten, möglichst unsichtbar zu wirken.

„Also", begann er, „fangen Sie an. Was haben wir? Und ich hoffe für Sie, dass es mehr ist, als ich bisher gehört habe."

Dawes zögerte kurz, dann räusperte er sich und begann. „Der Tatort ist das Büro im Museum, in das Marcus Lidell erst kürzlich eingezogen war. Es war komplett durchwühlt. Jede Schublade, jedes Fach. Jemand hat eindeutig etwas gesucht. Lidell selbst wurde mit einem Giftcocktail ermordet, der ihn langsam und grausam tötete."

„Langsam und grausam", wiederholte Gideon und spürte, wie seine Geduld schwand. „Fahren Sie fort."

„Neben ihm fanden wir sein Handy", sagte Dawes. „Es ist passwortgeschützt. Aber nicht nur mit einem einfachen Code. Es ist ein spezieller Mechanismus – nur drei Versuche, und alle gespeicherten Dokumente löschen sich selbst."

„Und wie viele Versuche haben Sie bereits vergeudet?" Gideons Kopf lief rot an.

Dawes zuckte kaum merklich zusammen. „Zwei, Sir. Wir haben den Namen seiner Frau und den eines Kindes eingegeben. Aber der Name der zweiten Tochter, wir wollten erstmal nichts riskieren. Wenn wir falsch liegen, verlieren wir alles."

Für einen Moment herrschte Stille. Gideon schloss die Augen und atmete tief ein, bevor er die Arme vor der Brust verschränkte. Er war ein Mann, der selten seine Beherrschung verlor, aber jetzt fühlte es sich an, als ob das Feuer in ihm jeden Moment explodieren könnte. Und das tat es auch.

„Das darf doch alles nicht wahr sein!" brüllte er, seine Stimme donnerte durch den Raum. „Sie versuchen mir also ernsthaft zu sagen, dass Sie hier rumsitzen, an einem Tatort, an dem ein Mann langsam vergiftet wurde, und das einzige, was Sie zustande gebracht haben, ist, beinahe ALLE Informationen zu löschen, die wir vielleicht brauchen könnten, um diesen Fall zu lösen?"

Dawes öffnete den Mund, schloss ihn wieder und sah aus, als wünschte er, im Boden versinken zu können. Merton und Smith standen steif daneben, ihre Gesichter so unbeweglich wie Marmorstatuen.

„Haben Sie überhaupt eine Ahnung, wie viele Leute in dieser Stadt noch sterben könnten, wenn wir nicht bald Antworten bekommen?" fuhr Gideon fort, seine Stimme nun wie eine Peitsche. „Ich bin nicht zum Spaß nach Bath gekommen, Dawes. Ich bin hier, weil Sie und Ihre Leute es offensichtlich nicht hinbekommen, diesen Fall zu klären, und bevor die ganze Stadt am Boden liegt, muss ich offenbar das Ruder übernehmen."

Er lachte kurz, ein raues, wütendes Geräusch, das in der Stille des Raumes wie ein Donnerschlag klang. „Wenn das Ihr Plan war, dann herzlichen Glückwunsch. Es läuft fantastisch."

Dawes schien für einen Moment sprachlos, dann nickte er langsam. „Sir, wir… wir werden alles tun, um…"

„Tun Sie das", schnitt Gideon ihm das Wort ab. „Und zwar schnell. Denn wenn ich noch einmal hören muss, dass jemand hier seine Arbeit nicht macht, dann garantiere ich Ihnen, Dawes, dass hier einer auf jeden Fall bald sicher nicht mehr seiner Arbeit nachgehen wird."

69

Bath, Gegenwart

Jack lenkte den alten grauen Vauxhall durch die nebligen Straßen von Bath, während Chris auf dem Beifahrersitz an einem Pappbecher Kaffee nippte, der wie Abwasser aussah.

„Willst du auch?" fragte Chris und hielt ihm den Becher hin.

„Nein, danke. Ich habe noch Geschmacksknospen," erwiderte Jack trocken und zog scharf in die Einfahrt des Reviers. Die Reifen quietschten, als der Wagen auf dem nächstbesten Parkplatz zum Stehen kam. Schief, aber immerhin nah an der Tür.

„Das ist der Parkplatz für den Superintendent," bemerkte Chris.

„Perfekt. Wenn ich ihn sehe, erkläre ich ihm die Situation," sagte Jack und schlug die Tür zu.

Als sie das Revier betraten, wurden sie sofort von lautem Geschrei empfangen. „Das ist doch absurd, Dawes! Drei Morde, und Sie haben nichts. Absolut nichts! Sie nennen das Polizeiarbeit?"

Jack und Chris tauschten einen Blick.

„Das klingt vielversprechend," murmelte Jack. „Oder nach Ärger," fügte Chris hinzu.

Sie folgten dem Gebrüll und fanden schnell die Quelle: ein großer Mann, schätzungsweise Anfang sechzig, tobte vor drei Polizisten, die wie kleine Jungs vor ihm standen und sich ihm aussetzten. Jack erkannte Dawes. Neben ihm standen Merton und Smith, die sichtlich bemüht waren, keine falsche Bewegung zu machen.

Der Mann hatte graues, akkurat geschnittenes Haar, trug einen Mantel, der wahrscheinlich mehr gekostet hatte als der Vauxhall, und eine Aura, die keine Widerrede duldete.

„Haben Sie überhaupt irgendetwas getan?" donnerte der Mann. „Oder warten Sie darauf, dass der Mörder Ihnen eine Karte mit *Catch me if you can!* schreibt?"

„Mister Dawes," Jack nutzte den kurzen Moment der Stille. Der tobende Mann warf Jack einen irritierten Blick zu, machte jedoch keine Anstalten, ihn aufzuhalten. Jack schob sich zwischen ihm und Dawes hindurch, ohne ihm auch nur einen weiteren Blick zu schenken, und stellte sich direkt vor den Superintendenten.

„Nicht jetzt," sagte Dawes, ein Hauch von Nervosität in seiner Stimme. „Doch, jetzt," entgegnete Jack. „Ich sage es ungern, aber wir haben ein Problem."

Dawes blinzelte verwirrt. „Was für ein Problem?"

Jack verschränkte die Arme vor der Brust. „Unser Problem ist, dass Chris und ich hier nicht angestellt wurden, um entlaufene Katzen zu suchen oder herumstreunende Hunde mit ihren Herrchen zu vereinen."

Chris trat neben ihn. Seine Präsenz war ein Kontrast zu Jacks direkter Konfrontation. Weniger aggressiv, aber nicht weniger bestimmt. „Wir wollen helfen," ergänzte er. „Drei Menschen sind gestorben. Lassen Sie uns mithelfen, das aufzuklären."

Dawes starrte ihn an, dann brach er in ein kurzes, abfälliges Lachen aus. „Mithelfen? Hättet ihr mal besser früher mitgeholfen. Wegen eurer schlechten Ermittlungen mussten wir überhaupt erst kommen!"

Jack öffnete den Mund, doch bevor er etwas sagen konnte, fiel Chris ihm ins Wort. „Drei Menschen, Dawes. Drei! Und Sie tun so, als könnten wir nichts beitragen?" Seine Augen waren fest auf den Superintendenten gerichtet.

Der Mann, der bis eben noch in der Mitte des Raumes getobt hatte, verstummte. Er ließ seinen Blick prüfend zwischen Jack und Chris hin und her gleiten. „Wer sind die beiden?" fragte er nun etwas ruhiger.

Dawes zögerte kurz. „Die Herren sind von der örtlichen Polizei."

„Aha." Der Mann musterte sie erneut, diesmal genauer, wie ein Lehrer, der einen neuen Schüler einschätzte. Schließlich nickte er knapp. „Beaumont. Chief Constable Gideon Beaumont. Ich leite ab sofort die Ermittlungen."

Beaumont drehte sich halb um und hob eine Hand. „Holen Sie das Handy," rief er Smith zu. Der Polizist, der offenbar keine Lust hatte, sich dem Zorn dieses Mannes erneut auszusetzen, verschwand sofort aus dem Raum und kehrte wenige Sekunden später mit einem Handy in einer Schutzhülle zurück.

Beaumont nahm es entgegen und hielt es Chris hin. „Das ist das Handy des Opfers," erklärte er. „Es ist passwortgeschützt. Nur noch ein Versuch bleibt, bevor alle Daten gelöscht werden. Frau und Kinder sind ausgeschlossen."

Chris streckte die Hand aus und nahm das Gerät vorsichtig, als würde es jeden Moment explodieren. „Geben Sie den Code nur ein, wenn Sie absolut sicher sind," Chris nickte. „Verstanden."

Beaumont betrachtete ihn noch einen Moment, dann wandte er sich mit einer Bewegung ab, die signalisierte, dass das Gespräch beendet war. „Arbeiten Sie besser als Dawes. Das ist alles, was ich verlange."

Draußen, in der kalten Morgenluft, blieb Jack stehen, zog die Luft tief ein und ließ sie langsam entweichen.

„Bereust du's schon?" fragte Jack mit einem schiefen Grinsen.

Chris blickte auf das Handy in seiner Hand und schüttelte leicht den Kopf. „Ein bisschen. Aber wir haben Kontakte in der Stadt. Die haben nichts."

Jack lachte leise. „Na dann, sehen wir mal, was wir finden können."

70

Bath, Gegenwart

Jack nahm einen langen Schluck aus seinem Pint und stellte das Glas bedächtig auf den Tisch. Die Stimmung in der Runde war gespannt, jeder wartete darauf, dass er endlich mehr erzählte. Chris neben ihm hob fragend die Augenbrauen.

„Also gut", sagte Jack und verschränkte die Arme. „Wir haben heute einen neuen Boss kennengelernt. Und, sagen wir mal, er hat Eindruck hinterlassen."

„Gideon Beaumont", fügte Chris hinzu.

Arthur, der bis dahin gemütlich in seinem Sessel gesessen und an seinem Glas genippt hatte, zuckte bei dem Namen zusammen, als hätte ihn jemand mit kaltem Wasser übergossen. Seine Augen weiteten sich.

„Gideon Beaumont? Das ist doch ein Scherz, oder?!"

Jack hob eine Augenbraue. „Klingt, als würdest du ihn kennen."

„Und ob ich ihn kenne", antwortete Arthur und beugte sich nach vorne. Seine sonst so entspannte Miene war plötzlich angespannt. „Ich kenne Gideon schon seit einer Ewigkeit. Wir haben zusammen bei Scotland Yard gearbeitet, damals in London. Er war einer der besten Ermittler, die ich je erlebt habe. Scharfsinnig, analytisch, und, ehrlich gesagt, einer der wenigen, denen ich wirklich vertraue."

Chris nickte langsam. „Das passt irgendwie zu ihm. Er hat diesen… schneidigen, unnahbaren Stil. Ein bisschen wie ein altmodischer Detektiv, nur ohne den Trenchcoat."

„Moment mal", unterbrach Arthur und setzte sich kerzengerade hin. „Was macht Gideon Beaumont in Bath? Und warum hat er mir nichts gesagt?"

Maggie sah Arthur neugierig an. „Wann hast du ihn denn zuletzt gesehen?"

Arthur kratzte sich nachdenklich am Kinn. „Kurz vor Lidells Tod. Da war ich in London. Ich habe seine Frau und ihn besucht und sogar übernachtet. Er war wie immer gewesen– gelassen, höflich, und absolut nicht der Typ, der mir irgendetwas verheimlicht hätte. Er hat nichts darüber gesagt, dass er nach Bath kommen würde. Nichts. Er hat sogar eher noch interessiert an den Ermittlungen gewirkt, die wir unabhängig von der Polizei anstellen."

„Vielleicht hat er sich spontan entschieden?" schlug Maggie vor und zog fragend die Augenbrauen hoch.

„Nicht Gideon", erwiderte Arthur entschieden. „Er ist kein Mensch, der Dinge überstürzt. Wenn er nach Bath gekommen ist, dann gibt es dafür einen Grund. Und es muss ein verdammt guter sein."

„Und außerdem", fügte Jack hinzu, „ist es nicht mal sein Bezirk. Bath gehört nicht zu seinem Zuständigkeitsbereich.

Normalerweise hätte er hier gar nichts zu sagen."

„Genau" stimmte Arthur ihm zu. „Und selbst wenn er etwas zu sagen hätte – er ist Chief Constable. Chief Constables kümmern sich nicht um die Details von Mordermittlungen. Sie sind wie Manager. Koordinatoren. Sie sitzen in Meetings und beschäftigen sich mit Budgetfragen. Sie mischen sich nicht selbst ins Geschehen ein. Das ist nicht ihre Rolle."

Chris nickte langsam. „Das haben wir uns auch gedacht. Aber er war definitiv aktiv in den Fall involviert. Hat uns sogar persönlich Anweisungen gegeben, wie wir mit einem Beweismittel umgehen sollen."

Arthur runzelte die Stirn, sein Blick schien ins Leere zu gehen, als ob er versuchte, die Puzzlestücke in seinem Kopf zusammenzusetzen. „Das ergibt einfach keinen Sinn", murmelte er. „Als ich ihn das letzte Mal gesehen habe, war er vollkommen entspannt. Keine Andeutung, dass er irgendetwas Großes vorhat. Und jetzt taucht er hier auf und ermittelt persönlich? Was hat sich geändert?"

„Vielleicht hat es mit Marcus Lidell zu tun", überlegte Graham laut.

Arthur nickte. „Möglich. Aber selbst das erklärt nicht, warum Gideon mir nichts gesagt hat."

Penny, die bisher geschwiegen hatte, legte den Kopf schief und musterte Arthur. „Vielleicht hat er es dir nicht gesagt, weil er wollte, dass du außen vor bleibst?"

Arthur schnaubte und griff nach seinem Glas. „Das wäre ein großer Fehler. Wenn Gideon mich kennt, und das tut er, dann weiß er, dass ich mich nicht einfach raushalten lasse."

Maggie beugte sich interessiert vor. „Was wirst du tun?"

„Ihn kontaktieren, natürlich", antwortete Arthur mit einem entschlossenen Funkeln in den Augen. „Ich will wissen, was los ist. Und warum er so plötzlich nach Bath gekommen ist."

Eine Stille legte sich für einen Moment über die Gruppe, nur das Klirren der Gläser an der Bar im Hintergrund war zu hören. Schließlich klopfte sich Jack auf die Oberschenkel. „Na, dann haben wir ja alle Hände voll zu tun. Arthur legt sich mit einem Chief Constable an, und wir müssen ein Handy knacken, ohne alles zu löschen."

Maggie hob eine Augenbraue. „Das Handy von Marcus Lidell? Habt ihr da Fortschritte gemacht?"

Chris schüttelte den Kopf. „Noch nicht. Wir haben nur noch einen Versuch für das Passwort, und wenn wir es falsch eingeben, sind alle Daten verloren."

David rührte in seinem halb leeren Bierglas und nickte langsam, als hätte er ein bedeutsames Geheimnis preiszugeben. „Wir waren gestern in Teds Wohnung", begann er in seiner bedächtigen Art. „Maggie, Alfred und ich. Wir haben uns alles genau angesehen, aber ehrlich gesagt; da war nichts. Wir haben nicht mehr gefunden als du vermutlich gefunden hast, Penny, als du dir die Wohnung angesehen hast."

Penny, die sich gerade noch einen Schluck ihres Gins gönnte, hielt inne und zog die Augenbrauen hoch. „Entschuldige mal, David. Ich war gar nicht in der Wohnung."

Das brachte die kleine Runde zum Schweigen. Selbst Jack, der bisher unbeteiligt seine Pommes vernichtet hatte, hörte auf zu kauen.

„Doch, natürlich warst du das", erwiderte David mit einer Spur von Unsicherheit. „Der Hausmeister meinte, dass bereits eine Dame da war."

„Ich war nicht da", wiederholte Penny, ihre Stimme nun einen Tick schärfer. „Ich war nicht einmal in der Nähe."

David blinzelte, sein Gehirn sichtlich bemüht, das Narrativ neu zusammenzusetzen. „Oh. Das ist merkwürdig. Wir sollten nochmal zu dem Hausmeister und ihn nach einer ganz genauen Personenbeschreibung bitten. Irgendjemand hat anscheinend vor uns die Wohnung durchsucht und es war nicht Penny. Vielleicht war es sogar der Möder?"

„Wisst ihr was?", unterbrach Maggie plötzlich Davids laute Überlegungen. „Als Marcus ermordet wurde, habe ich eine SMS von ihm bekommen. Ist das für euch wichtig?"

Chris und Jack tauschten einen erstaunten Blick aus und antworteten im Chor: „Natürlich ist das wichtig! Was hat er dir geschrieben?"

Maggie nickte und ihre Stimme wurde etwas leiser. „Er wollte wissen, ob ich mich noch an seine Schwester erinnern kann, die bei einem Unfall ums Leben kam. Ich kann euch die genaue Nachricht zeigen, aber mein Handy liegt zuhause."

Chris klatschte mit einem kurzen, energischen Geräusch in die Hände und sprang auf. Mit fester, entschlossener Stimme sagte er: „Gut, dann haben wir jetzt viel zu tun. Alfred und David, ihr fahrt nochmal in die Wohnung und lasst euch eine genaue Beschreibung der Person geben. Maggie, Jack und ich holen in der Zwischenzeit dein Handy. Penny, Graham und Arthur bleiben hier und sind auf Abruf. Penny, hast du eine Waffe?"

„Nein", antwortete Penny knapp.

Arthur grinste: „Ich habe eine!"

„Okay, Art", sagte Chris schließlich, „darüber reden wir später. Aber für jetzt ist es gut, dass du eine hast. Wenn wir eine Spur haben, müssen wir sofort los, klar?"

Er fuhr fort, die Entschlossenheit in seiner Stimme war nun kaum noch zu überhören: „Wir gehen den beiden Spuren jetzt nach. Und Arthur, du stellst Gideon zur Rede, wenn wir ein bisschen mehr in der Hand haben. Wenn er Interesse an unserem Stand hat, dann quetschen wir ihn aus wie eine Zitrone. Ganz sicher."

71

Bath, Gegenwart

Arthur

Arthur klopfte an der Hoteltür und wartete kurz. Es war nicht schwer gewesen, herauszufinden, in welchem Hotel der Chief Constable untergebracht war.

Der Lift war leider ausgefallen, und so hatte er sich mit der Treppe begnügen müssen. Vier Stockwerke. Vier Stockwerke, die sich anfühlten wie vier Kilometer. Er brauchte drei Pausen. Er hatte längst nicht mehr die Kondition eines jungen Polizisten, der mit einem Satz über Hindernisse sprang. Er spürte, wie sich sein Körper allmählich auflöste, eine Zelle nach der anderen. Es war, als zersplitterte er langsam. Es war okay, so lange der Kopf noch scharf war. Und das war er. Zumindest noch.

Als die Tür des Hotelzimmers sich öffnete, stand Gideon in der Schwelle. Er hatte das Handy an seinem Ohr und sprach hastig. Doch als er Arthur erblickte, brach er mitten im Satz ab, die Worte erstickten in seinem Hals. Ein flüchtiger Moment des Schamgefühls huschte über sein Gesicht, bevor er das Gespräch beendete mit einem leisen „Moment, bitte" und einem kurzen Winken, das Arthur aufforderte, einzutreten.

„Bath ist doch viel kleiner, als ich dachte", sagte Gideon, als er die Tür hinter ihm ins Schloss fallen ließ. „Hätte nicht gedacht, dass es sich so schnell rumspricht, dass Londoner Unterstützung da ist." Es war ein Versuch, die Situation zu entkrampfen.

Arthur betrat das Zimmer und setzte sich in den Sessel, von dem aus er einen Blick auf die Autobahn und die sanften Hügel von Bath hatte. Gideon, der die Stille zu durchbrechen versuchte, fragte nach einem Bier. Arthur blickte auf die Uhr. Kurz vor 12. Ein Bier war wohl das letzte, was er jetzt brauchen konnte. Aber es war auch das Einzige, was half, den Druck von den Schultern zu nehmen.

Arthur bejahrte seine Frage. Gideon nickte, holte zwei Flaschen und öffnete sie.

Arthur wartete, bis er den ersten Schluck genommen hatte „Gideon", begann er, „ich bin enttäuscht von dir. Du hast mir nicht gesagt, dass du in den Mordfällen von Bath ermittelst. Wir haben uns vor kurzem in London getroffen und du hast nichts gesagt, obwohl wir darüber gesprochen hatten. Du hättest es mir sagen müssen. Ich hatte mir mehr Vertrauen in unserer Freundschaft erwartet."

Gideon legte die Flasche ab und nickte langsam, als wollte er jedes Wort in sich aufnehmen. „Ich kann das verstehen", sagte er leise, „aber es ist nicht so einfach, Art."

Arthur lehnte sich vor, seine Stimme nun schärfer. „Dann leg endlich alle Karten auf den Tisch, Gid. Ich will wissen, was hier läuft."

Gideon schloss die Augen für einen Moment, als ob er sich sammelte. Schließlich seufzte er „Es geht um mehr als nur um die

Morde, Arthur. Viel mehr. Wenn ich dir jetzt alles erzähle, könnte das viele Menschen in Gefahr bringen."

Arthur blieb ruhig. „Ich weiß, wer der Mörder ist".

Gideon starrte ihn fassungslos an. „Was? Du machst einen Scherz."

„Kein Scherz", erwiderte Arthur ruhig. „Der Mörder ist identifiziert. Er wird aktuell beschattet. Ich werde dir aber erst mehr sagen, wenn du mir endlich erzählst, was Scotland Yard in diesem Fall zu suchen hat. Und warum der Chief Constable überhaupt kommen muss. Das passiert doch nicht einfach so. Entweder es geht um einen riesigen Fall, oder..."

„es ist mächtig viel schiefgelaufen", beendete Gideon den Satz und seufzte schwer.

„Damals, Art, warst du in den Kunstfall involviert. Du hast als verdeckter Ermittler gearbeitet, erinnerst du dich?"

Arthur nickte. „Ja, ich weiß noch. Fiona Hastings..."

Gideon nickte. „Genau. Fiona. Sie war eine der führenden Köpfe hinter diesem Betrug. Das dachten zumindest alle. Die Wahrheit aber ist, dass du nicht er einzige warst, der verdeckt ermittelte. Wir hatten euch beide am Fall, ohne dass ihr voneinander wusstet. Fiona berichtete uns und durch sie kamen wir an Informationen, die uns halfen, einen internationalen Dealer ausfindig zu machen. Er hatte uns durch Kontaktmänner mitgeteilt, dass er an etwas dran war, das sehr wertvoll sein musste. Etwas, das in den Norden gehen sollte. Nach Manchester."

Arthur starrte Gideon an. „Und was hat das alles mit den Morden zu tun?"

„Fiona zog nach Bath. Wir bereiteten alles vor, damit sie als Museumsdirektorin einen festen Posten bekam, der auch für die Öffentlichkeit präsent war. Sie war die Partnerin von Dawes, weißt du? Sie waren verheiratet. Dawes wollte nach ihrem Tod die Ermittlungen übernehmen, ich dachte, es wäre das Mindeste, was ich für ihn tun konnte. Da war ich wohl einmal ein Mensch" Gideon machte eine kurze Pause, als ob er den Moment des Verlustes verarbeitete.

„Sie wurde ermordet, bevor sie uns auch nur einen konkreten Hinweis geben konnte. Sie sagte immer wieder, dass sie etwas in der Hand hatte, aber nie genug, um es zu beweisen. Und jetzt stecken wir fest. Sie hatte immer wieder zu Dawes gesagt, dass sie den Wald vor lauter Bäumen nicht sehen würde. Jetzt suchen wir nach dem Wald. Und den Bäumen."

Arthur saß still in seinem Sessel. Schließlich brach er das Schweigen. „Wieso hast du mir das nie erzählt?"

„Weil es zu gefährlich gewesen wäre. Du hättest niemals alles verstanden, Art", antwortete Gideon leise.

Arthur schüttelte den Kopf, dann stand er abrupt auf und trat einen Schritt näher an Gideon. „Das ist das Problem, Gid. Du hast nie mit mir geredet. Ich bin ein verdammt guter Polizist, das weißt du. Und du hättest mir früher helfen können. Stattdessen hast du alles alleine gemacht, und jetzt haben wir Menschenleben auf dem Gewissen."

Gideon atmete schwer. „Das stimmt wohl".

72

Bath, Gegenwart

Es war Sonntag, der Tag, an dem die Welt für einen Moment innezuhalten schien, als ob alle irgendwie wussten, dass der Montag noch nicht anklopfen würde. Es war ein Tag der Ruhe, des Nichtstuns, ein Tag, an dem man sich nicht zur Arbeit schleppen musste, und es gab keine dringenden Termine. Jack und Sarah hatten sich an diesem Morgen entschlossen, etwas anderes zu tun. Etwas, das sie lange nicht mehr gemacht hatten: einfach nur zusammen auf der Couch sitzen und entspannen.

Der Raum war ein gemütlicher Ort, warm und einladend, mit dunklen Holzmöbeln und einer großen, flauschigen Couch, die so tief war, dass man beinahe darin verschwinden konnte. Im Fernseher: Der erste Harry Potter Film. Es war keine besonders aufregende Wahl, aber sie hatte etwas Beruhigendes, etwas Vertrautes. Die Art von Film, die man schon zigmal gesehen hatte, ohne dass er je wirklich langweilig wurde.

Sarah hatte sich in eine Ecke der Couch gekuschelt, mit einem dicken, beigen Wollpulli, der sich wie eine warme Decke um sie legte. Jack lag ausgestreckt neben ihr, den Kopf auf einem Kissen, die Hände hinter dem Kopf verschränkt.

„Ich kann es immer noch nicht fassen, dass du diese Filme noch nie gesehen hast", sagte Jack. Sarah grinste schief, während sie auf den Bildschirm schaute.

„Ich weiß, ich weiß", verteidigte sie sich, „ich war halt nie so der Fantasy-Typ. Aber ich muss zugeben, es hat was. Diese ganze Welt, die sie da erschaffen haben, ist irgendwie magisch."

Jack lachte. „Wusstest du, dass ich den ersten Film im Kino gesehen habe? Ich glaube, ich war der einzige Erwachsene ohne Kinder in dem Saal.", fügte er hinzu und schüttelte den Kopf. „Konnte einfach nicht widerstehen."

„Du bist ein Nerd", neckte sie ihn, während sie mit einem Finger spielerisch über seinen Arm strich.

Ein lautes, deutliches Klingeln durchbrach die Stille. Sarah seufzte, drehte sich zu Jack und legte ihre Hand auf seine Brust. „Die haben doch alle keine Ahnung, oder? Es ist Sonntag, Leute"

Jack hob eine Augenbraue. „Gehst du?"

„'kay", sagte sie und erhob sich.

Als sie die Tür öffnete, standen sie alle da. Chris, Gideon Beaumont, Arthur und, wie erwartet, der immer wieder auftauchende Superintendent Dawes. Der Blick in ihren Augen war schuldig und entschuldigend zugleich, als ob sie selbst nicht so ganz wussten, was sie hier eigentlich taten.

Sarah blickte einen Moment lang zwischen den vier Männern hin und her, bevor sie schließlich mit einem Lächeln sagte: „Ihr wollt sicher zu Jack, oder?" Sie legte den Kopf zur Seite und nickte. „Schatz, kommst du mal?"

Jack kam um die Ecke. Sein Gesichtsausdruck nun nicht mehr entspannt und zufrieden, sondern enttäuscht und verletzt. Seine Stimme leise, aber klar, als er mit einem sehr gefassten Ton antwortete: „Nein, Sarah, sie kommen wegen dir."

73

Bath, Gegenwart

Jack ließ sich mit einem leisen Seufzen in den Ledersessel sinken, der sich sofort seinem Körper anpasste, als wäre er darauf ausgelegt, den Stress der letzten Tage abzufedern. Das hier war nicht der Ort, an dem er normalerweise war. Nicht der Ort, an dem er sich in den letzten Jahren immer wieder sicher gefühlt hatte. Aber irgendwie hatte Alfred es geschafft, ihn herzulocken. In die Universität von Bath. Warum?

Jack war kein Mann, der sich gerne Hilfe suchte. Vor allem nicht von Menschen, die ihm fremd waren. Vor allem nicht von einem Mann wie Alfred, dessen Hintergründe Jack zu Beginn so wenig interessierten wie alles andere, was mit Archäologie zu tun hatte. Aber irgendwie war er dann doch hier. Der Duft von Tee stieg ihm in die Nase, und Jack atmete ihn tief ein, als wollte er all die Anspannung der letzten Tage damit vertreiben.

Alfred hatte Tee gekocht, Scones auf den Beistelltisch gestellt. Jack sah hinüber und nahm sich einen Scone, während er Alfred beobachtete. Der Mann saß gegenüber von ihm, auf einem Sessel, die Beine verschränkt, ruhig, fast wie ein Beobachter eines Films, den er selbst schon kannte. „Selbstgemacht?", fragte Jack.

„Maggie", antwortete Alfred knapp und wandte den Blick nicht ab, als wäre es das Selbstverständlichste der Welt.

Alfred atmete tief ein und lehnte sich ein wenig nach vorne, als wolle er Jack nicht nur ansehen, sondern in ihn hineinschauen. „Willst du mir erzählen, wie es dir geht?", fragte Alfred wie eine Einladung. Eine Einladung zu etwas, wozu Jack sich nicht bereit fühlte. Etwas, das er immer wieder vertagte.

„Nicht wirklich", antwortete Jack nach einer Pause und schüttelte den Kopf.

Die Stille, die folgte, war nicht unangenehm, aber auch nicht entspannt. Jack spürte, wie sich alles in ihm zusammenzog. Warum hatte er sich überhaupt hierher verlaufen? Um zu reden? Um von sich zu erzählen? Nein, das war es nicht. Er brauchte keine Gespräche, keine Worte, die alles erklärten. Was er brauchte, war eine Lösung, ein Verständnis, ein Ende. Etwas, das er nicht in sich selbst fand. Also sprach er, und seine Worte kamen schnell, fast wie ein überfälliger Bericht, der nicht länger aufgeschoben werden konnte.

74

Eburacum (heut. York), Vergangenheit

Gaius

Die Schlacht draußen hatte sich zu einem wilden Wirbel aus Chaos und Tod entwickelt, und die Rufe der Legionäre hallten durch die Luft, während die ersten Reihen der Pikten auf die Verteidigungslinien der Römer prallten. Doch in dem kleinen, vergrabenen Raum, in dem Gaius und Decimus standen, war es ruhig – abgesehen von den heftigen Atemzügen des Optio und dem leisen Rasseln der Rüstung, die Gaius trug.

Gaius' Blick fiel auf Decimus, der immer noch mit zittrigen Händen den Aquila hielt, das goldene Symbol, das für den Ruf und die Ehre der Legion stand.

„Du hast den Adler verraten", sagte Gaius leise, in seiner Stimme Enttäuschung. „Du wirst uns sagen, wer dich gezwungen hat. Du wirst mir alles erzählen, Decimus, oder du stirbst hier – als Verräter."

Decimus starrte auf das golden schimmernde Symbol in seinen Händen.

„Ich hatte keine Wahl…", murmelte Decimus, doch seine Stimme war schwach, als ob er versuchte, sich selbst zu überreden. „Ich wollte es nicht. Sie haben mich erpresst."

Gaius' Kiefermuskeln verkrampften sich. „Rede, Decimus. Reue zeigen und den Adler retten oder als Verräter sterben – du hast die Wahl."

Decimus hob den Kopf, und für einen Moment war ein Funken in seinen Augen zu erkennen. Vielleicht war es der Rest seines Stolzes, vielleicht der Schimmer von Erleuchtung, als er sah, dass es tatsächlich eine Wahl gab.

„Lucius…", flüsterte er schließlich, fast unhörbar. „Der Tribunus hat mich gezwungen. Er hat meinen Sohn in Rom…. Er hat ihn umgebracht. Er sagte er würde auch meiner Tochter und meiner Frau etwas antun, wenn ich nicht das tun würde, was er von mir fordert."

Ein kalter Schauer lief Gaius über den Rücken. „Lucius?" Seine Stimme war ungläubig, als der Name durch den Raum hallte. „Du lügst!"

„Ich wünsche mir, es wäre eine Lüge. Ich habe dir deswegen immer wieder indirekt gesagt, dass du ihn im Auge behalten sollst. Ich war in einem Dilemma, das musst du mir glauben. Also du mir vor dem Zelt sagtest, dass wir das Lager der Pikten stürmen sollen, sagte ich Lucius Bescheid. Er bot an, ich könne bleiben, da die Überlebenschancen gering schienen aber ich wollte mit. Ich wollte sterben mit den Männern, die ich verraten hatte, doch ich starb nicht.", sagte Decimus mit brüchiger Stimme.

„Welchen Kontakt hast du verloren? Der Bericht?" zischte Gaius.

„Den Kontakt zu allem. Zu Rom, meinen Kindern, meiner Frau, Lucius, der mich erpresste und zu den Pikten, die ich nicht im Griff hatte und die gnadenlos jeden Soldaten niedermetzelten, der sich ihnen in den Weg stellte. Glaube mir, sie ließen uns nicht am Leben, weil sie es wollten, sondern weil sie es nicht wussten. Hätten sie uns einmal atmen gehört, hätten sie uns den letzten Schlag gegeben!" Der Optio sah zu Boden. Seine Augen glasig.

„Hast du noch etwas zu sagen?" fragte Gaius mit einem kalten Hauch in der Stimme.

Decimus, schwankend und mit einem Ausdruck der Qual auf seinem Gesicht, schüttelte den Kopf. „Es tut mir leid, Gaius. Ich habe an meine Familie gedacht. Du kannst das nicht verstehen. Du hast keinen Sohn, keine Familie."

„Und ich werde nie eine haben, wenn es mich zu einem Verräter Roms machen könnte!" erwiderte Gaius gefasst, seine Hand fest um den Griff des Schwertes, als er den letzten Rest des Mannes, den er einst für einen seiner treuesten Offiziere gehalten hatte, ansah.

„Ich wollte nie ein Verräter Roms werden." murmelte Decimus, bevor er den Aquila in Gaius' Hand sinken ließ.

75

Bath, Gegenwart

Jack stand regungslos vor der Glasscheibe und starrte in den Verhörraum. Seine Exfreundin Sarah saß dort, die Hände auf dem Tisch gefaltet, den Blick abwechselnd auf Arthur und Gideon gerichtet, die sich an die Verhörtaktik hielten, die sie so berühmt gemacht hatte: der „Gute Polizist, Böse Polizist"-Tango. Arthur spielte den gequälten, mitleidigen Ermittler, der sich offenbar kaum traute, harte Fragen zu stellen, während Gideon wie ein Scharfrichter aussah, der nur darauf wartete, dass Sarah einen Fehler machte. Der Rhythmus zwischen ihnen war makellos.

„Ein bisschen wie Fred Astaire und Ginger Rogers," murmelte Jack trocken.

Chris trat neben ihn, die Hände in den Taschen, den Blick ebenfalls auf den Verhörraum gerichtet. „Zumindest tanzen sie nicht wirklich. Ich würde wetten, Gideon hat zwei linke Füße."

Jack konnte sich ein kurzes Lächeln nicht verkneifen, aber es erstarb, als sein Blick wieder auf Sarah fiel. Der Anblick ihrer so vertrauten Gesichtszüge, jetzt starr und ungerührt, brachte etwas in ihm zum Brodeln. Wie hatte er so lange nicht bemerkt, wer sie wirklich war?

„Es geht mir nicht aus dem Kopf," sagte er leise. „Ich habe mit ihr gelebt, Chris. Sie war in meiner Wohnung, in meinem Bett, in meinem Leben, und ich hatte keine Ahnung."

Chris zuckte mit den Schultern. „Psychopathen sind wahnsinnig gut darin, sich anzupassen. Sie haben eine besondere Gabe, andere zu manipulieren.".

Jack warf ihm einen Seitenblick zu, erwiderte aber nichts. Im Verhörraum hatte Sarah angefangen zu sprechen.

„Ted Barrow musste sterben," begann sie. „Er hatte die Kammer und den *Aquila* gefunden. Eine römische Adlerfigur, mehr wert, als man sich vorstellen kann. Diese Kammer war ein sensationeller Fund noch dazu hier in Bath. Der *Aquila* war das Herzstück, eine Figur, die Legionen zu glorreichen Siegen führte und dann verloren ging. Ted wusste, dass er etwas Besonderes in den Händen hielt. Er wollte es Fiona Hastings melden, aber sie hat ihn immer wieder vertröstet. Keine Zeit, keine Lust, keine Ahnung, wie wichtig das war."

„Also hat er stattdessen Marcus kontaktiert," fügte sie hinzu. „Marcus, mein Partner. Es begann mit der Arbeit, der perfekte Komplize. Wir haben Kunstwerke gefälscht, uns gegenseitig vertraut. Irgendwann war es mehr. Aber das wissen Sie vermutlich schon."

Arthur nickte, während Gideon ihr mit starrer Miene in die Augen sah. Sarah fuhr fort:

„Marcus hat mir von Ted erzählt. Ich wusste sofort, was das bedeutete. Ich habe Marcus geschickt, um mit Ted zu verhandeln. Er sollte das Artefakt nicht an Fiona geben, sondern an uns."

„Aber Ted hat nicht mitgespielt?" warf Arthur ein.

Sarah nickte, ein Hauch von Bedauern in ihren Zügen. „Er wollte Marcus anzeigen." – „Und Marcus hat ihn in der Nacht mit einem Dolch umgebracht." Beendete Gideon ihren Satz scharf. „Dieser Dolch war ebenfalls aus der Kammer. Es war fast poetisch, ein Mord mit einem Artefakt, das Jahrhunderte alt ist." Fuhr sie fort, ohne auf Gideons Einwand zu achten.

Jack spürte, wie sich seine Faust ballte. Chris legte eine beruhigende Hand auf seine Schulter.

„Das erklärt nicht, warum Fiona Hastings den Dolch an sich genommen hat, bevor die Polizei ihn sichern konnte," sagte Gideon scharf.

Sarah hob eine Augenbraue, als ob sie die Frage erwartet hätte. „Weil sie selbst die Polizei war. Sie sollten das am besten wissen, Sir. Eine verdeckte Ermittlerin bei der Kunstkriminalität. Sie hat Marcus vertraut, warum auch immer. Vielleicht weil er so überzeugend war. Er konnte Menschen gewinnen, sie fühlen lassen, als wären sie etwas Besonderes. So hat er auch mich gewonnen."

„Und Fiona?" fragte Arthur.

„Sie hat ihm bei einem Bier im Pub erzählt, dass sie die Mordwaffe sicherstellen und den Fall an die Londoner Behörden übergeben wollte. Marcus hat mir das natürlich berichtet. Was blieb mir anderes übrig, als sie aus dem Weg zu räumen?"

„Mit Gift," stellte Gideon kühl fest. „War es wirklich notwendig?"

Sarahs Mundwinkel zuckten zu einem schwachen Lächeln. „Sie hätten es eleganter gemacht? Ich dachte, Tee wäre passend. Irgendwie britisch."

Arthur machte eine Notiz, während Gideon den Kopf schüttelte. „Und Marcus? Warum mussten Sie ihn töten?"

Sarahs Augen wurden hart, und ihre Stimme verlor die gespielte Sanftheit. „Weil er anfing, lästig zu werden. Plötzlich hatte er Skrupel. Er wollte, dass die Morde aufhören. Dass wir uns der Polizei stellen."

„Also haben Sie ihn getötet," stellte Arthur fest. Er lehnte sich zurück und musterte sie, sein Blick bohrte sich tief in Sarahs Augen, als ob er hinter ihre Worte blicken wollte. „Wie fühlt sich das an, Sarah? Ihren eigenen Geliebten zu töten?"

Sarah zögerte, und diesmal wirkte es nicht gespielt. Sie senkte leicht den Kopf, als ob sie die Worte abwog, die sie sagen würde.

„Marcus war nützlich," begann sie. „Aber am Ende war er nur ein Hindernis. Und Hindernisse beseitigt man."

Gideon lehnte sich vor, seine Ellbogen auf den Tisch gestützt. „War es das, was Sie gefühlt haben, Sarah? Nur Pragmatismus? Keine Trauer? Kein Bedauern?"

Sarahs Lächeln war bitter. „Trauer? Bedauern? Solche Gefühle bringen einem nichts, Detective. Sie machen schwach. Marcus hat mich verraten. Er hat unsere Arbeit, unsere Vision aufgegeben, für ein bisschen falsche Moral. Warum sollte ich das bedauern?"

Arthur hob eine Hand, um Gideon zu stoppen, bevor er weiterfragen konnte. „Sie sagen, er hat Sie verraten. Hat das Ihren Stolz verletzt? Oder war es nur eine strategische Entscheidung?"

Sarahs Blick wanderte zu Arthur. Sie zuckte mit den Schultern. „Beides. Vielleicht war es sein Verrat, der den Dolch in meine Hand geführt hat. Vielleicht war es auch nur der Moment, in dem ich wusste, dass ich es allein besser machen würde."

Ihre Stimme wurde leiser. „Wissen Sie, was das Schlimmste an Vertrauen ist, Detective? Es wird immer enttäuscht."

Jack spürte, wie ihm das Blut in den Ohren rauschte. Chris bemerkte seine Anspannung und legte erneut eine Hand auf seine Schulter.

Jack starrte weiter durch die Scheibe, während die Worte in seinem Kopf widerhallten. Das war die Frau, die er geliebt hatte.

76

Eburacum (heut. York), Vergangenheit

Gaius

Das Lager brannte immer noch, als Gaius durch das Chaos schlich. Die Pikten drangen weiter vor, ihre Angriffe wütend und unbarmherzig. Doch in diesem Moment war der Krieg für Gaius nur ein Hintergrundrauschen, eine Dissonanz zu den schweren Gedanken, die ihn quälten. Der Aquila, der goldene Adler, war in seinen Händen, das Symbol ihrer Macht und des Verrats. Und der Optio war der Drahtzieher hinter dem Verrat.

„Du wirst den Adler niemals in die Hände der Feinde fallen lassen, Gaius", murmelte er entschlossen vor sich hin, als er durch das Lager eilte. „Das ist dein Eid."

Die Pikten waren überall, aber Gaius hatte eine Entscheidung getroffen. Der Adler durfte nicht in das Lager zurückkehren. Er konnte dort nicht bleiben, wo Lucius und die anderen Verräter die Fäden zogen. Er musste ihn an einen sicheren Ort bringen, weit weg von den blutigen Händen der Feinde und der Verräter in den eigenen Reihen.

Der einzige Ort, der ihm ein sicheres Versteck bot, war *Aquae Sulis* – die Stadt der heißen Quellen, die nicht nur für ihre heilenden Eigenschaften bekannt war, sondern auch für ihre unterirdischen Kammern und geheimen Tunnel.

Während die Legionäre sich weiter in den Kampf stürzten, suchte Gaius nach den wenigen Männern, die während der letzten Schlacht ihre Pflichten mit außergewöhnlicher Tapferkeit erfüllt hatten.

Da war Centurio Valerius. Gaius hatte ihn während des Kampfes beobachtet. Der Mann hatte keine Angst vor Gefahr, und das war genau der Typ, den er brauchte.

„Valerius", rief Gaius, als er sich dem Centurio näherte, der gerade mit ein paar Soldaten sprach.

„Gaius", erwiderte Valerius und neigte respektvoll den Kopf, während er die Angespanntheit in Gaius' Gesicht wahrnahm.

„Ich brauche deine Hilfe", flüsterte Gaius und trat einen Schritt näher. „Der Aquila muss weg aus diesem Lager. Ich habe einen Plan, ihn in Sicherheit zu bringen – aber ich brauche Männer, denen ich vertraue."

Valerius' Augen blitzten kurz auf und er erblickte den Aquila, den Gaius gut versteckt zwischen zwei Holzbrettern platziert hatte. Er sah überrascht zu dem Adler, dann zu Gaius.

Er nickte entschlossen. „Was müssen wir tun?"

Gaius trat einen Schritt zurück und sah sich um, um sicherzustellen, dass niemand in der Nähe war, der ihre Worte hätte hören können. „Es gibt einen Ort außerhalb des Lagers – in

Aquae Sulis. Ich werde den Adler dort verstecken. Aber es wird nicht einfach sein. Ich brauche Männer, die es schaffen, mich unbemerkt dorthin zu begleiten."

Valerius nickte, und in seinen Augen lag keine Zögerung. „Ich werde dir so viele Männer wie du brauchst besorgen."

Gaius nickte. „Gut. Wir müssen uns beeilen. Der Weg nach *Aquae Sulis* ist lang, und wir müssen uns vor den Augen der Legion und der Feinde verstecken."

Mit Valerius an seiner Seite fand Gaius weitere treue Männer, die bereit waren, sich auf die gefährliche Mission zu begeben. Einer der Soldaten war bekannt für seine Fähigkeiten im Umgang mit Karten. „Der Weg nach *Aquae Sulis* ist mir vertraut. Es wird jedoch mehrere Tagesmärsche erfordern, um dorthin zu gelangen, und die Nächte werden kalt sein. Wir müssen in der Wildnis übernachten und unser Essen jagen. Es wird sehr gefährlich werden." erklärte er.

77

Bath, Gegenwart

Es war ein klarer, kalter Heiligabend. Jack und Chris standen vor der Tür des Hauses, in dem die Weihnachtsfeier stattfand, ein Kasten Bier in den Händen. Chris trug eine dicke Wollmütze, die ihn wie einen Elf aussehen ließ. Jack konnte sich ein Grinsen nicht verkneifen.

"Hör auf, mich so anzusehen, Jack," sagte Chris und balancierte den Kasten geschickt in einer Hand, während er mit der anderen die Tür aufstieß. "Ich bin hier für die Gemütlichkeit, nicht für die Mode."

Drinnen empfing sie der Duft von gebratenem Truthahn, Zimt und Nelken. Penny und Maggie standen in der Küche, wo sie eifrig die letzten Handgriffe für das Festessen machten. Penny, mit einer Schürze voller Weihnachtsmotive, wirbelte zwischen den Töpfen herum, während Maggie eine riesige Schüssel Kartoffelpüree rührte.

"Da seid ihr ja endlich!" rief Maggie mit einem breiten Lächeln. "Stellt das Bier irgendwo hin und helft mit!"

"Helfen?" wiederholte Chris. "Ich dachte, wir sind hier, um zu entspannen."

"Entspannen kannst du später," erwiderte Penny bestimmt und wedelte mit einem Holzlöffel in seine Richtung. Im Wohnzimmer war es nicht weniger lebhaft. Arthur und Graham schmückten den Weihnachtsbaum, der bis zur Decke reichte. Kugeln in Rot und Gold, kleine Figuren und ein Engel für die Spitze lagen verstreut auf dem Boden.

"Graham, die Lichterkette ist zu kurz!" rief Arthur und hielt ein Ende der funkelnden Kette in der Hand.

Graham, der auf einer kleinen Leiter stand, seufzte. "Dann müssen wir improvisieren."

Am Esstisch saßen Alfred und Eliza, die verschiedene Weine verkosteten. Alfred hielt ein Glas gegen das Licht und nahm einen langen, bedächtigen Schluck. "Ein Hauch von Brombeere," verkündete er.

"Und ein Hauch von Snobismus," kommentierte Eliza trocken, bevor sie selbst einen Schluck nahm. "Aber er ist gut. Das gebe ich zu."

Auf der anderen Seite des Raums hatten Charlie und David einen improvisierten Cocktailstand aufgebaut. Charlie mixte gerade etwas, das er stolz als "Festlicher Schneesturm" bezeichnete, während David Gläser mit Zuckerrändern verzierte.

"Hier, probiert das," sagte Charlie und schob Jack und Chris je ein Glas in die Hand. "Es ist eine Kombination aus Eierlikör, Zimt und einem geheimen Schuss Freude."

Jack nahm einen Schluck und verzog das Gesicht. "Freude schmeckt überraschend stark nach Rum."

Chris lachte. "Dann nimm lieber ein Bier."

Inmitten des Trubels saß Sarahs Abwesenheit wie ein Schatten in Jacks Gedanken. Doch heute Abend ließ er sie los, ließ die Bitterkeit und den Schmerz des letzten Monats draußen in der Kälte. Dies war ein Abend der Wärme und des Zusammenseins, und er war entschlossen, ihn zu genießen.

Als alle schließlich um den Esstisch saßen, die Teller gefüllt mit Truthahn, Kartoffeln und Gemüse, hielt Arthur eine kurze Ansprache.

"Dieses Jahr war nicht einfach," begann er. "Wir haben Verluste erlitten, schwierige Entscheidungen getroffen und Menschen gesehen, die nicht die waren, für die wir sie hielten. Aber heute Abend sind wir hier, zusammen, und das zählt mehr als alles andere. Also lasst uns aufeinander anstoßen und auf die guten Dinge, die kommen werden."

Gläser wurden erhoben, und ein Chor aus "Frohe Weihnachten!" erfüllte den Raum.

Die Stunden vergingen in einem Wirbel aus Lachen, Geschichten und der Art von Leichtigkeit, die nur an Weihnachten möglich schien. Als die Nacht tiefer wurde und die Lichter am Baum sanft glommen, lehnte sich Jack zurück und ließ den Blick über die versammelten Freunde schweifen. Für einen Moment fühlte er Frieden.

Und das war genug.

78

Bath, Vergangenheit

Gaius

Nach einer Woche beschwerlichen Marsches hatten Gaius und seine Männer endlich ihr Ziel erreicht. Die Tage waren eine Herausforderung gewesen, doch die Nächte in der Wildnis hatten alles übertroffen. Die Kälte war so eisig gewesen, dass die Legionäre manchmal fürchteten, sie würden es nicht überleben. Ihre Zelte boten kaum Schutz, und das Essen, das sie jagen mussten, reichte oft gerade aus, um den Hunger zu stillen. Doch nun standen sie vor einer kleinen, unauffälligen Kammer nahe des Hauptbades von *Aquae Sulis*.

„Versteckt ihn hier", sagte Gaius mit gedämpfter Stimme, während sie die feuchte, kühle Kammer betraten. Die Luft war feucht und die Wände glänzten im schimmernden Licht der Fackeln. Steinsäulen trugen die Decke, und Moosranken zogen sich wie natürliche Ornamente durch die Nischen des Raumes.

In Gaius' Händen lag der goldene Aquila. Sein Glanz war ein heller Kontrast zur düsteren Kammer. Gaius suchte einen Moment lang den Raum ab, bevor er die kleine Nische entdeckte. Vorsichtig legte er den Adler in die Vertiefung.

„Er wird hier sicher sein", sagte Gaius leise, während er sich aufrichtete. „Solange niemand davon weiß." Seine Stimme hallte leise in der Kammer wider.

Bath, Wochen zuvor

Marcus Lidell saß an seinem Schreibtisch. Das *Batrachotoxin* hatte vor 2 Stunden begonnen zu wirken. Er war so dumm gewesen. Er hatte nicht nachgedacht. Sie war zu ihm gekommen, damit hatte er nicht gerechnet. Das war schonmal der erste Fehler. Sie hatten ausgemacht, dass sie sich nicht mehr treffen, erst recht nicht zu solch belebten Uhrzeiten und dann noch in seinem Büro. Sie hatte ihm in der winzigen Kochzeile, die er in seinem neuen Büro hatte, einen Tee gemacht. Sie wollte nur mit ihm über seine Entscheidung sprechen. Und er hat ihn getrunken. Zweiter Fehler. Sie hatte sich von ihm verabschiedet und noch einen Luftkuss zugeworfen. Er war sitzen geblieben. Nach weniger Zeit hatte er angefangen zu zittern. Kurz darauf bekam er starke Muskelkrämpfe. Er hatte geschrien vor Schmerzen, doch niemand hörte ihn. Marcus wusste sofort, was hier gespielt wurde. Er erlitt nun das gleiche Schicksal wie Fiona. Er musste nur an sein Handy, eine Nachricht schreiben. Der Schwindel verbat es ihm, gerade aus zu laufen und die Krämpfe sorgten dafür, dass er seine Beine kaum voreinander setzen konnte. Er schrie und zwang sich, das Handy, das er in der Kommode neben dem Fenster abgelegt hatte, zu holen. Jetzt lag er auf dem Boden. Die Krämpfe hatten nachgelassen und die

Lähmung trat so langsam ein. Sarah und er waren ein super Team gewesen. Sie hatten den Plan. Ted hatte die Mittel. Hätte Ted ihnen doch einfach den Adler gegeben. Hätte er, wären alle noch am Leben und er schon lange weg von hier. Sicher, seine Frau und seine Kinder würden hierbleiben und er wäre auf ewig der Vater, dessen Namen man nicht mehr aussprach. Er aber würde irgendwo in Spanien in der Sonne liegen. Doch es war anders gekommen. Ted rückte den Adler nicht raus. Er wollte vernünftig sein und Marcus´ unmoralisches Angebot bei Fiona melden. Dazu kam er nicht. Ted musste sterben und kurz darauf Fiona. Jetzt war er dran. Sein unmoralisches Angebot an Sarah, sich doch der Polizei zu stellen brachten ihn hier her: Auf den Teppich im Roman Bath Museum, gelähmt, vergiftet. Wenn er sterben musste, dann Sarah auch. Er tippte eine Nachricht. Hoffentlich konnte sie es entschlüsseln. Alle wichtigen Daten waren auf seinem Handy und sie führten geradezu zu Sarah. Sarah, die noch vor kurzem seine Geliebte war, würde in wenigen Sekunden zu seiner Mörderin werden. Marcus der Hinweisgeber auf die Mörderin. Wenigstens würde er gehen und seine Töchter würden auf ewig "Papi" sagen. Sie würden ihn nicht hassen. Der Sauerstoff wurde immer dünner und das Herz schlug langsamer, bis es schließlich ganz aufhörte.

Nachwort

In diesem Buch wurde sich auf die historische Legio IX Hispana bezogen, eine römische Legion mit einer faszinierenden und teilweise mysteriösen Geschichte. Die tatsächlichen Ereignisse rund um diese Legion, ihre Einsätze und ihr mutmaßliches Ende sind gut dokumentiert und werden oft diskutiert. Sie kämpfte in verschiedenen Kriegen, darunter im Gallischen Krieg und im Bürgerkrieg, war an zahlreichen militärischen Unternehmungen im gesamten Römischen Reich beteiligt und nahm an der berühmten Invasion Britanniens teil. Es gibt auch die weit verbreitete, jedoch mittlerweile in der Fachwelt größtenteils widerlegte Theorie, dass die Legion um das Jahr 120 n. Chr. in Britannien vollständig vernichtet wurde.

Trotz dieser historischen Eckdaten soll ausdrücklich darauf hingewiesen werden, dass alle Details und Ereignisse, die in diesem Buch beschrieben werden, frei erfunden sind. Der Verlauf der Ereignisse und die Schicksale der Charaktere sind somit rein aus der Fantasie des Autors entstanden.